作者：刘 利

# 木婚

刘利 著

中国青年出版社

**图书在版编目（CIP）数据**

木婚/刘利著.—北京：中国青年出版社，2009.11

ISBN 978-7-5006-9007-8

I.木… II.刘… III.长篇小说－中国－当代 IV.I247.5

中国版本图书馆 CIP 数据核字(2009)第 184586 号

书　　名：木婚
作　　者：刘利
责任编辑：庄　庸
特约编辑：许　洁
装帧设计：高永来
出版发行：中国青年出版社
社　　址：北京东四十二条 21 号
邮　　编：100708
网　　址：www.cyp.com.cn
门市部电话：(010)84039659
印　　刷：三河市君旺印装厂
经　　销：新华书店

开　　本：700 × 1000　1/16
印　　张：13.5
插　　页：1
字　　数：210 千字
版　　次：2010 年 1 月北京第 1 版 2010 年 1 月河北第 1 次印刷
印　　数：1-8,350 册
书　　号：ISBN 978-7-5006-9007-8
定　　价：29.80 元

本图书如有任何印装质量问题，请与印务中心质检部联系调换。
联系电话：(010) 84047104

# 目 录

一 婚礼

## 1

童琨跟许泽群从从容容谈了五年恋爱，可是婚却结得仓促忙乱，甚至荒诞。

他们的婚期定在腊月二十八。许泽群的单位二十五放假，好不容易弄到两张火车票，从深圳赶到上海，已是年二十七。他们还要过长江，才能到江对面的南通市，到许泽群的家。可是迢迢千里都过来了，一条长江却比万重关山还难以逾越。凌晨的十六铺码头早已是人头涌动，售票窗口前更是人山人海。

许泽群面对这架势不禁垂头叹息一声。童琨拉紧了许泽群的衣襟，心底也是一筹莫展。

许泽群脱了大衣，摆出了要冲到人群中去买票的架势。

但他又把童琨的大衣也给脱了。他把行李能拢在手里的拢在了手里，能背在肩上的背在了肩上，最后他用身体拱了拱童琨，扬起下巴示意童琨往售票窗口的墙沿去。

他说："你从那个边边上挤进去，我在外面接应你。"他要他的未婚妻上阵。

童琨见他如此编排，自然不乐意了，她噘起了嘴巴："你是男人，竟然叫我去挤！"

许泽群嘻嘻笑着，哄她说你瘦小么，更容易挤进去，再说别人看你是女的，多少会让着点。

童琨就不多说了，噘着嘴往队伍里挤。在学校的时候，这样的时候多了，举凡有紧俏的电影票要排队什么的，都是童琨想方设法去加塞。五年多了，也习惯了。

一个小时后，童琨满头大汗地举着两张船票出来了。许泽群在给童琨披大衣的时候乘机拢了拢童琨，算是对未婚妻一小时辛勤劳动的一点奖赏。

童琨脸上的愠怒也就变成了一抹甜蜜的笑容。童琨这样的小女人是容易哄的。

船票是下午五点的，还有大半天的时间，正好可以在上海逛逛。

他们要买些衣服鞋帽。即便不是结婚，每年从深圳回江苏，路过上海，他们都要买这些东西，因为上海比深圳便宜。

天阴阴的，还下着蒙蒙细雨，看来过年没有好天气了，而他们结婚的日子，天气也必定好不了了。

他们在南京路上兜兜转转。童琨买了件彤红的高领羊毛衫，一条毛料西裤，藏青色红格短大衣，这就是新娘子新婚那天的全套行头了。许泽群在童琨的再三劝说下，勉强买了一条西裤和一双皮鞋，准备第二天做新郎的时候穿。许泽群在花钱方面素来俭省。他不认为结婚就该买什么，所以他连婚戒都没给童琨买。上海的这场采购花去了一千多元，几乎赶上他们深圳两年的所有服装购置费用。

他们在上海一家老字号的面条馆吃了碗雪菜肉丝面。出门的时候，天上的细雨变成了雪，气温骤然下降了。冷风吹在童琨脸上，她拽紧了许泽群的胳膊，把脸靠在他的呢外套上。那衣服也是冰凉的。天气那么阴郁，她忽然有种彻骨的忧伤。

许泽群对童琨一切细微的感觉浑然无知——他向来是个粗糙迟钝的男人。此时他忽然拉着童琨奔跑起来，有一路电车到站了。他们要赶这路车去十六铺码头。

时值下班时分，他们的车堵在南京路上。等他们赶到十六铺的时候，他们的船已经开走了。童琨辛辛苦苦买来的票作废了。

此刻的童琨，忍不住泪流满面，泣不成声！

她要结婚了，第二天就要做这个相恋五年的男人的新娘，但是童琨一点都没有感到开心快乐。结婚，于他们而言，是那么自然平常、水到渠成的一件事。倒是这不顺当的一切，在这稀松平常中凸显出来，天气不好，买不到票，买到票又废了……如果他们要相信兆示的话，这一切决不是个好兆头。

　　许泽群在童琨尽情哭泣的时候坐在一边发愣。他让她哭了一会儿，最后说好啦好啦，哭也没有用，谁叫你买东西的时候磨磨蹭蹭的呢！

　　他非但不哄她，反而还来责怪她。他当然不知道，童琨哭，不仅仅因为不能回去了——将要做新娘了，她有太多太多的理由要来哭。撒娇要哭，害怕要哭，心情不好要哭，无可奈何要哭……总而言之，童琨是个爱哭的女人。她对自己心爱男人的武器似乎只有一个，那就是哭。谈恋爱的时候哭，要结婚了哭，结了婚还哭，直到做了妈妈也哭。最近这几年童琨倒是不哭了，但是她常常觉得生活中少了点什么，后来她知道了，那就是她的眼泪。对女人而言，断绝眼泪是绝经前的一个热身，等到绝了经，女人也就像河流一样彻底干枯了。

　　童琨哭够了，抬起泪眼婆娑的脸。

　　许泽群这才来逗她："羞不羞呢，这么多人面前把自己弄得大花猫一样。"

　　童琨不好意思起来，心里却为许泽群这句话舒坦了许多。这一场大哭，哭得脸上狼藉。由头也不是那么充分，但是因了这句话，所有的错乱都有了一个顺理成章的起因和结果，那就是童琨哭了半天，不过是要许泽群这么一逗而已，什么天气、什么堵车误船都不过是个由头而已。其实在童琨看来，回不去哪有那么严重啊，大不了不回去了，在上海住一个晚上，他们两个就把婚结了，这不也挺好的么！

　　现在，他们要重整旗鼓，开始另一场奋斗，为两张船票而奋斗。

　　现在，所有的船票都卖完，弄到票的唯一途径是从票贩子手中买票。可是春运期间，对倒卖车船票抓得很紧，万一抓到，买的卖的都要受罚。

　　许泽群又推了推童琨："你去。"

　　童琨只好擦干脸上的泪水，四下瞄了瞄，觉得安全了，开始接近一些可能的目标。很快，她找到了一个，那个人警觉地示意她跟他到一个僻静的角落去。童琨尾随过去，许泽群则尾随着他们。他们找了个人少的地方，从事地下活动一样一个掏出票一个掏出了钱……就在这时，不知从哪个角落里蹿出一个黑影，在他们还没反应过来的时候，黑影一把揪住了他们。

"好啊，人赃俱获！"黑影得意地叫道。

他们这才看清，这动作敏捷的黑影居然是个老头。他应该是治安联防队之类的机构的，没有袖标，是个便衣。老头有力的手死死揪住了两个人的胳膊："跟我走，跟我到办公室去说清楚！"

那个卖票的嘴里忙不迭地分辩求情，老头哪听他这些，只把两人拖着走。童琨被拖拖搡搡、跟跟跄跄地往前。她不时地往后看，许泽群在后面。他站在那里，既没有跟着去，也没有上来理论的意思，只是眼睁睁地看着童琨被老头带走。

童琨虽不时回头看他，可她也并不希望许泽群来帮她。她知道他帮不了她，弄不好还把自己给搭进去。她想起他们的"第一次"。

寒假的时候，她住在许泽群的宿舍里。半夜的时候，她忽然害怕起来，问许泽群，这时候你们学校发现了怎么办？

许泽群想了一会儿说，我不怕，是你在我这里。

当时的童琨有点不明就里，没有追根究底，后来她才有点明白，他的意思大概是如若学校发现了，女孩子在他这里，表示是女孩子主动的，至少他可以不必负主要责任。这个推断让童琨有点心寒，但是这并没有影响到童琨对许泽群的爱恋。在热恋的海洋里，呛一口水实在算不了什么。

童琨被联防队老头审讯了一个多小时，最后老头大概是看童琨态度端正人又长得楚楚可怜的样子，也就放了她。童琨走出联防队的小屋，就看到许泽群趴在窗下看她，见她出来，便乐滋滋地迎了上去。

童琨有点惊魂未定，一把将他抱住了。

天上还在下雪，童琨把头埋在许泽群的怀里，眼前是来来往往摩肩接踵的人群，童琨只感到无以言表的无助和孤独。

没有人帮得了她，没有谁会来帮一帮她，包括这个将要成为她丈夫的男人。

他们复又回到候船厅，相顾无言。

两天一夜的火车硬座，早就累得筋疲力尽，又是一天的奔波劳累，回家的票还不知在哪里，他们实在说不出一句话来。

童琨已经想说了，要不，我们就不回去了，在上海过一个晚上。几次话到嘴边，又给咽了回去。她知道这个建议是不可能得到实施的。许泽群是家里唯一的儿子，父母的大孝子，每年过年，千难万难他都要赶回去，更何况他们还要结婚，家里已经邀请了八方亲朋好友要大摆婚宴呢！

已经不知道有多久的沉默，忽然他们眼前的通道上汇成了一股人流，人们都在朝一个方向疾步奔跑。童琨还没有反应过来，许泽群就拎起行李，跟童琨说，快跑快跑！

许泽群说完已跑到前面去了，童琨只得糊里糊涂地跟着跑过去。也不知许泽群哪来那么大的劲，手里拖着行李箱背上背个大背包还跑得飞快，童琨给夹在人流里挤来撞去，追也追不上。通道上的人流越跑越快，童琨跑了一段这才知道他们在向码头跑。

检票的门不知怎么打开了，居然没有一个人验票。这无人看守的敞开的检票口，无疑给了所有没票而又急着往回赶的人们一个莫大的希望。人们从四面八方玩命地奔过来，然后在这个检票口挤成一团。

困在人群中的童琨根本无法看到许泽群。起先她还伸长脖子到处找寻，很快她放弃了这种努力。她感到她处在人群汇成的巨浪中心，她被这巨浪挤压裹挟着，她不能动弹不能呼吸，她想叫叫不出声。大滴大滴的汗珠子从她脸上掉下来，她的脸又红又涨。她想她这就叫面临灭顶之灾了！绝望的泪水和着汗珠子，大滴大滴地从童琨脸上滚了下来。

有的人越过了检票口，欢快地奔向了码头。检票口这边人却越来越多，越来越挤，呼喊、叫骂、哭闹声响成一片。过年，回家过年，俨然成了一场逃难！

就在绝望的童琨还剩最后一口气的时候，大批的警察从天而降。他们迅速封锁了检票口，堵住了鱼贯而出的人流。童琨给堵在检票口内。她本以为这下人群该松动一点了，但是她周围的人却挤得更猛烈了。人们试图抓住一丝渺茫的希望。童琨就在这时"哇"地一声哭出声来。她哭得那么响亮，好像所有的能量都被挤压进了胸腔，现在毫无阻挡地迸发了出来！

她放开嗓门毫无顾忌地哭着，几乎吸引了所有的视线。是的，再没有比这更伤心的了，她非但差点结不成婚，她还差点死过去！

两年前，她从这里奔向深圳，现在又从深圳奔回这里。遥遥迢迢，山高水远，她奔来奔去地，到底是为了什么？她想不明白，路总是那么长，人总是那么多，自己究竟有多渺小，究竟在何处飘摇？而她即将全副身心托付的那个男人，到底能不能带给她期盼中的庇佑与福祉？

她的哭声吸引了人们，也吸引了警察，警察过来为她拨开人群。她觉得呼吸畅通了。她止住了哭，这才意识到自己很可能跟许泽群走散了。

几分钟后，码头上响起一声汽笛的长鸣。一艘客轮离港了，许泽群就在那个船上。他冲到船上很久等不来自己的未婚妻，也才意识到自己只顾玩命地往前跑，却把他翌日就要成婚的未婚妻丢在了上海！

## 2

童琨在上海住了一个晚上，长途劳顿后终于有张床睡觉，所以头一挨枕头就睡着了。第二天醒来已近十一点。

她用半小时的时间想了想要不要去南通。许泽群如此荒唐地把她这个未婚妻弄丢了，她完全有理由任性一下——不去南通把婚礼误掉，这也算是对许泽群的一个惩罚。但她还不是一个任性到一切都不管不顾程度的女人。她的任性不过是一点小性子罢了。最后，她还是抱着一丝渺茫的希望去了十六铺码头，仍然没有票。她这才死了心，咬咬牙，花500元打了一辆的士往南通。

已近年关，一路上车不好走，到南通的时候天已经黑了。南通城的薄雪开始融化，到处湿湿的，很是阴冷。许是快过年了，街上行人稀少，街灯也昏暗惨淡。

许泽群家在工人文化宫旁边的一栋住宅楼里。文化宫门前算是闹市口，也是小商小贩聚集的地方。冬天卖羊肉串、油炸鹌鹑、臭豆腐，夏天卖酸梅汤、凉粉、鸭血汤……一个人的爱情，与其说与这个城市有关，倒不如说与这个城市的细节有关，比如这个城市的景致、地方风味等等。童琨和许泽群在南通的恋爱，就离不开这些小东小西和小吃。平凡人生的爱情似乎就是这样朴实琐碎，但也滋味隽永、令人回味。

现在，文化宫前小广场上的小商小贩已寥寥无几。处处如此寂寥，童琨想，这就是她大喜的日子带给她的感受。她不相信兆头之类的说法，但在这与喜庆气氛大相径庭的感受中，童琨还是觉得自己婚姻的前景变得扑朔迷离、艰深难测起来。

她踩着一路的雪水，抵达许泽群家。许家大门紧锁。手机没电了，她无法跟许泽群联系上。如此情势下，她能够猜想到许家的婚宴正如期进行。这是许泽群的做派，定好了的事情天塌下了也去办，婚礼缺了新娘没什么，只要不让自己的父母为难，就算新郎也缺席，他也能让许家把婚礼办了。其实也由此可见，许泽群早已把童琨看成了他的掌中之物，或者说，一场婚礼于他而言是那么重要，比新娘重要，比新娘是谁更重要。

童琨知道许家的酒宴摆在南通大饭店，新房也设在那里。其实她并不喜欢那个饭店，太豪华扎眼，不如幽静平朴的文峰。前者适合众人喧哗，后者宜夜半无人、窃窃私语。许泽群当初在大饭店和文峰之间无法取舍。他个人偏爱文峰，他也知道童琨喜欢文峰，但他的父母坚持在大饭店。老年人都喜欢气派豪华，特别是许泽群父母那样的父母们，自己庸庸碌碌一辈子，也就一心指盼子孙光宗耀祖，给自己争面子。

这一回，童琨依了许泽群，实质上是依了许泽群的父母。恋爱五年，每逢两人有了分歧，多半是许泽群依童琨。而在一些大事的选择上，比如什么时候见双方父母、放了假去哪家小住一段时间等等，都是童琨依许泽群。如是这样，童琨一直记着许泽群刚跟她恋爱时说的那句话。她问他最喜欢自己什么，他说是通情达理。这顶高帽子戴了，她只好越发地通情达理下去。

现在，她不想去大饭店。她宁可出去闲逛着等他们。

童琨刚走到楼下，就见许泽群迎面走来。

两人对面，却只有须臾的一眼相望，好像上海的逃难和荒唐都未曾发生。但是在此之前，童琨倒是想过很多遍见到许泽群的场景。依她的性子，她是要扑到他怀里撒娇，撒尽委屈和辛苦的。可是，这几天所经历的一切，

8

弄得人应对起来都力不从心，谁还有心思来撒娇呢？

许泽群显然是个忙碌的新郎倌。童琨靠在他身边，都能感受到他身上沾染着各种忙乱和喧嚣的影痕和味道。许泽群没有惊诧于童琨的到来，他甚至都没有问她怎么赶到南通的，他只是拉起童琨往外走。

童琨被他拖着，很不情愿地说："我不去大饭店，你就不要说我到了好了，我在外面转转等你们回来。"

许泽群不容她多说，走到路边，扬手打了辆的士。他说："南通大饭店。"

童琨不说话了。她扭头看着窗外，眼睛红红的了。两人都不说话。

车到了大饭店，许泽群对童琨说："来了这里，你就要高高兴兴的，第一要让我父母高兴，第二要让客人高兴。"许泽群说这话的时候满脸严肃，好像童琨是他可以号令的下属，一切行动都得听他的指挥。

童琨又要哭了。结婚竟把自己结得那么委屈，把许泽群也结得那么不近人情。

车停下了，许泽群却不下车，他又吩咐司机："去工人文化宫。"

又打道回府了，司机有点摸不着头脑，童琨也蒙了。可是许泽群又坚定地说了一遍："去工人文化宫。"

司机把车启动起来，快到工人文化宫的时候，许泽群跟司机说："停。"

车停在文峰饭店门口。


许泽群拉童琨下了车。

一下车，他就把童琨紧紧拥在怀里。他有力的身躯把她裹到一株腊梅树下，急切疯狂地拥吻她。他的唇从她的眼睛、鼻子、嘴唇、下巴一路滑下去，最后停留在她的颈脖上轻轻噬咬。

童琨被许泽群突如其来的一系列举动弄昏了。他一向是个沉静稳重的人啊，怎么忽然如此这般地冲动起来？

童琨还是闭上了眼睛——她在男人炙热的气流下晕眩了……

许泽群的热度仍在急速上升。他的嘴又从童琨的脖子滑到了她脸上。他开始咬童琨的鼻子、眼睛和脸颊。他把她弄疼了。她低吟起来。他就放弃了撕咬。但他张开了嘴，用他的嘴唇吞裹着她的面颊和颈脖，几乎试图把她裸露在棉实的冬衣外面的每一寸肌肤和骨肉都吞咽下去……

他一只手搂紧童琨，另一只手忙乱地扯起了童琨的外衣、毛衣和内衣。那只手像风中滑下的纸鸢一样，准确无误地抵达了那个温暖的小山丘。

他终于安静下来。

童琨也安静下来，小兔子一般静静地偎在他怀里。她小巧圆润的乳房静静地蛰伏在他的掌心里。他们吻在一起，彼此能听到对方慌乱的心跳。寒风吹来的时候，童琨才有一点清醒的意识。她知道自己的身体变得花朵一般的柔曼饱满，渴望开放与舒展，她抱紧了许泽群……

许泽群把她抱起来——他居然那么轻松地把她抱了起来。她那么绵软，他也显得那么的孔武有力。他抱着她径直向酒店走去，他就那么抱着她，旁若无人地穿过了酒店大堂……

他已在这里订好了房间。

童琨这才明白，这是许泽群给她的婚礼。这是一个夹缝中的婚礼，在时间和繁杂凌乱的现实夹缝中，显得那么短暂而又完美无缺。这惊鸿掠过般的浪漫啊，童琨想，她是要来记取一生的。

一个小时后，他们从酒店出来。许泽群再三叮嘱她，要开心一点，要听他的话。童琨还能说什么，他要自己的父母开心，又不能过于怠慢自己的新婚妻子。他早先定好了房，说明他知道她千难万阻都会过来，他嘴上从来不说，可是有时他懂她几乎超过了她懂自己。

她会做他的好妻子的，要做他的好妻子，就要先做好儿媳。这一点，童琨很明白。

## 3

童琨和许泽群赶到婚礼现场的时候，贺喜的人们已酒过三巡。

整个晚宴现场呈现出一派喧嚣杂乱的气象，人声鼎沸、杯盘狼藉。现在，迟到的新娘亦未能使喧闹的现场安静下来。

事实上，他们是在大学谈的恋爱。许泽群家亲朋好友几乎没人认识她。而她现在，也实在不像个新娘，身上穿的虽是上海买的一套新装，但羊毛衫配大衣的打扮也过于简单，丝毫没有新娘该有的隆重派头。

　　童琨被许泽群牵了去见他的父母。儿媳的到来使两位老人笑得合不拢嘴。他们拉着童琨的手问长问短。宴席的喧哗热闹、老人的嘘寒问暖使童琨的心头烘热起来。她忽然喜欢上了这种感觉。而在一个多小时以前的所有人生中，她又多么不喜欢如此这般的一场婚礼。

　　似乎很多未婚女人都对自己成为一场盛大婚礼的漂亮新娘心存憧憬，但是她童琨不——新娘像一个木偶一样在众人面前展览自己的美丽与幸福，接受人们心不在焉甚至言不由衷的祝贺。她向来认为婚礼只与两个人有关，至多与两个人的父母相关，其他前来道喜的各色人等，不过是囿于人情往来上的无奈罢了。

　　现在，这人间的冷暖情怀，就这样轻易地俘虏了童琨，使她对俗世的浮华哀凉心生渴望。

　　迟到的新娘童琨在接下来的婚礼中圆满地履行了新娘的义务——她给每一桌宾客敬酒、接受并答谢所有宾客的祝福；宴席散去的时候，恭候在酒店门口，自始至终满面春风，与每一位宾客辞别……

　　最后，客人差不多都散尽了，留下许泽群父母的一堆牌友。这样的场合他们必是要打牌的，许泽群父母都是麻将迷。这时，许泽群多了一句话，说："爸妈，你们就不要回去了，在我们房间打牌。酒店有暖气，家里太冷了。"

　　许泽群的父母向来是沾了牌就犯迷糊，什么都不管不顾的，加上酒喝多了，竟一口应承下来。他们的一干牌友，跟这两个老牌迷都半斤八两的，竟也没一个反对。倒是几个大婶模样的，有几分忸怩地悄悄瞄了瞄童琨。童琨脸上还是笑眯眯的。她们也便放宽了心，嘴上则颇为善解人意地说："那就玩一会儿，少玩一会儿就走，就当我们闹新房了……"

　　一干人吆三喝四地到了童琨新房里，摆了两围，还拉童琨就坐。童琨推说不会，许泽群就揭穿她说哪里呢，你就别装了，跟伯伯大婶们玩玩吧。说完，还挪了凳子过来，坐在她旁边说："你来，我帮着你。"一边的老公公也一个劲让她玩，说如是不会，更要学学，将来到了深圳找不到牌友还指着儿子媳妇陪他们玩呢。

公公这么一说，童琨也就不好推了，坐下来跟大家打麻将。多出来的三五个，是拿定"看斜头"（南通方言：看牌）买马的。三五圈麻将下来，房间里已是烟雾缭绕。童琨对面大赢的大婶还不无得意地哼起了南通小曲。童琨见这架势，只想自己应该把披着的直发拢起来，在脑后盘个髻，兴许这样才能让许泽群和他的父母觉得更可心吧。

麻将打了一夜。虽说先前进来时，那些大婶们表示只能玩一会儿，但对牌迷来说，牌要打起来，就如同开弓放出的箭，停在哪里，根本由不得自己。

童琨的新婚之夜就是这样在麻将台上度过的。童琨要把这样的事实告诉做教授的母亲，清高的母亲要不气得绿了脸才怪。母亲最讨厌的女人做派有两个，一个是打麻将，一个是抽烟喝酒，尤其是打麻将。母亲说，女人打麻将跟那旧社会的小老婆有什么区别？

母亲一向心气高傲，自己事业上不让须眉，怎能容得女儿跟旧社会那些吃男人饭穿男人衣的姨太太似的，而且在这新婚大喜的日子，在众多亲友面前？

天光放亮时，先前说只玩一会儿的几个大婶不好意思了，提议要散，众人这才起来散了。房间里凳子东倒西歪，麻将胡乱散落在桌上、地下，烟头、果壳扔得到处都是，房间里充斥着各种浑浊的气味……

有人想要收拾收拾，许泽群父母又做起了好人，一个劲地摆手说不用了不用了，让群儿找服务员来收。一干人散去，留下一个散了场的麻将馆给新郎新娘。

说是可以找服务员来收拾，这凌晨时分，谁还好意思去找？再说许泽群后半夜就困得东倒西歪，人一走，往床上一歪，就睡过去了。

童琨开了窗，给许泽群盖好被子，硬撑着两只打架的眼皮坐了十来分钟。觉得屋里的异味散得差不多了，才关了窗，小猫一样地偎到许泽群怀里，甜甜美美地沉入了梦乡。

## 4

也不知睡了多久，童琨就给一阵杂乱的捶门声弄醒了。

童琨迷迷糊糊中一骨碌爬起来，跑去开门。门才开了一条缝，一个三四岁的小人儿就冲了进来，嘴里还在冲啊杀啊的。小人儿二话不说冲到床上，鞋子都没脱，扯了被子和床单就到处乱摸……

许泽群还睡得迷迷糊糊，由着小人儿在床上闹腾。童琨不知道哪家的混世小魔王，扑到床上把小人儿抓了下来。小人儿大哭："你是个坏新娘子，你不让我摸喜果呀，呜……"

小人儿手里攥了一粒枣子。童琨这才注意到床头床角还散了一些花生、糖果什么的。许泽群醒了，他把小人儿抱到床上："摸吧，啊，啊，隆隆好好摸，看隆隆能摸多少……"

这叫隆隆的小小子又撒着欢儿滚到了床上。这回，他索性掀开被窝和床罩，鬼子进了村般地搜寻扫荡起来……

许泽群抱了童琨，附在童琨耳边说："这叫摸喜果，新婚夜过去，会让一个健康聪明的小男孩到婚床上找花生枣子，找得越多说明新娘越能生养……"

他瞄了瞄专心致志"摸喜果"的隆隆，悄悄地把手摸进了童琨的衣襟……

"你能给我生个大胖小子的，看你这饱挺挺的……"他嘴里说着手上就捏了一把。

童琨推开了他，床已被隆隆弄得天翻地覆。童琨坐到沙发上，面对着一片狼藉的婚房与婚床。冬日的阳光洒了进来，婚礼上的喧嚣与纷乱在寂静的阳光中散了开去，只剩下纤微可见的粒粒浮尘，在空气中无声地飘摇。

童琨想起上海逃难般的境遇，还有这弥散着市井热气的婚礼，她知道，她不可能做一个妈妈那样的女人了。婚姻把女孩变成女人，把她打入凡尘，变成人间烟火蜉蝣众生中的一个。对于童琨而言，一场婚礼就足以使她脱胎换骨了。

## 5

童琨和许泽群在南通住了三天，因为童琨家远在广州，又没有人来参加婚礼，南通婚俗中诸如"会亲"、"回门"之类的程序就免掉了。

即便如此，行程还是安排得十分紧张。童琨是春节前新换的工作，不好意思跟新单位提出要婚假。一个春节，他们只有九天假期，刨去路上的时间，剩下的时间实在有限。婚礼虽没在童琨家办，童琨母亲也是个讨厌繁文缛节的人，但是童琨是离异母亲唯一的孩子，结婚总要到广州待一待。好在回程车船票出人意料地没费什么工夫就买到了。

回南方的路本应比回江苏好走，但是对于童琨而言却是生命中最为艰难尴尬的一段旅程。许是环境变换的缘故，童琨的"好朋友"不合时宜地提前到来了。童琨本来就有痛经的毛病，而这次童琨的"好朋友"还特别多，一两个小时就得去一趟洗手间。要知道，春运的列车上，去一趟洗手间是件多困难的事啊！列车挤成了一个密不透风的沙丁鱼罐头，瘦弱如童琨想从挤成一团的人群中冲出一条路来基本就没有可能，所以，童琨要去一趟洗手间，要不就要许泽群在前面开路，要不就只好深一脚浅一脚地从人们的肩缝与腿足之间跨过去。来回一趟洗手间，童琨就弄得浑身虚汗淋漓，又累又痛的，简直要昏死过去。车到株洲的时候，已近凌晨，再熬大半天就到广州了，童琨的痛经忽然变得格外厉害起来，小腹处有把剪子般绞着肠子拼命往下坠、往下坠。她能感觉到下身一股股暖流汩汩往出涌，涌出来的温热的液体汇集在臀下很快变得冷冰冰的，人就像坐在冰雪的海洋里……童琨感觉到自己所有的热量在渐渐丧失，她对钻心的疼痛已经放弃了挣扎，她想她要死去了……

她以仅有的一丝力气扯醒了许泽群。她瘫坐在椅子上说："我要去洗手间。"许泽群睡得迷迷糊糊，眼睛稍稍睁了睁说："嗯，你自己去吧，人都睡下了，好走了。"是的，现在车厢里的人都睡下了，收割后的麦秸秆一样地东倒西歪满地都是，可是，即便从这些"麦秸秆"中间走过去，童琨都没有力气啊！而且，她的身后大概也"脏"了，她想叫起许泽群让他确认一下。虽说车厢昏暗的灯光下未必有人会发现，但是，即便是在伸手不见五指的一片漆黑中，她也绝不可能任由自己晃着"脏"了的身体从众人面前走过……童琨无奈地看着复又垂着脑袋舂米一般沉沉地打着瞌睡的许泽群，把盖在自己身上的大衣叠起来放在座椅上，抱了许泽群沉甸甸的脑袋放在大衣做成的枕头上。来回一趟洗手间，至少要十多二十分钟，这十多二十分钟，就让许泽群能睡多久睡多久吧！童琨想。

童琨自己拿过一件毛衣，用毛衣的两只衣袖绑在腰间，毛衣就盖住了身后的整个腰身。童琨弓着腰拖着虚弱的身体深一脚浅一脚地往洗手间走。列车在冬日的凌晨呼啸着向前，窗外一片漆黑，偶有寂寥的农舍里透出昏暗的灯光，黑夜中微弱的灯火明明灭灭，仿佛无声地诉说着奔波劳顿旅程中的寂寞与凄凉。

## 6

童琨的母亲童培芬在广州一人住着一套一百多平米的房子。这是她自己买的商品房。

作为计算机系的教授，童琨母亲是不缺钱的。但是自童琨工作后，她就再没给过童琨一分钱，童琨回家吃饭的买菜钱她都要AA制。童琨不明白母亲怎么把钱看得那么紧。童培芬嘴上说把物质财富留给子女是害子女的做法，其实童琨根本不相信。从小到大她看到母亲在钱上的锱铢必较。她知道母亲嘴上清高，实质上恨不得抱着钱睡觉才安心舒坦。

童琨和母亲的感情自小就不好。童琨对父亲没有概念，父母很早离了婚。长那么大，她没有母亲对她表示亲热的任何记忆。她是个相当严厉的母亲，辅导童琨解题，一道题解不出，她就会揪起童琨的头发让童琨在闷热漆黑的屋子里待上半夜。在她眼里，童琨实在是个蠢笨的女儿，智商不高，学习一般。童琨令她灰心失望透顶。但是童培芬总不放弃任何一线希望，十多年如一日，努力打造着女儿。家对童琨而言无异于一座牢狱，她是牢狱里接受改造的犯人。童琨在很小的时候就对学习丧失了兴趣，后来之所以还能考上一所大学,完全是渴望离开家庭的强烈心态产生的巨大动力使然。

童琨很少在许泽群面前说起她和母亲的关系。只是有一次,他们第一次谈婚论嫁的时候,童琨表情庄重地跟许泽群说:"你要给我一个很好的家。"许泽群说我知道。童琨说我需要一个很好的家,因为我的母亲。许泽群问与她的母亲有什么关系。童琨就想了一会儿说,我在小学四年级的时候,月经初次来潮,我根本不知道是怎么回事,但血是从那里出来的,我觉得自己很脏也很令我羞耻。我没有机会洗内裤,就把那些脏了的内裤塞到床底下。可巧有天母亲翻晒床褥,她找了邻居李阿姨来帮忙。她们发现了那几条内裤。当时我在外屋做作业,我的心都快跳出来了,我听到李阿姨说:"童老师,你家小琨是大姑娘了。"我听到母亲鼻子里哼了哼说:"早熟的女孩笨,我说她怎么那么笨呢。"

童琨说完就哭了,许泽群似乎还是懵察察(广东话:糊里糊涂)的。好在他还有一点对付女孩的可怜的经验,知道女孩哭了的时候应该去抱抱她吻吻她,他就那么做了。但是他兴许一辈子都不能明白这是童琨成长岁月里一个铭心刻骨的痛楚。

经事,是女人生命中一个麻烦又不能回避的角色。童琨的初潮,其意义远在身体之上。它更是童琨精神上的一次初潮。初潮以春水般悄然苏醒的方式宣告她身体的成熟,另一方面以毁灭性的劫难完成了她精神史上的第一次重塑。它使她懂得了绝望、放弃、渴望与新生。而她婚后的第一场经事,则又成为她与她母亲又一场争端的导火线。

童琨和许泽群结婚,童培芬当初并不同意。她看不上许泽群,一个普通公务员。童培芬倒不是嫌他没钱没权什么的。在童培芬眼中,"万般皆下品,唯有读书高"。女儿书读不上去,本指望嫁个读书人,譬如说在她带的研究生中找个有学术前途的好苗子也行,但是童琨又令她失望了。婚姻大事,儿女做主,她也知道拦不下来,只好听之任之。这回女儿结了婚过来小住,她既没表示开心也没表示不满。母女两人都心中有数,把这一两天的时光应付下来,该走的过场就算走完了。但是,半天没捱到,两人就一拍两散了。

童琨和许泽群到童家的时候，正是晚饭时分。

童培芬做了一桌颇为像样的饭菜，算是给足了小两口面子。自从童琨离开母亲出去读书，两人的关系日渐僵化。童琨一改往日的逆来顺受，对母亲，半口气都咽不下。童培芬自然也不会让着女儿，所以两人常常几句话不到头就掰，结果多半是童琨搬到同学家或干脆回学校。多少年来，这一对母女的关系就是那样：战争、冷战、须臾的和平、再战争……现在，战争的导火线又一次点燃了。

吃过晚饭，童琨去冲凉，冲完凉就蹲在地上洗内裤。童培芬看到女儿洗内裤，还是颇为关心地探过头来问："你月事来了，他不给你洗内裤？"

经事内裤是童琨心底的一个疤。她有点没好气地说："干吗要他洗？"

童培芬说："你应该知道的，女人经事期间浸凉水对身体很不好。"

童琨哼了哼说，我哪有那么娇气的命，从小到大浸凉水惯了。

童培芬气噎。她已在迁就这个女儿，给不喜欢的女婿做一桌菜，现在好意来提醒她，她竟好心当了驴肝肺。

童培芬忍不住问道："你这话什么意思？"

童琨不动声色地说："我没什么意思。"

童琨的毫不妥协，气得童培芬胸口发闷。她捂了胸口冷冷地说："倒是我多事多出什么意思来了，我本来的意思是，既然你嫁得了一个好老公，再不需要这个家了，你何不就多享享他的福。要知道，你现在就把他当了你的天，人是得寸进尺的，不要有一天退无可退了才后悔没听你妈的话。"

童培芬把话说完了，甩手进了房间。

童琨这边也呼地站了起来，拎起内裤扔进了垃圾篓，然后"哗"地一声把水倒到抽水马桶中，双手在衣襟上擦了两下，推开自己房间的门，拖起几只行李箱，拉了许泽群的手说："我们走。"

# 二 房子

# 房子

## 1

童琨一赌气跑回深圳，新婚夫妇还得住到各自的单身宿舍里去。

许泽群上班后，局里有一次"分房"。所谓"分房"，也就是给结婚没房者临时调剂租住房而已。这样的房子多半是租的农民房，两房一厅三房一厅不等。几家合住一套，一家一个房间，共用客厅、洗手间和厨房。

在中国乃至全世界，可能只有深圳一个城市有着成堆成片的农民房。说得好听的，说农民房是这崭新的城市上面的一块块补丁；说得难听的，说它们是城市的牛皮癣。因是当地农民自盖的小楼，缺少统一规划，杂乱无章，楼与楼之间也拥挤不堪，因为相邻楼之间伸手可及又叫"握手楼"。楼楼相挡，所以楼楼终日难见阳光。最麻烦的是水电线路设置极不合理，加上深圳本来水源紧张，停水断电是常有的事。再说楼里的租户，公司里的白领、皮包公司、来深圳创业的、二奶小姐、小商小贩、偷吃扒拿的、包括少部分许泽群这样的公务员……真所谓鱼龙混杂，各色人等应有尽有。

可是即便是这样的房子，也是童琨和许泽群渴望的。没有房子哪有家，没有家哪里安放爱情呢？

他们本来是想在广州住到许泽群上班，一上班就分房。既然提前回来了，童琨就想把搬家该做的准备先做做，该买的东西就要先看好。她想好了，一切就简（也只能就简，买多了东西也没地方放）。过上一两年，梅林一村的政府福利房盖好了，就好了。所谓过日子，怎么也省不了三餐一宿。虽说床总是要有的，但床架子可以不买，地上铺上地板胶，进门脱鞋，席梦思铺在地上当床就行。吃饭的桌子要一张，可以是个小几，坐在地上吃，榻榻米似的也很有情趣。衣橱总得要一个，童琨早就想好了，街上有那种塑料钢棍拆装的简易衣柜，用两年搬新家的时候扔掉算了。最后买上电视、空调和洗衣机、锅碗瓢盆，这个小家，不就搭建起来了么？

许泽群上班的前一天，童琨忽的有点紧张。她跟许泽群说，要不去找找行政处的头，送点东西，好歹房子也要住上一两年，要分得糟那就遭罪

19

了。童琨话刚说完，许泽群就不耐烦地说："分个调剂房嘛，哪来那么多头绪，要找人你去找啊。"回到深圳，新婚蜜月还没有开始，许泽群说话就这么个态度。童琨鼻子酸了，眼睛红了，只想，算了，也不是我一个人住，你能住我就能住。

其后的分房应验了童琨的先见之明。

他们那一户，分到巴登街的三房一厅。三家合住，一家是司机，一家也是一对新婚夫妻。许泽群分到的是最差的一间，房间最小，还朝北。农民房本来就少阳光，房间再朝北，可以想像房间定是终年暗无天日，见不到阳光了。这样的房子分给许泽群，他回来也没怨半句。童琨知道，许泽群是装大度，装无所谓，掩盖他的无可奈何。

搬家那天，因为分的房子不理想，童琨和许泽群都没什么精神，磨蹭到最后才去。等到一到，才知道他们俩以那样疲塌的态度对待分房，无异于把最后的机会都拱手让给了别人。客厅、厨房，包括阳台，都给先去的瓜分掉了。

那个司机也着实可以，房子拿的最大、朝南的主人房不说，客厅还给他全部占下了，摆了沙发、电视，还有一张小床。他们有个十一二岁的男孩，客厅已俨然成了他家孩子的房间了。

阳台成了另外两家的杂物间，整整齐齐地一分为二。洗手间没什么好分占的，但还是摆了台洗衣机，也不知是哪家的。本来童琨想买洗衣机。她最怕的就是洗衣服。她对自己手的珍惜不亚于珍惜自己的脸。她早就懂"手是女人的第二张脸"的说法。现在，童琨见了这架势，哪还摆得下第二台洗衣机，也就只好阿Q地想："看来自己命定是洗衣婆、煮饭婆的命，不过倒也省了洗衣机的钱。"

童琨来到厨房的时候，另外两家正在为争夺厨房唯一的灶头开战呢。只见一个健壮的小伙，站在厨房门口，手握菜刀，杀气腾腾。他一口东北口音，不时地平举菜刀，指着一个满脸涨得通红的中年男子说："你要敢搬你炉头进来，我跟你说我剁你，二话不说剁你……"

两边两家的女人都在拉自己的丈夫。年轻的妻子说："何必呢，跟他们计较。"年老的则说："现在的年轻人实在不像话了，这样的人书读得再多有什么用？"

年轻男子拿菜刀指了中年妇女："我跟你说，老子我就是凭我这张硕士文凭到局里来的，不像有的人什么本事也没有，凭的是关系！凭什么呀，一个堂堂硕士还比不过一个开车的，房子分得比你孬，客厅也你们家给占了，现在厨房还要占！还有没有点脸皮你？！"

中年男子说："我不在这儿烧饭，你倒是给我说说，我们一大家子哪里吃饭？"

他这话问得愚蠢。硕士冷笑起来："你问我，我问谁？就你要吃饭，我们就不要吃饭了？有本事找局里分房子的，再让他们分个厨房给你。"

硕士说完，转身进了厨房，"嘭"地一声把刀尖砸进砧板里，菜刀金鸡独立般站在砧板上，吓愣了一样的，筛糠似的颤抖不已。硕士指指刀说："分房间是行政处说了算，分厨房是这把刀说了算！"

说完出了厨房。

童琨和许泽群窝在自己阴森森的房间里。许泽群只顾埋头扫地，童琨忧心忡忡地看着自己新婚的丈夫。别人家要么靠关系，要么靠刀子，他们能靠什么呢？

俗话说"天无绝人之路"，司机给赶出厨房，就打起了阳台的主意。

可巧房东在阳台上留了条水路，司机就在水路下砌了个水池。他把那些杂物归拢好，在杂物上搭了块木板，把灶具摆上去，他们家的厨房就算有了着落。

硕士看在眼里，也跑去阳台上捣鼓了半天，最后把厨房的灶具也搬到了阳台上。弄好了就来找许泽群，他跟许泽群说："嘿哥们，厨房你们用吧，我们家小姚父母在深圳，我们去她家吃饭。"许泽群和童琨忙丢了手里活，一个劲地推让。厨房是人家"出生入死"争来的，自己怎么能要呢？

"我也不是怎么在乎那个厨房，行政处的那帮家伙做事太恶心人了，他一个司机凭什么在这儿做老大？分房结果一出来，我就找了行政处，那帮孙子说司机在局里工龄比我们长，谁不知道他是人事处长的司机。"

硕士说。

童琨听了这话，对硕士有了几分敬意。好歹他路见不平还去理论过，许泽群简直就是万事听之任之，不闻不问了。

许泽群和人家还在你推我让，童琨就打圆场说："你们的好意我们心领了，这样吧，厨房你们还是用着，我们去阳台。"

"那不行。"硕士一个劲摆手，"我用阳台，我把厨房让出来也是给他看看。他妈的，我跟他玩命，就是咽不下这口气！哥们儿给我个面子。"

童琨和许泽群却不过人家的好意，就应了下来。

房间很快弄好了，他们就买了炉具和锅碗瓢盆，还买了一罐煤气上来。

两人站在厨房里，对着那些凌乱的物什。童琨心里有了一种久违的安然与踏实的感觉——她渴望多年的居家过日子的生活啊，现在才可以开始了呢。本来，没有柴米油盐的生活，怎么会是家的生活呢？

现在，他们对着煤气罐和炉具，长长地舒了一口气。两个人忍不住相视一笑。许泽群拢了拢童琨："给我发个誓，给你老公煮一辈子饭。"

童琨笑了说："有人倒愿意煮一辈子，恐怕有人没耐心吃一辈子。"

许泽群说："那就看煮饭婆的手艺了。有句话说女人要留住男人，一要留住他的胃，二要——"他不说了，一直没精神的脸色有了神气，一脸鬼怪地说，"今天夜里告诉你。"

按许泽群的要求，至少童琨现在是没能力留住老公的胃的。她不会做饭，母亲也不做饭。从小到大，他们都是吃食堂。偶尔想打牙祭了，都是母亲带她去小餐馆吃。人是缺什么就渴望什么，童琨从记事时起，就对家常的饭菜有着一份超乎寻常的渴望。

十五岁那年，她和母亲闹了别扭，一气之下从家里跑了出来。其时正是晚饭时分，家家户户厨房的窗棂上，涂满了浸泡在氤氲油烟里的昏黄的灯光。那些昏暗朦胧的灯光散落在沉沉暮色里，好似天际明明灭灭的星斗。对于童琨，厨房的生活也便如星星一般，遥不可及。

那天童琨龟缩在一棵大榕树下。榕树旁是一间普通的平房，厨房里正

房 子

是热闹，菜下油锅发出欢快尖利的嗞啦声，锅铲有节奏地碰撞着铁锅叮当作响，浓浓的菜香从屋里飘了出来……童琨就在这时流下了眼泪。她想她是在这温暖美好的世界之外的。生活给予她的是那么单薄贫瘠的东西，母亲的脸色、永远考不好的试、从食堂打回来的冰冷的菜肴……她十多年阴郁而没有快乐的生活，原来就是源于她家没有一间活色生香的厨房。

就在那一天，她发誓要有自己的家。她要为一个家煮一辈子饭、做一辈子菜。

当然发誓归发誓，要真做起来就没那么容易。比如现在，童琨他们就遇到了麻烦。煤气罐和炉具买回来了，怎么把炉具与煤气罐连起来？

童琨固然不会，许泽群在家是独子，向来是衣来伸手、饭来张口。他是学法律的，动手能力也非常差。两人满头大汗地捣鼓了半天，好不容易连好了，心满意足地回到房间，累得一头倒在床上。两人并头躺着，在计划第一顿饭要做什么。

许泽群忽然想到什么似的，坐起来，出了房间，直奔厨房。童琨不明就里，跟在后面，只见许泽群盯着煤气罐接口左右打量，嘴里说："会不会漏气呢？"是啊，他们是新手，谁知道装的煤气罐会不会漏气呢？

童琨把鼻子凑到接口处，狠狠嗅了几下说："好像有点煤气味。"许泽群说，那说明在漏吧。童琨不知哪里来了灵感说："在上面点下火，要能着就是漏。"两人就在接口不远处了点火，果然，"噗"地一声，接口处升起了火苗。两人还凑着看，看火苗往哪儿去，想依此判断哪个位置漏。

两人正趴在煤气罐上专心致志地侦察，就听一声尖叫，司机老婆呆如木鸡地站在厨房门口，须臾她就反应过来，尖叫着往外跑，一边跑一边叫："不得了啦！不得了啦！厨房要爆炸啦！"

顷刻之间，司机和硕士两口子也冲到了厨房门口，在童琨和许泽群还没反应过来的时候，司机一个箭步冲进来，把二人猛地推到了门口，脱下自己的汗衫一把捂住了火苗……

司机拿汗衫捂了一会儿，确信火灭了才出来。大家这才惊魂未定地问许泽群两个："你们这是干什么？"

许泽群不好意思地说："我们不会装煤气，我们是想看看漏不漏气。"

大家给两个宝贝弄得哭笑不得。司机把煤气重新装过，又叮嘱他们一些用煤气的常识，大家这才散了。新婚夫妇的家庭生活算在惊险之中拉开了序幕。

## 2

搬好家的第二天，童琨就到公司上班了。

童琨供职的是家日本公司。她给渡边金属分厂主管技术、品质的副总做翻译。童琨虽说是外语学院日语专业毕业的，但那四年的日语水平应付吃喝拉撒睡都勉强。学校学的都是书本上的，实际用起来，那些书面语根本不管用。

就说这个副总矢部，一口长野日语，童琨开始的时候简直一句都听不明白，学校学的是东京日语呀！再说矢部整天泡在技术部、品证部，不是铆钉、模具，就是毛刺、线切割，童琨就更像在听天书了！好在在现场，什么东西都可以找到实物，找不到还可以连比带画。

最惨的是每天一次的生产计划例会，几大部门一起参加，中国人、日本人十来个，你一言我一语。出了问题大家只顾争执，根本不可能给你时间，让你问他刚才说过的一个单词是什么意思。这时候谁都急，他们闹不清还要来怨翻译，所以容不得你有一点差池。

要命的是，日本人还好糊弄，他们反正不会中文，实在不明白的，就在无妨大碍的情况下含混过去。难对付的是那些中国的部长、课长，他们多半会日语，有的还精通日语，只要有他们一个在场，你就甭想打一点马虎眼。

所以每天上午 8：30—9：00 这段时间，都是童琨一天中最痛苦的时刻。一场例会下来，一身虚汗，头疼欲裂。所以例会一结束，她都要偷偷躲到更衣间，坐在更衣间的凳子上，合上眼睛，养几分钟的神。有一次为一批理光产品的退货，开了整整半天的会议，童琨一出会议室，就奔到洗手间吐了起来。

她不知道，这样的日子何时才是个尽头。她想等她把那些生产、技术上的术语都掌握了，或许就会好一点。再说，换工作，还能做什么呢？学日语的，多半得从翻译做起；丢掉日语又太可惜了。更何况，深圳日资企业多，日语人才本来就缺，做日语翻译薪水还是很不错的。许泽群毕业于名校，工资才是自己的一半还不到呢。

　　她只有指望自己媳妇熬成婆的那一天。


　　新年过后去上班，童琨才发现公司变得格外忙碌起来。

　　一问，才知道索尼上了新品种，金属机芯也要在渡边做，所以渡边要上几条新的生产线。矢部放假就没回日本，公司各个部门都有不少人在加班。童琨一上班，矢部分外高兴，塞了个大红包给童琨，嘴里说："新娘子，好好干，公司今年要赚大钱了！"童琨谢了矢部，心下想，怎么干都可以，只要少开几次会就好了。

　　不曾想，上班第一天开会，童琨就碰上了麻烦。

　　这是公司开工第一天，生产、技术例会也就开得隆重些，平时不一定参加的部门诸如总务、人事、财务、营业等部门的部门长都列席了，这样的规模相当于一个全公司的部门长会议了。童琨上班不到一个月，第一次担任这样"大型"会议的翻译，自然更紧张了。会议进行到中途，中国的品证部长讲到一个技术问题，童琨译成了日语，似乎不少人没听明白。童琨觉得可能自己译得有点问题，就拜托品证部长再说一遍。品证部长重复了一遍，童琨找不到更贴切的译法，就把原来的译法重复了一遍。但是她话刚落音，就听品证部长以流利的日语把自己刚才的中文翻成了日语，那译法自然跟童琨的译法颇不一致。童琨的脸腾地红了，品证部长若无其事地一边讲中文，一边再把自己的话译成日语，他把童琨晾在一边，童琨红着脸垂下了头……

　　童琨能感觉到来自会议室各个角落的眼光，诧异的、同情的、奚落的、漠然的、幸灾乐祸的……她想逃离会场，逃离这使她备受耻辱的地方。但是她忍住了。她知道日本人是不原谅工作中的意气用事的。她甚至连泪水都忍住了，忍得鼻子酸痛，胸口发胀……她不能掉眼泪，这里绝对不是一个女人掉眼泪的地方……

　　第一天的班就上得那么窝囊。

　　回到家里，已是八点，第一天就加班了。

　　许泽群躺在床上看电视，见她回来，动也没动，说："你们公司真会剥削剩余价值啊，上班第一天也不放过。"想来他一直在等她，说话有点阴阳怪气的。

　　童琨累得一头倒在床上，嘴里说："我饿了，有什么吃的？"

　　许泽群这才侧过头来看她："你饿了，我还饿了呢，有什么吃的？在厨房，等你这个主妇去做呢。"

　　童琨哪还有精力心思做饭，就说："煮方便面吃算了，我累，做不动菜了。"

　　许泽群来拉她："哎呀，别那么娇气啦！我们一起去做好不好？今天买了螃蟹呢，不做死了就不好吃了。"

　　童琨根本动弹不得，任许泽群怎么拉，她都不起身。许泽群没办法，就来挠童琨痒。童琨最怕挠痒痒，现在许泽群一挠，童琨就止不住咯咯笑起来。许泽群以为童琨要求饶了，停了去看童琨的脸，一看吓一跳，童琨脸上早已是水花花的一片！她嘴上在笑，却早已哭成了大花猫！

　　许泽群愣住了，扳了童琨的肩头问童琨："嗨，你怎么啦？"

　　许泽群这一问，童琨干脆呜呜地哭起来，一天的辛酸和委屈这才迸发出来。她呜呜咽咽地说："那个讨厌的品证……呜……他……呜……嗯，居然……"她那样说话，许泽群怎能听清楚，许泽群心下也猜了个八九分，就说："哎，都过去的事了，现在再来生闲气，何必呢！"

　　他一边说着，一边把童琨拦腰抱起来，"吃饭吃饭，都饿死了。"

　　"吃饭吃饭，你就知道吃饭！"童琨把腰一扭，挣开了许泽群，拿被子蒙了头，复又倒在床上。想想自己的班上得这么窝囊，回到家里想讨点安慰，许泽群又这么不咸不淡的，真是什么人也指望不了，童琨更是悲从中来。

　　童琨哭得更伤心了。

　　童琨这么把脸一甩，弄得许泽群也有点尴尬。他买好了菜等她回来，

26

回来了还是这么个脸色！他一直在哄她,她还一点不见台阶就下,女人真是不好对付啊!

许泽群想到这里,叹了口气,自己跑到厨房里,做好了饭菜,碗筷都放到小几上摆好,复又过去哄童琨:"好啦好啦,哭够了吧,开饭开饭了!"

饭菜的香气在小屋弥漫开来,童琨的肚子也饿了。

其实刚才许泽群自己去做饭,童琨心下就有了歉意,但是没好意思跟过去。她既然哭开了,就要许泽群哄到她开心,没有台阶她才不自己找台阶下呢!

她想过去吃饭。白天在单位受的气也出得差不多了,可是许泽群一句"开饭了"就过去也太便宜了他!她又嘤嘤地哭了两声,这纯粹是哭给许泽群听的。许泽群就揭了被子,在她臀部拍了两下,"瞧你这懒样!"他说。

这已是他表示友好与昵爱的相当程度的方式了。

童琨没有动。许泽群就趴到她身上,把头埋到她的颈脖间,嘴里口齿不清地问:"吃不吃饭?嗯,吃不吃饭?"

按以往的情况,童琨就该搂住许泽群的脖子表示和解了。但是童琨觉得很累,她想再躺一会儿,就没有动。

许泽群有点讪讪的,也就丢了童琨自己一人去吃饭。男女相处久了,多半都会形成一套固定下来、彼此了熟于心的模式,比如什么时候什么人会生气,生气的人又怎样生气,那去和解的一方如何和解,和解到什么程度怨气才会烟消云散等等。恋爱往往是在生气、和解中谈成的,婚姻则是在生气、和解中奠定基础的。童琨和许泽群生气,气的时候两人有时没有轻重,气到一定时候,往往就往他们生气和解的模式上走,战争则在彼此的心照不宣中演绎为你侬我侬的卿卿我我。

这一次的生气,许泽群屡试不爽的和解似乎有些失效。许泽群大概也有点倦了,独自吃了饭收拾了碗筷,洗了澡,钻到被子里,呼呼大睡起来。

半夜的时候,他给童琨嘤嘤的哭声弄醒了。

童琨已经哭了一个晚上。

她没有想到许泽群那么怠慢她。她指望他什么？不就是体贴和呵护吗？可是他对自己那么没有耐心啊，还没两个回合就厌了她、丢了她、自己吃了饭还呼呼大睡了！他睡得那么沉实，全然没有理会到自己身边还有一个那么伤心的人！

跟妈妈在一起的时候，她也常常哭。那种哭，常常哭出一个决心来——总有一天，她要离开这个家，她要跟一个她爱着也是爱她的人组成一个新的家。这个家，是真正意义上的家，没有人让她伤心，即便她伤了心也有人来暖心暖肺地来呵护她……现在，这没有几天的新家就叫她哭了，她哭得寒心——这就是她一直梦寐以求的家么？身边这个呼呼大睡没心没肺的人，就是她赖以寄托终身幸福的人么？

许泽群睡得越沉，童琨就哭得越伤心。到最后，童琨的目的似乎只剩下了一个，就是把沉睡的许泽群哭醒。唤醒许泽群对自己的怜爱与温存。如果说这哭是寒心的，却也更多了一份期许和等待。但是，呼呼大睡的许泽群竟叫她哭到了半夜时分，这怎能不叫她哭啊哭啊哭啊哭呢？

给哭醒的许泽群，哪知道童琨这又是哪一出？他以为她身体不舒服，问她，她却只是哭。看那哭的精神头，也不像被病魔折磨着的样子。心想她也就是要哄哄吧，于是过去抱了她。童琨却哭得更伤心，他就再抱。童琨还是哭。

许泽群困得头皮发麻，只好耐着性子继续表示更进一步的温存。他把她的肩膀扳过来，对着她的麻花脸迷迷糊糊地亲了几口。童琨像一块坚冰一样开始融化了，身子往许泽群那边拱了拱，一只手也搭到了许泽群腰上。许泽群装做如饥似渴的样子又亲了几口，童琨就水母似的软软地贴了过来。女人的身体便就是那样的温暖呢，许泽群在昏昏的困倦中烘热了身体，那温热迅速上升，火热起来，终于无可遏止地化作了一股强劲的力量，令许泽群猛地把童琨紧紧地揽到怀里……

这便是新婚呢。所有的烦恼、困顿、体贴与呵护啊，都可以借凭年轻的身体，得到良好的解决与表达。

三 孩子

## 1

新婚的日子是檐下的日影，去了又来，来了又去，一天天就那样明明暗暗地过去了。

国庆前几天，两人在家吃苹果看电视，同时商量着国庆去哪里。

许泽群建议去广州看看童琨母亲。上次给童琨拖着走，他心下一直有那么点过意不去。他不喜欢童培芬，但他也不愿意童琨跟母亲弄得那么僵，毕竟一家人么！更何况，他的做人原则是老人总要孝敬的。

他刚跟童琨说出来，童琨就冷了脸说："要去你去。"童琨硬邦邦地呛着许泽群。许泽群给呛得直翻白眼，最后只得狠狠地说："你这样对待你老娘，小心遭报应，吃苹果吃出半条虫。"

许泽群话刚落音，童琨就喊恶心，一手扔了苹果就往洗手间奔，奔过去干呕了几口。回到房间刚刚坐定，又是一阵恶心，于是又奔洗手间。许泽群以为自己闯了祸，说："你也太娇气了，我不过说虫子……"童琨呕得眼泪都要出来了，看许泽群还在这里推卸责任，想想心又凉了半截。她知道不定是许泽群的责任，许是自己"有"了，早就过了来好朋友的日期，她也正担心着呢！

于是第二天童琨请了假就去医院，化验结果出来，果真是怀孕了。已经过了四十多天，医生问要还是做？做就要尽快做，马上国庆不上班，一耽误好几天做起来危险性更大。童琨就问现在能不能做？医生说能，童琨说那我就做掉吧。

怎么能要呢？他们还没有房子，也不知道谁能带孩子。童培芬不指望，许泽群的母亲，结婚的时候说了，让他们再过一两年等她退休了再要孩子，那时候她才可以过来带。她早就听说过打胎是多么恐怖，不打麻药，医生生生地拿个铁丝在女人子宫里钩呀钩，直到把一团血肉模糊的胚胎钩下来……平时，她可是小心了再小心的啊，任凭许泽群怎样软磨硬泡，她都要他"穿衣服"，但是这个孩子，还是怀上了，到底是怎么回事呢？

她想多半是许泽群做了手脚，男人啊，他就这样不管你死活。想到这里，她把许泽群恨得牙痒痒的。

现在，童琨必须做的是，马上做掉这个孩子。做了下午回去上半天班应付一下，把要处理的事情处理了，第二天开始休国庆假。这样也不用跟单位请假了，假是可以请到的，但她的上司是男鬼子，她怎能开这个口？

她拿了医生开的单就去门口给许泽群打电话，她告诉他她怀孕了，马上要动手术做掉，她要他马上过来。

许泽群到的时候，童琨还在排队。

要过节了，可能不少人都想趁着过节做孩子休假吧，所以人特别多。

童琨看到许泽群过来，可怜巴巴地望着他。许泽群忍不住有些心疼，就握了童琨的手说："别怕，那些人，出来还能走路呢！"童琨就白他一眼说："反正又不是你，当然不怕。"许泽群就由着她胡搅，除此之外，他也实在帮不了她什么。

轮到童琨了，童琨软塌塌地往手术室走。门一开，许泽群就从后面探进去半个头，唬得医生连忙赶他说："去去去，男人不能进来的！"许泽群则抵了门说："啊我不进来我不进来，是这样的，我老婆特别害怕，你们让她放松点……"医生显然不愿意听他啰嗦，斜着肩膀，顶着门，只想把门抵上。

许泽群忽地就从口袋里掏出一把红包，塞了一只到顶门的医生手里，剩下的塞到童琨手里，又跟医生招呼，又忙着跟童琨说："医生拜托啦拜托啦，她胆小！童琨你拿这些见医生就派一个啊……"话总算说完了，他就给关在了门外，剩下童琨拖着沉重不堪的脚步上刑场般的，走向了手术台。

童琨手里抓着一把红包往手术台走。这些红包弄得她又鼻子酸酸的。说这个人对自己不上心，这事他倒想到了。眼泪还是流了下来，说不清是酸楚还是些微的暖心。

童琨想自己真有理由掉一下眼泪，就凭那些闪着寒光叮当作响的金属器械马上就要进入她的身体——这二十多年来，除了她的丈夫再也没有谁碰过的身体。

那些冰冷的金属器械就那样冷脸冷眼地走进你女性的禁区，随意践踏你悉心呵护的身体隐秘。在它们那里，你知道你保持了二十多年的女性身体的尊严——不，甚至女性所有的尊严根本一文不值。

这还不够，最后，这场手术还将把钻心的疼痛留给脆弱无助的你。

童琨见了医生，按照许泽群的吩咐见一个医生就派一个。

她也不知道哪个给自己动手术，反正派多了总比派不到好。派出去四五个红包，那气氛是好多了，医生们变得和善起来。她们轻言巧语地让童琨躺到手术台上，对童琨问长问短，闲聊中便结束了手术，还好，不如想像的那么疼痛和恐怖。

童琨回家躺了一会儿，下午就去公司上班了。捱过这半天，就可以好好休息几天了，童琨想。

但是，便是这半天，差点弄得童琨丢了小命。

童琨到公司，脸色自然很不好。

矢部关心地问怎么了。童琨说肚子疼，胃炎，吃点药打点针就好了。矢部就说那好吧，没什么大事我就不找你了。

矢部这工作狂还果真做到，快下班了都没找童琨一回。童琨只在心底庆幸这天还算清闲，身体坐在桌前，却如风中的柳条一样虚弱无力。她一直在发抖，还出虚汗，什么都不做也不动，还是抖，并不停地出虚汗，还好像，每一处骨肉之间都有飕飕的凉风不停地吹……

快下班的时候，童琨觉得自己坐不住了，正要跟矢部说想早点回去，就听总经理办公室那里一片骚动，总经理疾步冲了出来，路过她办公桌的时候说："童桑，拜托过来一下！"

一群人跟着总经理往车间里冲。童琨见这架势知道出大事了，加上总经理叫她，也不知全身哪儿来的力气，也就跟着总经理往车间冲。冲到车间众人聚集的地方，众人见总经理来了，迅速让出一条道让总经理上前。童琨尾随总经理从让出的人道里走上前去，他们看见——200吨的冲压机下，几只血肉模糊的手指，化石一般地贴在漆黑的金属面上！

就在这时，外面传来了一声撕心裂肺的嚎哭，是那被砸了手的工人发

32

出的。

　　童琨就在这声嚎哭中，一头栽到了地上……


## 2

　　童培芬知道女儿住院后，忙赶到深圳来看童琨。

　　童琨躺在床上，恹恹地叫了一声"妈"，就不再想开口说话。童培芬见童琨还是没什么好脸色，就把许泽群叫到一边问长问短。她问得很细，好像在从事一项严格的研究工作。很显然，她在追查责任。看得出，她对许泽群在整个事件中的诸多表现颇不满意。但是碍于许泽群主动向她通报这件事的情分，她不好多说什么。

　　最后，她还是明确地对许泽群表示了不满。

　　"童琨嫁给了你，你就要对她负责任。"她说，"从身体到精神乃至物质上，都要负出起码的责任。比如这件事，她做手术，你作为丈夫，无论如何都要拦住她，不能让她去上班。她不同意也得拦。这是原则问题。"

　　他们站在医院住院部的边门口讲话。这是许泽群第一次单独跟童培芬交谈，也是他第一次领教童培芬的威严。童培芬不愧为大学教授，说起话来凌厉坚定，使人连反驳解释都没了信心。

　　许泽群看看天，天气也不好，阴沉沉的使人气闷。许泽群对着满脸严肃的童培芬，忽然觉得自己打电话告诉她这件事是一个多么错误的决定。她的一番话弄得他成了罪魁祸首不说，还使他感到一种前所未有的沉闷——一个大活人，他得对她负起全盘责任。她若有一丝闪失，那就是他的责任！

　　从小到大，他在父母溺爱有加的环境中长大。上了学，也因为是学习好又听话的好学生而备受老师宠爱，他何曾想过要担待别人！当然，跟童琨恋爱乃至结婚的时候他想过，他要给她幸福，给她一辈子的幸福……可是，现在想来，那些话似乎也只是一些热烈温存的誓言而已，他又何曾想过怎样给她幸福、怎样给她一辈子的幸福呢？至少，他哪里想到——按照童培芬这样的女人的理解，这样的承诺在日后的生活中就应该兑现为，妻子流产了就坚决不能让她去上班之类的行为和表现呢？

许泽群抬头看了看天，忍不住对着闷闷的天空舒了一口气：原来，做一个男人就要承担这么沉重而又琐碎的一切啊！

童培芬斟词酌句地说了这么一席话。

她说这些话的时候是慎重的。说重了，怕女婿不高兴；说轻了，又怕不痛不痒。她没有想到说完之后女婿就是这么个表现——他只是对着天空舒了一口气！

他是表现他的不耐烦吗？她以为，以他法律出身的起码学养，他应该有所应对：接受或者提出不同意见。但是他似乎更像她门下的那些工科生一样不善言表。倘若如此，她对他的学识能力就表示怀疑：一个法律人才，应该是口齿伶俐的。如果他连这个能力都不具备，他将来如何能在自己的专业领域有出色表现？一个男人，没有过硬的事业支撑，怎么给女人一份体面的生活——包括物质上的体面和精神上的体面？

童培芬很快结束了谈话，尽管她并没有弄明白女婿对她的教诲的反应。无论出于哪一种猜测——女婿厌烦她的谈话，或者他本来就是一个拙于言表的人——这都不能令童培芬满意。

这是他们第一次正式交谈。作为童培芬，更不愿给女婿留下任何不好的印象。这些年来，她在跟女儿的交往上屡屡受挫，使她对自己与晚辈的相处方式产生了怀疑。

但是，一切似乎都已不可逆转。她和童琨之间早已各自形成了一个强大的磁场引力。这两种力量相互作用的结果，是在某种时候必定出现某种引力强大的旋涡，她们的战争在旋涡中爆发并淹没……

所以，面对第一次打交道的女婿，童培芬表现出了极大的谨慎。她希望有一个尽量好一点的开头。尽管，第一个回合的交往，女婿的表现令她失望。

童培芬回到病房，在女儿面前坐了一会儿。

童琨还是不说话，或许她也的确太虚弱。但是看得出，这也是她没

34

有说出来的很体面的借口。童琨一直半闭着眼睛。她的脸色很糟糕，苍白憔悴。

童培芬看着女儿，再一次觉得女儿实在很漂亮——她比年轻的自己还要漂亮。因了这苍白的脸色，脸上的颜色全部褪去，更显她五官的精致与搭配的和谐。现在这张脸，却在慢慢而又深刻地刺伤她——这张脸让她想起自己年轻的时候。

那时候女儿还很小，她刚离婚。每天，她开完会或集中学习到深夜，回到宿舍的时候，女儿已经睡着了。她进家门的第一件事情，就是开了灯，仔仔细细凝望女儿的脸。女儿多半也是像这样，小脸歪歪地陷在枕头里。

她知道，她有一个美丽的女儿。她也相信，自己能培养出一个与她的美丽一样无可挑剔的聪明的女儿，女儿将实现她没有实现的梦想：做最出色的女人，为自己最爱的男人最爱，过最幸福的生活，她是她的希望和温暖之所在……

那些年，她过得有多难，可她就是靠那样凝望灯下的女儿的脸过来的。那时的她，心底有多少苦楚，就有多少甜蜜；她对幸福有多少绝望，就有多少希望……可是，现在，再看这张美轮美奂的脸，当年所有的甜蜜和热望都已消退殆尽，剩下的只有酸楚。是的，只有酸楚。女儿姿色的完美，使她才智的平庸显得格外刺眼，如同她苍白的脸色看不到一丝回天的希望。

童培芬再看站在她身边的女婿，衣着随便，言辞笨拙。她想，这也许就是她的人生。争强好胜一辈子，拒绝平庸、孤高绝尘，最后却栽在她寄予人生厚望的女儿手里。

便是眼前这娇弱的女儿，使她于痛楚的人生之后，再次品尝人生酸涩和刺痛的感觉，不像男人那么令你痛心彻肺，却也是寒风冽冽得使你无处可逃；而且，奇迹般地，她还要把你引领进这个琐碎平庸的人生中去。

童培芬看着童琨的时候，童琨能从眯缝的眼睛里看到母亲凝望自己的眼神，但她仍然不愿意张开眼睛。

她自然无法读懂母亲的心。她只知道母亲的眼睛是锐利尖刻的。这个母亲能看到女儿所有的弱点和无能,甚至洞穿她和母亲心头都视为邪恶或不堪的东西。

上学的时候,母亲辅导她学习。卡题时母亲就会盯着她看。童琨感觉在她炯炯的目光注视下,卡住的问题症结都为她一览无余。而那个症结在童琨脑里就是一个死死结住的结,她根本无法将它打开。她不敢面对母亲的目光。她知道母亲看到的岂止是她的问题结症之所在,更多的是她的愚笨与无能。还有,只要她撒一回谎,母亲的眼光从她脸上一经扫过,她就知道自己的谎言已被母亲洞穿。她惧怕母亲的眼光,它使她无处遁身。

童培芬知道女儿不愿意理自己。但是,女儿的虚弱还是令她心疼。女儿在这里,是作为一个流产病人,这使她深深意识到女儿已经不是她眼中的一个女孩儿了。女儿长大了,已经是一个女人。她有了自己的男人。没错,女儿的结婚都没有使她像这次这样深切地意识到这一点。是的,她是一个女人了。她有了自己的男人。也完全可以脱离母亲了,应该有一份属于自己的生活了。

可是,便是身边这个毛头小子么?他是女儿靠得住的人么?

童培芬的心底居然慌慌的,就像当年,她刚意识到,女儿似乎并不具备她所期望的过人的才智时的感觉一样。

童培芬已经不想再想下去了。她从包里掏出一叠钞票,递给许泽群说:"多给她买点滋补品,她喜欢吃什么就买什么。"

但童培芬看到女儿躺在枕头上的头摇了几下,嘴角还露出一丝笑容。

童培芬能想像,女儿以她微弱的力量表示了她的拒绝和轻蔑。童培芬的心已经很冷了,这已不能使她再次感到伤痛。她知道女儿为什么在她拿出钱来时连起码的面子都不维持了。女儿会认为她只知道拿钱来说话。

可是,她能以什么来跟童琨说话?童琨从上了大学就把她拒之于千里之外,谈了男朋友结了婚,则更没把她这个母亲放到眼里。她把丈夫当成了自己的天,她为多挣钱流了产还去上班……她拒绝跟自己沟通,自己来看她也不跟自己说话。童培芬能以什么来表达自己作为母亲的一丝关怀?

人与人之间,除了感情交流,不就是拿物质——更简便直接的,不就是拿钱来说话么?

还有什么比给钱更实沉的呢?她可知道钱的用处。宋知白跟她离了婚,十年都没有来看过她。他什么时候来过?还不是来找她借钱的那一次?这些她不用跟女儿说,在她,只剩下这唯一的表达。

她最后看了一眼病床上的女儿,她看到女儿的被子有一角滑到了床下,女儿的肩膀露在外面。她跟女婿说:"你把她的肩膀盖好。"

她没有帮女儿盖,那里离女儿的脸太近。她觉得那种举动已在她和女儿间显得过于亲昵。她和女儿多年以来都没有这种亲昵。再说,她的这次探视并未使她和女儿之间僵化的关系得到一丝缓解,她当然不会主动表示亲密。还有,女儿已经应该有人照顾了。这个人,不是自己,应该是女儿的那个男人。

许泽群送童培芬出门的时候,已经起风了,要下雨了。许泽群挽留童培芬住下来,童培芬坚持要走,说是第二天有课。许泽群就去帮童培芬打车,童培芬以她教师的口吻不容分辩地要许泽群快点回去照顾童琨。

许泽群只好目送着童培芬走出医院大门。许泽群看着这个瘦削的已近老年的妇人,独自一人迈着疾步在风中向前,衣襟都给风哗哗地吹起,腰板却依然挺得笔直。

她让他想起她的女儿,自己的妻子,她的身形不似她的母亲那么硬朗,她显得那么柔弱。但老人远去的背影使他觉得,母女俩还是相似的。

## 3

童琨在医院住了一个礼拜后回公司上班。

自己流产的事原本怕别人知道,这下反而弄得全公司皆知了,这令她很不自在。上班那天,她硬着头皮进了公司,刚在座位上坐下,还没见到矢部,总经理助理就来叫她,让她去一趟总经理办公室,结果她碰上了令她更不自在的事情。

高桥总经理在公司是个威严有加的人,这次对童琨却比较客气。他关切得体地询问了童琨的身体情况,对童琨带病坚持工作表示了由衷的赞赏。很快他把话题引入正题。他对童琨说，出于对童琨身体状况的考虑，做副总的翻译太辛苦，公司已决定把童琨调到综合部去，给综合部部长做助理。"这样你的职务就升为部长助理了，薪水也将提高一级。那个岗位很重要，需要综合能力强的人才，你应该能够胜任。再说，听说你的先生在政府部门工作，那个部门有不少事务要跟政府部门打交道，希望你能够利用你的优势做综合部长清水桑的好助手。"高桥最后说。

童琨没有想到调换工作岗位。事实上，近一年的班上下来，那些令她头疼的技术词汇她已大都掌握了，工作也基本上熟悉了，矢部是个还算好相处的老头。

要说工作中的不如意的话，也就是同行之间的竞争。渡边是丸井集团下面的一个金属分公司，丸井（深圳）公司有上万人，翻译多达近百人。在丸井集团，竞争最大的群体可能要算翻译了。人人想往上面去——去好的部门、给级别高的管理人员做翻译……所以，作为一个翻译，你哪里做得有点点不好，马上就传得日本人、中国人人尽皆知。

上次开会品证部长"撂"童琨，就一度在丸井传得很厉害。这样的事要发生在别的脾气大的翻译身上，要么会跟品证部长"干"上，要么都有可能走人。童琨回去跟许泽群哭了一场，闹腾到半夜，好像所有的不快都释放掉了，第二天又照常上班。

不照常上班又能怎样？跟品证部长干，她童琨干不过人家；走人，找丸井这样的大公司也不容易。童琨只有忍下来。后来童琨听说品证部一个大学刚毕业的小翻译张灵跟品证部长"好"上了，那个小翻译想往上跳，第一目标就是给副总做，品证部长当然帮着她去拆童琨的台。

从总经理办公室出来，童琨就看到张灵进了总经理办公室。童琨知道这次调换工作岗位，尽管自己升职加薪，她童琨还是输在了张灵这个小丫头手里。她知道，她和张灵两人工作岗位调动的消息一经公布，就等于把她童琨职场竞争的又一次失败公之于众。

上一回丢面子，自己忍下来了，这一回要不要忍呢？她准备回家跟许泽群商量了再说。

许泽群那天回家晚，说是加了会儿班，已经在单位吃了盒饭。

童琨没有收到他留的信。好不容易等到他回来，童琨就跟许泽群说调工作的事。许泽群听了就说那不是挺好的嘛，综合部不用成天下工厂，也不会那么辛苦，又升职又涨工资不是好事嘛！

童琨跟他说张灵的事，许泽群就很不耐烦地说："唉，你真是妇道人家，一件好事给你曲里拐弯想成这样！就算是，就算是她张灵赢了，那又怎样？我听你说过那个张灵多用功，找了技术辞典过来背，我就没见你在家背过一个单词。"

童琨没想到他这么说——她早就听人家在背后说她不用功，不比张灵刻苦，要向上。在她，其实从没把小小的张灵放在眼里。那个天津女孩子，语言上毫无天分，普通话都一口天津腔。说起日语来，好像在爬杆子，音调一路高了上去，人心给她吊得悬悬的，不知道她要爬多高，又要在哪里摔下来……

她跟许泽群说，她那样的日语，背完一本字典又怎样！她平时跟许泽群说了这些，现在，许泽群反而拿来说她！许泽群的话弄得她恼怒起来，她这才知道，她以前嘴里跟许泽群说，她不在乎那个女孩子，其实不过是自己给自己壮声势罢了。她鄙夷张灵的用功，不过是以这种鄙夷掩饰自己的无心向学——是的，她从来都不是一个好学生，读书的时候她不勤奋，工作了她依然如此，而这，何尝又不是她不想面对的一个自身欠缺呢？

但是，现在，许泽群还拿这样的话来噎她。许泽群的表现使她心冷——她面临的困境在他看来无足轻重，而且，他还来揭她的短！她什么都不想跟他说了，自己去厨房煮了一包方便面，端回房间来吃。

许泽群看童琨吃面，就凑到童琨面前涎着脸说，你给我吃一口。他自己回得晚，看童琨一直不吃饭等他，心下有点过意不去，就想跟童琨套点热乎。童琨为他刚才的表现恼着，也就不搭理他。许泽群想她为自己回得晚的事有点生气，也就由着她，心想她过会子就会好的。他是了解童琨的，顶多耍点小脾气，哄哄就烟消云散了。

这时他跟童琨说："喂，我告诉你，你以后不用做洗衣婆了，我们可以买洗衣机了。"

童琨不咸不淡地问:"买了哪里放?"

许泽群说:"今天司机跟我说,他家的洗衣机坏了,他问我愿不愿意买台洗衣机,大家合伙用。听说在别的单元,都是一台洗衣机大家合伙用。"

童琨本来不怎么想搭理他,这下还是忍不住睁大了眼睛问:"他这样跟你说?那么,他为什么不买?!"

许泽群倒很平静,理所当然似的:"我们已经用了厨房,也该贡献个洗衣机吧!反正以后还是要买的,不就是大家用一阵子么。再说,老赵等于救了我们一命呢,买台洗衣机送他都不为过。"

童琨不说话了。她知道其实是许泽群这人面子薄,人家这么说了,他就不好意思推。他在外面二话不说,把这荒唐的事体应承下来,回到家里这么跟她说,也就是找一堆理由应承她。

童琨冷着脸把面吃完,送碗去厨房。她见许泽群蹲在洗手间的一台洗衣机旁边,撅着屁股正紧着捣鼓。那个洗衣机面生,一看,是全新的。童琨心下讶异万分,她知道她不得不相信一个她想像不到的事实了——她走到许泽群身边,她问:"这是——你买的洗衣机吗?"

许泽群头也不抬地"嗯"了一声说:"你帮我扶着点。"

洗衣机斜靠在墙上,许泽群正在洗衣机的底部倒腾什么电源线。见童琨来,他希望童琨照料一下,以便使洗衣机斜靠得稳当点。

童琨对着斜在一边的洗衣机,忽然觉得自己也要像这台洗衣机一样斜倒下去。她扶住了墙:"买上千块钱的东西,你怎么不跟我商量好?"

许泽群这才抬起头来,不解地看着她:"反正要买的,洗衣机么,有什么好坏,你还没我懂呢。再说,这些天,你也不能跟我去挑。"

他说完继续命令她,"给我扶一下。"

童琨按捺住愤懑扶住了洗衣机。

"你这不是理由,如果你尊重我,你至少买之前跟我商量一下。"童琨说,"我平时什么都依你,你不能得寸进尺,弄到今天买这么大件东西都不跟我商量。"

"得寸进尺？我得寸进尺？"许泽群忽然站起来，"我是为你考虑怕你身体虚不能出门跑，你还说我得寸进尺？好像你跟我生活吃了多大的苦头受了多少的委屈一样，我得了什么寸进了什么尺了？我跟你说，我可不希望你整天拿你的小肚鸡肠来揣度我。"

许泽群忽然站起来说话，弄得童琨猝不及防，手下一松，洗衣机的一角就"咚"地一声砸到了地上。童琨吓了一跳。她没想到许泽群忽然发这么大脾气，弄得洗衣机都跟着火上浇油制造惊恐。她看着气得满脸通红的许泽群，只觉得自己的胸口发疼。她好言好语跟他说道理，他就这么个态度！无论何如，她应该考虑到她大病初愈身体还很虚弱啊！

童琨什么都不想再说了。她转身跑到厨房。她不知道自己怎么竟然打开水龙头洗起碗来了。水哗哗地往下流，她的眼泪也哗哗地往下流——她是这个人的妻子么？她是这样一个丈夫的妻子：他对外面的人多好，唯独对她这个妻子这么坏；他对她的事情漫不经心；他不体贴她他不照顾她，他甚至她哪里痛他就揭她哪里；他说她不用功说她小肚鸡肠，她把他当最亲的人跟他说这说那，到头来他就把她的死穴一点一个准！他呢，他独断专行他不把她放在眼里他心里哪有一点她呢？！

她一直把水弄得哗哗的。她再次感觉到了身体的虚弱。她就那么让水流着，似乎是想以哗哗的水声为她即将崩溃的身体和精神虚张声势。水池就在窗下，透过窗户可以看到对面"握手楼"里的厨房。这个时候，这家厨房竟然烹炒得热闹，菜蔬刚刚投入油锅，它们的亲密接触发出了欢快的嗞啦声响；铲刀和铁锅相碰，丁零当啷……

那些曾在久远的记忆里，带给她温暖和渴望的声音，从来都没有像今天这样让她感觉到绝望和疼痛过……

她想，原来一切都可以是那么的不堪一击啊。妇科手术器械可以击碎她二十多年建立起来的一个女人的尊严，眼前的声音也便那么轻而易举地击碎了她心底最温热的梦想。在生活的长河里，疼痛的来临是那样猝不及防，欢乐和幸福的得到与等待总是那样艰难而又遥远！

许泽群弄完洗衣机，累得很，洗了澡就上了床。

睡觉前，他意识到妻子生气了，就搂了童琨几次表示友好。但是童琨显然不如以前那么好哄，在许泽群一以贯之的老套路下，童琨一直无动于衷。许泽群放弃了哄她的努力。他又困又累，也想睡觉了。再说，他看了童琨一个晚上的眼色，凭什么他就要对她那么迁就忍让低三下四呢？

许泽群放弃了求和的努力，很快进入梦乡。童琨听到身边许泽群发出轻微的鼾声，也觉得有了倦意。她不能哭了，第二天要去新部门报到，精神状态不能太糟糕。她想起刚才痛哭过的眼睛，睡一觉，兴许明天就要肿起来。想到这里，她起身去洗手间，拧了毛巾，给眼睛做起冷敷来。

这一夜，两人都睡得很好，怨怼没有发生，和解也没有来临。两人婚恋交锋中固有的招式第一次被打破了。

## 4

许泽群和童琨，自婚恋六年以来的第一场冷战发生了。

想当年，他们的恋爱谈得那么好，不像别的小男女，吵闹、分手、和解再吵闹再分手再和解。不像童琨的大学同屋说的那样，永远是眼泪多于欢笑。

许泽群和童琨，在上海读的大学。童琨大二的时候，跟宿舍里的南通同学回家玩，碰到她哥哥也回来，请中学同学来家玩。他们认识了。什么叫一见钟情？也许这就是。

按许泽群后来的说法，第一眼见童琨，他就被她吸引住了。他说她太干净了。他这么说她，好像她吸引他的仅仅是干净——这么普通、普通得几乎不能成为理由的理由！事实上，在哪里，童琨都是公认的很好看的女孩子。

童琨对他这样的说法当然不满意。她揪着他问："我才只是干净呀？多少人是脏的呢？干净的人太多了你都去喜欢？"

许泽群说："我就是这个感觉，没有别人给我这个感觉。"

童琨还不能罢休，又问："那你不觉得我很好看呀？"

许泽群说："我没觉得。"

许泽群说这话样子很认真，好像这还不够气童琨，又说，"你就是普普通通的嘛，长得顺我的眼而已。"

童琨听了这话便又生气，许泽群这才嬉笑着来哄她。他这么一来，童琨更生气。因为此时他的嘻嘻哈哈进一步强化了他刚才的认真正经。

哼，在他眼里，她童琨就是那么普普通通的！


在许泽群之前，应该说，童琨的追求对象挺多的，其中不是没有让童琨动心的，但是一切都没有开始，那些喜欢自己的人——自己喜欢的、不喜欢的都有那么多的理由擦肩而过：因为不喜欢，因为不是恋爱的时候，因为没有明确的表白，因为对方的一句话、抑或一个细微的举止……错过是那么容易，简直天经地义；相逢竟然比错过还简单，简单得毫无道理。

她跟许泽群相逢了！

她喜欢他么？她和他就应该在那个春天开始恋爱的吧，他对她也没有表白，而他说错的话、做错的事又是何其之多！……

童琨一直想不明白其中的玄机，说缘分，那么缘分又是什么？人们一直在按某种规律行事，各人有各人的逻辑和哲学。其实关键的时刻，所有的逻辑和哲学似乎都不复存在，命运总在关键的时刻，甚至是某一个瞬间，迅速完成某种意外，在彻底改变了生活的方向后，又堂而皇之若无其事地步入逻辑和合理的轨道。猛看上去，生活处处是逻辑，事实上，生活在本质上是个最混乱无常的家伙！

想起自己的恋爱和婚姻，起先童琨常常有匪夷所思的感觉。现在，童琨再去想生活，每每都想对这个叫生活的家伙发出会心一笑。仿佛，她是这个世界上为数不多的洞彻生活的奥秘、谙知它喜欢恶作剧品性的人。

当然也不能说，许泽群的恋爱没有打动过她。从"逻辑"上来判断，他们的恋爱是一场地道的甚至几近完美的恋爱。曲里拐弯关系下的一次机缘巧合中相遇，这种偶然使爱情变得迷幻与浪漫；初次相遇，彼此之间心有所动，这是爱情开始必需的条件。许泽群被童琨的"干净"所打动；许泽群打动童琨的是什么？似乎什么都说不出来。但是，第一次见面，他就吸引了她。

他们一堆人在一起吃晚饭，许泽群坐在童琨斜对过，一围有十多个人，热闹喧嚣的场面上，童琨还是能够感觉到来自许泽群的温热的目光，但是等她试图以自己的目光捕捉他——以证实自己的感觉的时候，那个目光又神定气闲地游走了。仿佛，他对她的注视，只是一个不经意的逡巡而已。这游丝般若即若离的目光就这样牵挂了童琨的心。

第二天，一行人去狼山。

他们一直走在一起。大家开始开他们的玩笑。两人都没有介意。他们坦然地默认着大家的猜测，其实也是双方彼此最初的默认。下午，南通同学父亲单位的面包车来接他们。上车的时候，许泽群大大方方地坐到了童琨身边。

这是一个美好的春天的下午，正是油菜花盛开的季节。一望无际的平原上，到处是油菜花的金黄，那黄色，铺天盖地，有的甚至流到了路上。在广州水泥森林中长大的童琨从没经历过这样的春天——天地是那样开阔澄明，没有点滴荫翳与杂质；那一片片的明黄，娇嫩而又灿烂辉煌……

就在这个时候，她的手被人轻轻地握住了。她知道是那个人的手，但是她怎么也不能相信光天化日之下许泽群就敢来握她的手！她紧张得僵直了身体，她也感觉到了那只手的紧张，掌心出了细汗，热热湿湿却把她攥得更紧了。

她忍不住，侧过头去，对他嫣然一笑。

她渴望被他那么握着，在这空阔明丽的天地之间，她有被抓住了被渴望着的感觉——二十多年来，她便是一直渴望着这种感觉啊，有所偎依的有所指靠的，也被偎依被指靠……

阳光和田野的金黄在她眼前晃动，她知道迥然有别于她前二十年的人生就这样开始了。她的青春也才跟着这个异乡的春天真正地来临了……

回到学校，他们开始交往。

很快地，在童琨学校旁的林阴小路上，许泽群吻了她。这是他们的初吻，也都是他们人生的初吻。但是童琨一直觉得他们的恋爱是在那个油菜花开遍的江北小城开始的。

许多年过后，那个春天的一切常常会在某一个经意或不经意的瞬间袭击她的心灵——颠簸的汽车、熏暖的气息、许泽群湿热的手、满眼的金黄、她被风吹起的发丝……她再也没有经历过那样明丽的春天，那个春天永远地成为了她人生的一个瞬间，短暂、明亮，回忆起来才能体会到那竭尽粲然里蕴藏着的触目惊心。

热恋随着迅速降临的恋情以更为迅疾的姿态来临了。两人进入热恋的一反常态，使他们对于经历着的爱情深信不疑。

童琨自认为自己是一个具有一定忍耐能力的人，但是她的忍耐度似乎在这场爱情中降低为零。说好了过三天见面，可是离开一天她就想见他了。后两天的等待便就变得漫长而痛苦，每一分每一秒都成了喘着粗气寸步难行的老船工。起先她数着小时过，后来就是数着分数着秒最后就什么也数不了了，她只好打破预约去见他！

许泽群在爱情中表现出的狂热使他惊奇不已。无论童琨在他的想像中还是就在他的眼前怀里，他都不能明白她娇小柔弱的身躯里怎能蕴藏那么巨大的吸引力。她身上的每一寸肌肤都对他构成强烈的蛊惑。她诱引着他认识她，同时也认识他自己。她使他看到另一个陌生的自己，那蓬勃生长着的陌生的自己——充满着汪洋恣肆的力量却又细致敏锐，呼啸奔涌着，试图吞噬淹没浸透那个蛊惑他的女孩的身体的每一寸肌肤每一个角落……

校园的小径，公园的草地，弄堂的角落……在他们足迹所及的每一个地方，童琨娇小有限的身体空间，于许泽群而言都成了风光旖旎的海底世界。女孩的禁忌无所不在。他是雄心勃勃兴致无限的潜水者，每一次冒险的突破带给他的都是另一番的无限风光。

奇妙的是，他是那曼妙身体的探巡者，每一次缠绵的驻留与激越的交锋都意味着一次崭新的颠峰历验，而她也好像在和他一同迅疾地变幻生长。他永远在渴望，满足之后又野草般蔓生出更杂乱葱茏的渴望……

最后，那渴望终于使他心生畏惧与羞怯。他拢着她，再不敢吻她，手也只是老老实实地放在她的背上。他用郁闷的声音跟她说："我不敢老是这样，我怕，怕伤害你……"

童琨被他忽然的表现弄得不解起来。她诧异地看着他。他跟她解释，"好像，好像我在玷污你，而你是那么干净的。"

许泽群再一次跟童琨说到"干净"，这一次童琨对许泽群的"干净"有了些许的认识，不是那么"普通""一般"，这"干净"不是那么的人尽可为，是干净，更是洁净甚至是圣洁吧？

这种感觉弄得童琨有点受宠若惊。她拢紧了许泽群。她喜欢上了这种说法。这么多年来，她不知道自己到底在哪里。她离人群和她的母亲时而那么远，远得她看人间恍如隔世，自己完全可以不需要世界也可以不被世界需要；时而却又那么近，近得她感觉她与他人骨肉相撞击、相摩擦，甚至她就挣扎在滚滚而过的脚步下……现在，她知道她是这个男人的女人，遥远却又可以贴近的，她足以令他珍爱与安心地留存。

这便是他们的恋爱，在情感、身体乃至心灵上，大的错位都没有发生。许泽群和童琨像两个无师自通的学生，圆满地完成了彼此的答卷。与开始就充满波折的婚姻相比，恋爱反倒像大街上随处可见的婚礼一般，美满甜蜜，玫瑰百合处处开遍。

## 5

婚恋六年后首度出现的冷战进行了两天。

第一天，谁都没有买菜。

童琨把冰箱里头天晚上剩下的菜热了，许泽群也就毫不客气地坐下来吃童琨热的菜，吃完饭两人把各自的碗洗了。之后，童琨看杂志，许泽群看电视里的足球赛。因为一个精彩的进球许泽群还从床上跳起来大叫了一声，童琨白了他一眼。

她想，这就是男人，只要有他喜欢的东西他就可以把你忘得干干净净。后来童琨在球赛的聒噪下进入梦乡。第一天去新部门上班，事情不多，但是精神上还是比较紧张的。她有些累了，睡得很甜。

半夜的时候，童琨感到有一只手在她身上柔滑地移动，最后停留在它最爱停留的地方。身后，那个人也靠了过来，臂弯像海藻一样把两人的身体缠在一起。童琨带着模糊的睡意挣脱着那只手的缠绕。很快，那手松开了，却没有退回去，它搭到了她的肩上，随意而又沉沉地，带着它的主人，死心塌地地偎在了童琨身畔。

童琨继续睡觉。她已经明白了这只手一番举动中蕴涵的所有含义。它不像以往一样是它主人身体欲望的先行者，此时它更是一只外交之手。它以无比明白的语言告诉你：你看，我的主人未必是为了跟你做那件事，我的主人只是想以靠近你的行为表示他对你的友好态度。

童琨没有呼应这种友好。

她很累，她也没有任何呼应的兴致，好像疼透过了，一切感觉还没有恢复过来。

第二天，许泽群就没有回家吃晚饭。直到半夜过后，他才回来。他打麻将去了。这也是他到深圳第一次出去打麻将。

这一夜，大家相安无事。


第三天，是周末。

一早醒来，日上三竿，许泽群还在呼呼大睡。太阳很好，朝北的窗外白亮白亮的，童琨躺在床上，可以看到夹在两栋楼之间的一方天空，没有一丝云彩，在秋天阳光的照射下显得那样空阔辽远。

她感到整个身心也是空空的了，肚子饿。不知道她和许泽群的冷战要打到什么时候，新部门的工作一点底都没有，清水看上去高深莫测也不如矢部那么好对付……

她躺在床上看天，忽就觉得自己躺在一个深渊之中，阳光灿烂，天高云淡。没有什么比一片灿烂下的孤独与恐惧更无望。她想起那个明丽的春天。她想哭了。她想着那些灿烂的油菜花儿。它们疯狂地盛开着，没有人知道它们的决绝与凄凉，当初的自己也没有。

她想好好哭一场了。已经两天没有哭了，现在她又想哭了。那么，就好好地哭一场吧。

童琨放开了心神开始哭，呜呜咽咽的，哭着哭着也就觉得心下舒坦了一点。不知不觉的，她嘤嘤的哭声高了起来。

她的哭声终于弄醒了许泽群。他转过头来看了她一眼，确信她在哭便又很快地转过身去，拿被子蒙住了头，反应强烈地表示出他要睡觉的意思，并且他厌烦她的哭声。

说实在的，他也不知道她要干什么，结了婚就动不动拿脸子给他看，嗯，因为她工作辛苦，她辛苦他就不辛苦么？她辛苦也不是他许泽群造成的；她小肚鸡肠，为一个洗衣机闹腾到今天；她那么难伺候，动不动就要哭，要他哄，天底下哪有这么娇气的女人！哄就哄吧，前天晚上就哄了，还哄不好。现在这大礼拜的，一早又哭起来不让人睡觉，她烦不烦人哪，她到底要干什么？！

童琨没有想到许泽群如此明确地表示出他的厌烦，心灰意冷的感觉再一次涌上心头。

本来，哭的时候她已经决定跟他和好了。只要他友好的手一伸出来，她就扑向他的怀抱，然后在他的怀里说一说哭一哭，跟以往每一次生气或耍脾气一样，和解在卿卿我我甚至热烈缠绵中圆满结束。但是许泽群却给她一个冷脊梁！

他已经厌倦我了，他已经一点都不心疼我了。童琨想。想这些的时候她知道谁在心疼她，那就是她自己，没错，她自己的心在疼。

面对这样的局面，她有什么办法呢？她只有哭，哭啊哭啊哭啊哭……

她越哭越伤心，终于哭到最伤心的时候，许泽群一骨碌坐了起来，指着她的鼻子："你给我说说，谁惹你了？你这是做给谁看？你到底想干什么？！"

他两眼死死地瞪着她，眼睛要冒出火来，那是仇恨、厌恶和一百分的不解。童琨没有看到过这样的眼睛，她愣住了，哭也吓得止住了，她也看着他。

许泽群看着她，最后他说："你要好好过就好好过，不想好好过你说清楚！"

我不想好好过了？我何尝不想好好过了？我嫁给你图什么？不就是有人疼有人爱吗？你这个样子对我反倒说我不想过了，你血口喷人何其狠毒阴险啊！

童琨想到这里，惊住的意识才缓过神来。她又看了他一眼，仿佛这才看清他一点了。他令她不寒而栗。许泽群苍白的脸在窗外光亮的映照下变得格外恐怖，让她想起月光下的白骨。对她来说，许泽群的血肉——那些往日的岁月里给了她温热的血肉忽然间不复存在了，剩下的就是一副白骨，丑陋而又阴森可怕，而且随时会以最恐怖的方式折磨她的身体与心灵。

童琨猛地从床上爬了起来。她以最迅疾的动作套上衣服，打开橱门，随便拽出几件衣服，塞到一只大的皮包里。她要离开这个家了，更准确说来，她要赶快逃离这里……

等她忙乱地收好东西去开门的时候，许泽群却从她背后绕过来，猛地把她抱住了。他把她紧紧抱在怀里，不是以往温存的拥抱，而是一种近乎于暴力的钳制性行为。她被他抱得紧紧的，丝毫都动弹不得。她绝望的声音隐闷地说："你放开我，放开我，让我走，我不要待在这里了……"

抱着她的双臂纹丝不动，不给她丝毫实现她愿望的机会。她隐闷的声音一遍遍地重复着："放开我，放开我，让我离开这里……"

声音慢慢地小了下去，最后这衰弱的声音似乎只表示了一种意思，那就是她的哀求。她在哀求他，苦苦而柔弱地哀求他，未必是放开她，还有，若干若干种哀求，哀求怜悯、哀求懂得、哀求伤疼与无助离开她……

那坚定有力的双臂就在这个时候把她的身子扭转过来，他让她的脸对着他的，然后他把吻按到她唇上。她被他温温却又牢牢地吻了一会儿，她没有挣扎和抗拒，却也没有呼应。

等他把她的嘴一松开，童琨就"哇"地一声哭出声来。许泽群连忙又拿嘴按住了她的嘴——他不想让隔壁听到她的哭声。


这个周末，成为他们婚后比较丰富的一天。

他们在一家餐厅吃了午饭，回到家里睡了个舒服的午觉。需要交代的是，他们在这个午睡里恢复到童琨流产前睡觉的亲热状态，两个人朝一个方向睡。

许泽群的手从童琨的背后伸到童琨胸前，搁在他喜欢搁的地方。对他来说，他掌心里蛰伏着的是一只驯良的小兔，安静而又柔顺。在童琨，她能感觉到自己的每一声心跳都被一只温暖的手掌掌控了。她的心在他手里。她喜欢那样，让自己温柔的心跳一次一次地撞击他宽厚沉静的手掌。这一切，让她知道，她活着，而且活得有条不紊。世界可以是那么小，小得只有一颗可以被包容着的心。睡觉起来后，他们去了农科院。童琨早就听说那里有一片玫瑰花的园子，不对外开放的。他们跑去看，果真，有一片好大的玫瑰园，种着各种各样的玫瑰，红的、粉的、白的、黄的……玫瑰开得正好。

童琨一个劲地惊叹着。她没见过这么多的玫瑰，多得简直让她觉得奢侈。童琨看着眼前的玫瑰园，想起一句话："梦中的玫瑰园。"

上午的风波过去，童琨看这园子觉得它像雨后的彩虹一样绚烂。

许泽群沿着园子转了一圈，回到童琨身边说这个园子可能有几百个平米呢。童琨说是啊，这辈子有这么个园子就算没白活了。

许泽群看了看她，过了一会儿嘴里似是不经意地说了一句："会有的。"

童琨侧过头去饶有兴趣地看着他："你说会有的？"

许泽群没搭理她。

童琨就晃着许泽群的胳膊："你说我们会有这么个园子吗？"

许泽群就点了点头说："会有的，什么都会有的，还有车子，别墅，和孩子。"

## 6

孩子很快地来临了。

第二年秋天，童琨又意外地怀上了。

她已经不想再去追究许泽群在第二次"事故"中做了什么手脚，当然她也不想再去打胎了。孩子比计划早来了大半年，也就是说孩子降生的时候，他们将有大半年的时间面临临时住房和孩子没有人带的局面。半年时间虽然不太好对付，但总可以熬过去，童琨想。

没有什么熬不过来的，童琨开始相信这一点。现在，她已经不再像以前那么爱哭。烦恼和痛苦都在一点一滴地被她熬过去，哭解决不了任何问题，只会给许泽群和自己增添更大的苦恼。还有忘却，在一些瞬间或漫长的时光中，你应该能够忘记自己所经历着的不堪，甚至忘记自己的存在，在童琨看来，这是使自己尽量少哭的唯一办法。

说不哭，怀孕还是使童琨再一次陷入眼泪的海洋。早孕的难受远远超出了她的想像，吃不下东西，恶心、呕吐。每天晚饭前她都在桌前发愁，往往就在那样的时候，恶心的感觉特别强烈，胃里翻江倒海常常搅得她眼泪汪汪。她掉眼泪，倒不仅仅是难受，更是着急，照这么下去，肚子里的孩子哪儿来营养呢？但是越着急，越是吃不下东西，越吃不下东西，也就越恶心。

许泽群的母亲在童琨生产前半个月请假来了。

她不能来得太早，住是个问题。

现在，老少三口就靠着简易的衣柜一隔，童琨和泽群妈住里面的床，许泽群在外面打地铺。

许泽群说什么也不让老人家住外面，他坚持要母亲住床上。这样，童琨就和陌生的婆婆住在一处。童琨妈在童琨生产前来了一趟，见这架势，要童琨去广州生孩子。许泽群母亲愿意的话，也可以跟着一起去。

"我那里方便一点，泽群妈你去，也可以为我分担一些负担。"童培芬说。

她没有想到待产的女儿面临的是这样的局面。她对女婿多少有点不满意。她现在也只能给出这样一个建议，尽管，弄一大群人回去，自己的工作和生活都要受到很大影响。

"我不想去广州，在深圳我各方面熟悉一些，再说不用多久，许泽群就能买房子了。"童琨不等许泽群母子表态就先表态了。她的这一表态无

疑使童培芬的建议失去了实施的可能,她都不去,许泽群和泽群母亲还能
说什么呢?

　　童培芬知道女儿的脾气。女儿如此倔强,对她的好意丝毫都不领受,
她觉得颇为寒心。她不能明白的是,她哪里得罪女儿了?她孤身一人把她
拉扯大,她对自己就像个白眼狼似的。说她没良心不懂事吧,她对许泽群
那么好,对他简直就没半点要求……

　　童培芬想到这里,无可奈何地叹了口气。她跑到街上,想给即将出世
的小外孙(外孙女)买点什么。女儿要生产了,她不愿意去广州,也就意
味着她不可能在女儿初为人母的特殊时期扮演什么角色了。给未来的宝宝
买点什么,或许,还能够在这个新生命降临的艰难窘迫的环境里留下一点
她这个外婆的印迹。


　　童培芬在街上转了一圈。最后,看中了一张可拆卸的婴儿床。

　　她买了这张床。她的想法是,无论房子多紧张,都要让孩子自己睡。
她知道童琨体质差,她不希望童琨带孩子睡觉。女儿将做母亲了,她知道
这个角色对于一个女人而言意味着什么。直到现在,自己的女儿已经成年
了,她都在体会一个母亲的哀伤和无奈。她无法为女儿做得更多,现在,
也就是买一张婴儿床给她。在抚养一个婴儿的艰难的时光中,她想为女儿
做到的,也就是多一点自己的空间和时间,可以睡得安稳点,香甜点。

　　她在童琨他们住所附近买了床,打车犯不上,坐车也没公交车进那小
巷子,童培芬只好自己背着过去。路不远,加上爬了四层楼上去,到童琨
小屋子的时候,童培芬已经气喘吁吁的了。她要蹲下来,才能把肩上的婴
儿床放下来。就在她蹲下去的时候,小床从她肩头忽然滑下来,快得猝不
及防,把她的肩头带着扭了一下。童培芬疼得按着自己的肩头半天说不出
话来。

　　其时泽群妈妈不在房间里,童琨行动迟缓,眼睁睁看着母亲扭了肩
头,疼得脸都变了形。她赶紧过去看母亲,嘴里忍不住责备说:"你这是
背的什么?干吗自己背吗,你可以叫个工人帮你的。"

　　童培芬揉着肩头喘着气告诉她是婴儿床。童琨听了就说买这个干什么

呀？你看哪有地方摆？童培芬想自己吃辛受苦地把婴儿床背回来她还这样说，念她是孕妇也就耐着性子说："你生产了不要跟孩子睡，让孩子自己睡，最好让他们照料，跟孩子睡夜里很耗神的，女人月子里身体不养好一辈子都补不起来。"

要以往听了这话，童琨就又会恼母亲。在她眼里，母亲是个很自私的人，很少为别人考虑，一旦母亲表现出她自私的一面就令她相当反感。现在看母亲疼成这样，童琨也就不忍心说什么。

童琨就耐着性子说："泽群妈说了，孩子生下来她带着睡，不过还是得跟我睡一段时间，这里只有一张床。"

童培芬这才知道女儿跟她的婆婆睡在一张床上。她知道女儿是有一点洁癖的，小时候床上连布娃娃都不让放，说是嫌脏，现在她居然能跟一个不甚相熟的中年妇人睡一张床！联想到女儿跟自己连一所房子都不愿待，童培芬心里酸酸的。

她实在忍不住了，嘴角浮起一丝冷笑说："好吧，用不用随你们，反正不用的话可以叠起来扔一边。"

童培芬说了这话就起身告辞。童琨知道自己又得罪母亲了，母亲用了"你们"这个词，把自己和女儿女婿们一并分开。她知道母亲已明白无误地宣告自己将从女儿的生产和小生命的抚养中退出了。这是童琨早就料想到的。不过反正她童琨也没指望母亲，童琨想。

听着童培芬泛起硝烟的话，童琨决定沉默。她知道自己不能生气，这对孩子不好。但是等童培芬从椅子上站起来，又一次不经意地按了按自己的肩头时，童琨的心忽就软软地动了一下。她想母亲，这一贯犀利强悍的母亲，她也有不堪一击的时候呀！


# 7

许泽群是家里的独子，泽群家也就盼着生个男孩。

泽群母亲来深圳的时候，带了一些婴儿用品过来，都是男孩子的。他家是毫不隐晦地表示着盼孙子的愿望，全然不去考虑给产妇带来的心理压力。

等到农历七月二十那天晚上，孩子生了下来，疲惫不堪的童琨从产房出来，外面等着迎她的是许泽群和童培芬。泽群母亲早先听到护士来报过喜，说是女孩，就浑身松了劲，跑到一个角落里，蹲在那里半天起不来。

童琨对于婆婆的表现有些思想准备。她想要个女孩。她要把她打扮得漂漂亮亮的。她要好好地呵护她、宠爱她。她将竭她所能给她最美好的生活。上天终于如她所愿，她心里快慰还来不及呢，婆婆的反应也就根本没往心里去。

童琨的产假是四个月，原则上可以延长一些。但是童琨月子里就听说了，世界金融风暴开始以来，很多日本企业都受很大影响，他们的公司也不例外。不要说超假不回，有的部门已在裁减员工。产假马上就要满了，一切都还没有着落。

泽群母亲不愿在这儿带孩子，条件艰苦没牌打不说，又是个孙女，她多少有点提不起劲头。她的意思是，要带可以，她把孩子带回南通带。童琨当然不愿意，许泽群的意思是倒也未尝不可。眼看着假期一天天临近，童琨急得乘泽群母亲不在就要许泽群去找保姆。

看来许泽群就是故意拖着，一方面说保姆哪那么容易找，另一方面又试着做童琨的思想工作。孩子带回南通也就几个月，等他分到房子了，还是要把孩子接回来的。两个人一个催，一个磨，终于有一天，许泽群忍无可忍，冲童琨吼起来："就是你女儿金贵呀？她奶奶带你都不放心？要找人你自己找啊！"

童琨知道指望他是一点门都没有了，又气得大哭一场。许泽群大概是烦了她哭，见她开始抹眼泪就甩手出了门。那天玩到半夜过后才回来，他又打麻将去了。真是龙生龙凤生凤，他越来越像他父母了，越来越爱打麻将。

孩子过完满百天纪念，泽群母亲把她带去了南通。送去机场的路上，童琨哭得泪人儿一般，许泽群一直把她拢在怀里。泽群母亲进了检票口，他们也往回走。童琨一头挣脱了许泽群的怀抱。她给许泽群扔下一句话："许泽群，我恨你，我恨透了你！"

说完就一个人头也不回地疾步往前走去。

童琨一上班,就搬回了公司宿舍。


## 8

许泽群从机场出来,直接赶去银湖开会。他根本没想到童琨会离家出走。

童琨给他留的便条是她搬去公司住,请他不要去找她。他要找的话,她会把事情做得很难看。他知道,这次童琨是真的生气了。他决定依童琨的要求不去找。他想这未尝不是好事,让她自己冷静冷静。

那么多的孩子都可以靠老人长大,包括他自己,当初一个来月大就送去乡下的爷爷家待到上完小学,现在想来,童年竟给了他人生最为美好的一段回忆。当然,哪个做父母的不牵挂自己的儿女?但是条件不许可的情况下,就得放宽心去想问题。他认为对于孩子带去南通这件事,童琨的反应显然太过偏激了。

童琨拎着她的白色羊皮包出现在丸井公司她朋友顾蕾的宿舍时,顾蕾惊得眼珠子都要掉下来了。聪明的顾蕾一眼就看出童琨是从家里出走的。

她接了童琨的包就开始数落童琨:"我的小姑奶奶,你好端端的闹腾什么呀?我跟你说我可不收留你啊,你顶多在我这住一个晚上,住过两天你就等着公司的风言风语吧!"

平时童琨跟许泽群闹别扭了,常常会跟顾蕾说说。顾蕾是个离婚女人,奇怪的是婚姻的不幸似乎没使她对男人产生任何成见。每次童琨跟许泽群闹别扭,顾蕾都不站在童琨这边。她总说童琨小题大做,胡搅蛮缠。这回当然也不例外了。

顾蕾煮了功夫茶跟童琨喝茶,同时开始教训她:"许泽群还是不错的,人缘好,工作认真,还能跟你分担分担家务。现在偶尔出去打打麻将,男人这个爱好不算什么。要他在外面胡来你还怎么着?你该知足了,好好过日子,不要没事找事。"

童琨每次跟顾蕾倒苦水,最后总是得到顾蕾的这番总结性发言。童琨觉得她跟那些苦口婆心的啰嗦老妈差不多。尽管如此,顾蕾还是童琨在公司里最要好的朋友。

童琨刚进公司的时候,有一次在一起跟各自的日本老板指导生产部的一个课长作业。这个课长也不知跟顾蕾结过什么梁子,硬是找她的茬说她的翻译不明白。顾蕾把一句话重复了若干遍,那个家伙还是装做一脸茫然的样子对着日本老板摇头,没想到这边顾蕾就把铅笔往这个课长脸上一摔说:"你这个蠢蛋,我懒得给你翻了!"说完就扬长而去。

那一次,童琨就在心底喜欢上了她。

顾蕾也知道自己嚼的老三篇不能对童琨起什么作用,但她知道还得嚼,总之你不能跟这诉苦的站到一边去。

夫妻吵架,女人出来求助,目的无外乎有两个,一个是说一说心里舒坦点,另外就是想找某种证明的。夫妻生气,在气头上时对对方总是恨之入骨的,但夫妻矛盾基本上算是人民内部矛盾。你若像处理敌我矛盾一样,跟着一方对另一方不共戴天,做下这种火上浇油的事情,只能把诉苦的一方往绝路上推。

在顾蕾看来,童琨和许泽群,原则性的问题没有,吵吵架又是什么大不了的事情呢?难不成叫童琨离婚?要真离了婚,她童琨就该知道这和婚姻中的苦相比哪个更不能让人忍受了。

再说童琨,顾蕾太知道她的心思了,每每这样的时候,她嘴上把许泽群说得一无是处,心底却并不愿意承认这就是事实。事情明摆着,如果这就是事实她童琨有什么好处?她反复跟自己的知心朋友说许泽群这不好那不好,其实她比谁都期望得到对自己的批驳。

顾蕾深谙其中之道,总是毫不留情地驳斥她。童琨说一条,她驳一条,最后没有条目可说了,童琨就在说过的条目上一条条深化细化,顾蕾只好进一步驳斥……

这样的时候,童琨充分显示了她个性中细致敏锐而又执拗倔强的一面。她不能容忍顾蕾的辩驳中有任何疏漏,任何一个细小的疏漏都可能使顾蕾所有的努力前功尽弃,剩下来的只有一个结论,那就是顾蕾从头到尾都在骗她。这个结论对童琨而言无异于雪上添霜。

顾蕾深知自己对朋友肩负的精神重担，每每这样的时候总是使出浑身解数来，所以童琨倒一次苦水都要弄得顾蕾口干舌燥，整个身心疲惫不堪。她说比一场高难度的现场翻译累多了。

每到最后的时候，顾蕾都要叹口气做出一个最终结论："难怪许泽群不跟你啰嗦，你可知道你多难缠，我的头都要给你搅爆了。"

其实顾蕾不知道的是，女人在求证自己在意的人是否爱自己的时候，在不同的对象面前求证方式是不一样的。

比如童琨，她在顾蕾面前把这种求证当学术问题来对付，证明方必须思考周密、逻辑合理；如果她在自己在意的人面前，她就完全是一种感性甚至没有任何逻辑的求证，她以眼泪、欢笑、身体、生活中的点点滴滴乃至胡搅蛮缠去求证。所以顾蕾的结论不尽准确。

如果童琨在许泽群面前这样求证，或许一切都不会这么糟糕，以一种逻辑说服他人应该是学法律的许泽群最有可能做到的事情吧。

现在，顾蕾完全成了许泽群的代言人，甚至是他母亲的代言人。她跟童琨说许泽群让母亲把孩子带回去也是迫不得已的选择，然而这是明智的选择，即便请一个保姆回来，不说现在好的保姆那么难请，就算请到，三四口人挤在那样的房子里那日子怎么过呀？老人把孩子带回去，家里地方大，对孩子也好，你以为她愿意呀，那么点小萝卜头带回去容易吗？她愿意去吃这个苦，你干吗不乐得省心？这本来多好的事情，给你弄得这么苦兮兮的，你干吗呀你？

正所谓家务事没对错，顾蕾这些话说得句句在理，可童琨就是拧不过这个劲来。日子到底"应该"怎么过，她不想去想。她想着的就是女儿离开她了，那种分别搅得她心里又疼又空洞。直到现在，她都不能忍受那种感觉。而使她陷入这种痛苦的是许泽群。他是罪魁祸首，没错，他是她的仇人。现在顾蕾为他所做的万般辩解又付诸东流了。

童琨咬着牙说："我早已不指望他在精神情感上给予我什么，可是别的方面他又给了我什么呢？他不仅没有给予我，他还在剥夺我，现在他就在剥夺我做母亲的权利。"

顾蕾有点哑口无言了。她也曾遇到过这样的问题，那就是给予与得到的问题。婚姻中，两个人，应该有怎样的一种给予与得到？这个账她一直没算明白，所以她把自己的婚姻弄黄了。

现在童琨又来说这个问题，她实在没有足够的理论依据也没有足够的力气来跟她辩驳了。她只好疲惫不堪地对童琨说睡觉吧，我都给你搅死啦，明天还要上班呢！

## 9

第二天，顾蕾打了电话给许泽群。

她以童琨好朋友的身份要求许泽群来接童琨回家。

"不是我怕麻烦，而是你知道公司里有些死八婆搬东道西的，童琨在这住久了总有人嚼舌头。童琨工作不错，什么都不输给别人，何必给那些人看笑话呢？"顾蕾跟许泽群说，"她就是小孩子脾气，发过就好了，你是男人，让着点么。"

下班的时候，许泽群到了童琨公司大门外。顾蕾跟童琨说许泽群要来接她。她没有说是自己要许泽群来的。童琨在顾蕾的多番劝说下气消了一些。她也考虑到了这样住下去所要带来的糟糕影响。她决定回去。她还想找许泽群要他家的电话。她要打电话问孩子的情况。

她在大门口见到许泽群，默默无声地跟他往车站走。暮色快要降临了，路上的车和人都多了起来。他们都在回家，童琨想，这就是家，每天都得回去，即便出去了也是得回的。

到车站的时候，许泽群拉了童琨的手，他们站在暮色里等车。

许泽群说："晚上出去吃吧，我有事情要跟你谈。"

一直没有说话的童琨点了点头。她看上去温顺得像只羊，其实只有她自己心里知道。她的意思是说，她没所谓，这不是温顺，相反，这是最后的抵抗了。

许泽群就是在那一天晚上告诉童琨，他准备辞职了。他已经跟领导谈过，要是童琨不反对的话，他就要递交辞职报告。他跟童琨摆了若干条理由来证明他的这个做法天经地义。那就是：

一、他在机关耗着是浪费时间，他很早就想有自己的律师所；

二、他在银湖开会，从刚听到的消息来判断，近在眼前的买房远没有想像的那么乐观，他很有可能买不上单位自建的房子。本来他还想等买了房子再出来，这样看来他也不想再等了；

三、他没有想到童琨对孩子带回去的反应这么大，既然这样，他不如早点把工作辞了租房子住，孩子就可以接回来。

他似乎在说服童琨，其实童琨未必反对他出来，丈夫要奔自己的前程，妻子能拦着么？童琨所能表示的不悦就是他的先斩后奏。虽说他要跟童琨商量了才递交辞职报告，他已经跟领导谈了，什么时候交也只是个时间问题，他那么要面子的人是绝不可能做回头事的。再说在洗衣机风波中童琨已经领教了他的独断专行，他现在能在递辞职报告前来跟童琨商量一下就算是进步了吧。


童琨终于知道，恋爱完全不足以认识一个人。

那时候，许泽群万事都好商量。去哪里郊游、去哪家餐厅吃饭、看什么电影都是她说了算。在跟外界打交道上，许泽群也显示出怯懦的一面。但是碰上关键的问题，他根本不会作出丝毫让步。

童琨看着说完这席话之后从容淡定地吃着饭的许泽群。他让她觉得陌生。她已经不想就他的辞职问题讨论下去。她关心的是孩子。

"孩子什么时候能接回来？"她问。

说这话的时候她忽然害怕起来。她心里对许泽群将要给她的答复一点底都没有。而且如果这个答复不能令她满意，她也知道她无力更改。在领教许泽群的专横的同时，她已经意识到这个男人的强硬武断也将超出她的想像。

"如果你没什么意见的话，我明天就把辞职报告交了。快的话一个月内局里就能批下来，这样下个月我们就要自己出去租房子，可以租得大一点。我已经托爸妈在南通找小保姆了，只要小保姆一找到，孩子就能接回来。"

　　看看，看看，许泽群压根就没跟她这个做妈的商量一下，就把接孩子回来的事情定下来了，来来去去都是他一个人在拍板！她已经不想再跟他说什么，跟他说道理是无济于事的，这就是他的做事风格，哪能够轻易改变；抹下面子来吵闹抗争，她做不出；那么像他一样把事情安排下来，她又没有这个能力，外面找的保姆不放心，她更不想指望自己的妈妈去找。这样的局面下她不尽由着许泽群转她又能怎样呢？

　　或许，今后的生活就是这样了，这个男人越发显示出他男人特质的一面，坚定、强硬，永远牢牢控制着局面。在童琨，她愿意依赖一个男人，但是不是在依赖他的同时被他完全忽视了。他只按照自己的需求与意念做事。他不在乎她的感受、声音与想法观念。他只需要她做一个没有头脑没有情感的人。他想怎么摆布这个家就由着他摆布。好像她买了一张船票，但是上了他这条船往哪里开、怎么开，就全是他一个人的事情了！

　　她想起春节回江苏那一幕——这个男人目标明确，行动快捷灵敏，完全超出了她的想像，他朝着他要去的方向发足狂奔，他上了船，竟然把他的妻子扔在岸上……

　　目标——他心目中的一个目标是那么重要。但是他绝不是一个只知追逐一堆谷米的呆头鹅，他知道无论他跑得多远，她童琨会尾随他而去。她童琨原来才是一只呆头鹅呢。许泽群——一个男人——更准确说是一个家就是她的一堆谷米。这堆谷米是她少女时代的一个梦想，一旦发现了，她童琨就伸着脖子往前奔哪奔哪，什么都不管了什么都不顾了。她有没有停下来想一想——哪怕在狂奔的时候稍稍动脑筋想一想，这堆谷米到底离自己有多远，自己在追逐的路途上脚下会不会碰上绊子，自己会不会跌跤——抑或说，这堆谷米是不是就代表了一只鹅的幸福生活——它到底是不是你心底所要的那壶茶？

　　他显然——不是的，不是她童琨所要的那壶茶。她要的那壶茶，温暖、清甜，喝下去淌在心间贴心贴肺的感觉。许泽群简直就是一杯高浓度的盐水，越喝越渴越喝越腌心。你跟他说，他还觉得自己的存在天经地义，过日子，没盐行吗？

她死心了。

## 10

许泽群果然很快辞去了工作，接下来的就是找房子。

在什么地段、找多大的房子，从一开始两人的想法就不能统一。

童琨希望住得安全、清净点，房子最好要大点，许泽群则只图两个字："便宜"。

这样，房子看了十来套，却没有一套能最终定下来，分歧只有一个，许泽群看中的童琨嫌不好，童琨看中的许泽群嫌贵。

看到最后一套，车公庙新开发的公寓里的一套小户型，两室一厅2500元，童琨各方面都可心意，许泽群还在嘟囔贵。

童琨实在忍无可忍，说："便宜便宜，便宜个几百块钱你就能发财了？房子是要天天住的，我可不愿意老住得那么窝囊，弄得人不人鬼不鬼的。"

许泽群听了这话，显然受了点什么刺激似的，转眼掉了脸色冷笑道："你要觉得跟着我过的就是人不人鬼不鬼的日子你自便好了。"

童琨也挂不住了，盯了许泽群的脸一字一顿地说："许泽群，这话可是你说的。你要这么认为，认为我怪罪你没给我好日子过，那我们就各自自便好了。"

说了这话童琨还觉得不痛快，补上一句道，"我告诉你，我就看中了这套房子，房租我付，你住就住，不住我不请你来住。"

她一番铿锵的话说完，许泽群的气焰似乎也给打下去了一点，嘀咕了几句说："是啊，你厉害，你付房租当然你说了算。"

这算是他让了步，也好像是他们结婚以来第一次许泽群在家庭大事上让步。很显然，这次对垒中，钱充当了一个重要角色，是童琨的钱帮童琨说了话。

那一天，两人都过得相当不愉快。

许泽群固然不用说，童琨虽然选到了可心的房子，且第一回按照自己的心愿安排了一次比较重要的家庭选择，但是她也一点都开心不起来。

　　她想起与许泽群结婚到现在的日子，他们的生活中，一直都不仅仅只有两个人。这是和恋爱时候天壤之别的所在。原来那些多出的角色还看不大清，它们似乎永远处于一种混沌状态，并时不时与她和许泽群发生混战。有时是她和许泽群斗争，有时是她与许泽群一起与某种力量作斗争。

　　而今天，就有一个角色清清楚楚地站在了他俩面前。它似乎永远在跟你们两个人斗，但它同时也是个不折不扣的势利鬼，当你们两人发生争端的时候，它就贴到腰杆挺得最直的一方那边。这个角色已无法讳言，那就是钱。

　　童琨的悲哀与泄气就在于，钱在她婚姻舞台上堂而皇之地登台亮相，使她觉得自己的婚姻变得格外刺眼起来。好像婚姻它今天终于张开了嘴巴跟你说话，告诉还有谁谁谁跟你们生活在一起。它一张嘴，你看到的就是它嘴里镶嵌的几只俗气的金牙。你对婚姻的胃口就这样被它毫无顾忌地破坏掉了。

　　童琨知道自己也终于有了这一天。

　　她不知道自己的父母是怎么离异的，但她一直相信与经济有关。她很早就听说父亲是个在生活上很无能的男人，事业上不是很有作为。以母亲好强的心性是不能容忍那样的男人的。有那么一些时候，提起父亲，母亲就是一脸的不屑，居然像个街坊妇女似的鼻子里哼哼着说："你那父亲没出息一辈子，他何至于混到要跟前妻来借钱的地步，要是我饿死也不借这个钱！"

　　这，就是她从母亲那里得知的父母婚姻的全部信息。从小就与母亲感情的背离使童琨在情感上本能地倾向于那个母亲所鄙弃的人，她从小就离开的父亲。而且，她与母亲的积怨愈深，那种倾向就越发强烈。最后的结果是，在她开始懂得人情冷暖的时候，她想像中的父亲竟变得那么的温暖可人，具备一切好父亲的特质：他宽厚慈祥、幽默睿智，同时又有些善良懦弱；他在妻子的眼中是无能的，但他在女儿的眼中却几乎无所不能的；他给她做玩具，带她出去玩……

　　她在十六岁的时候，曾经做过一个关于父亲的梦。她梦到自己和父亲，不知是什么原因，都跟母亲生了好大的气。她和父亲来到一片田野边。那是一片秋天的田野，麦子黄了，沉沉的在风中轻轻摇摆。父亲坐在田埂上，她坐在父亲的怀里，父亲和她一起掉眼泪……他们一直在哭，后来就听到母亲尖厉的声音从田野那边传过来，那声音就那样刺破了秋天的旷宇，也刺破了她关于父亲的梦。从此之后，想起父亲，她想起的就是一片秋天的麦田，她和父亲的哀伤。想起父亲，就是那一切，哀伤、温暖又美好的……

　　在童琨，她心底的父亲，早已代表了她心底最美好的一种梦想。那是一个女孩关于人生的全部梦想，关于她渴望的世界和与她发生关系的人们——亲人们、爱人们乃至可以心息相同的朋友们，都可以从那麦田边的父亲身上找到答案。正因如此，每当童琨回到母亲身边的时候，她永远觉得那不是她的地方，她的世界是一个被驱逐却又在那驱逐之中得到偎依与慰藉的世界，就像那个梦里一样，被驱逐被遗弃却能成就她最痴心的沉醉，远方的呼唤才是他们厄运的再次来临。

　　可是现在，她童琨竟然充当了那个驱逐别人的角色。她和眼前硬实而又秩序井然的世态万象一起，轻而易举地捍卫了她在现实世界中的某种地位，就像当初母亲捍卫她的尊严与地位一样。她身不由己，却别无选择。从前所有爱情和婚姻、梦想和现实的挣扎取舍，于她而言仿佛都是一场梦，醒来方知物是人非，你站在哪里就在哪里，人永远无力回天。

　　她就是这样了，她童琨；她的爱人——更准确说来是老公，也就是这样；婚姻呢更是这样，她童琨今天才看清它，日子过到一定程度，丈夫和妻子都已丧失了发言权，在他们家张开嘴哇啦哇啦说起话来的最后，竟是一个叫做金钱的家伙。

## 11

　　一个月后，他们住上了一房一厅的小户型，孩子却迟迟不能接回深圳。

　　许泽群父母起先说是保姆不好找，南通那边愿意出来的，多半去上海或苏锡常，愿意大老远来深圳的工钱也要得特别高；等到好不容易找到一个，老两口又说要在南通调教好了来，这一"调教"还没调教好呢，人家又后悔不愿意来了，于是又开始漫长的找保姆的历程。

童琨这里只好继续开始漫长的等待。等到童琨快没指望了，才反应过来该是老两口对孩子有了感情，不大愿意放孩子走。这时童琨对孩子的想念也给翻来覆去、没完没了的等待磨得差不多了，童琨连催促的念头都没有了。

童琨琢磨过来的另一件事是，许泽群辞职找房子的时候，就压根没想把孩子接过来，要不他不会那么净找小的挑。童琨想到这里，才觉得自己真是愚蠢得可以。跟许泽群生活这么多年，向来是他怎么说她就怎么信。比如许泽群说他辞职的一条原因是因为房子，想把孩子早点接回来，她还就信了。后来许泽群只愿租一房一厅，她也一点没有怀疑他是否想接回孩子。

许泽群是个那么要面子的人，对老婆也不例外。他是死活不愿意承认自己现在还没有条件养孩子的事实。或许，每个人都有自己的软肋，任何人都碰不得，她童琨有，早就应该想到许泽群也会有。即便在夫妻之间，想要达到那种境界，把我的尴尬与虚弱告诉你，而对方知道来安抚、慰平它，其实真是件很不容易的事。更多的夫妻，他们知道对方的软肋在哪里，这倒使他们找到了攻击对方时候的杀手锏，好在她童琨和许泽群还没有走到那一步。

童琨知道她在婚姻中犯了一个不小的错误。她好像一直没有拿捏准自己也没有拿捏准对方。她不知道自己和对方什么能碰什么不能碰，等碰出问题了一切都为时已晚。


童琨不催孩子的事情，等到孩子快满一岁的时候，南通那边好不容易保姆找好了送了过来。

小丫头正是淘气的时候，走路不稳，牙牙学语，脾气大得很。来了深圳也不知是不习惯怎么的，风一吹就感冒，雨一下就打喷嚏。

小家伙接到身边，给童琨带来的烦恼远远多于快乐。有一次星期六中午喂饭，小东西就是怎么着也不吃，童琨急得跟她吼："看你这把小骨头，还不吃饭，瘦死你呀你！"

小家伙哪听得懂这些，还是一门心思地玩手中的玩具。童琨气得一把夺下玩具，气得大叫："你给我好好吃饭不许玩！"

这下小家伙敞开了喉咙号啕大哭，童琨这边见这架势竟也急得泪珠子啪啦啪啦直往下滚。

就在这时，童培芬来看女儿，见小外孙女儿哭得上气不接下气，童琨也在暗自垂泪，保姆在一边吓得不知所措，就叹了气跟童琨说："你这下该知道孩子不好养了吧。你也就这么大的时候我开始一个人带你，还没有保姆。你外婆帮着带，也就我上课了她给看一下。她那身体，还要别人照顾她呢！养儿方知父母恩，你整天把我当仇人，现在该知道你妈不容易了吧。"

童培芬说了就递了毛巾给童琨。童琨听母亲的话简直如听天外之音。童培芬说起话来多半像做学术报告，哪像这样舒口气叹口气的还那么多的语气词，不过她这才像个妈妈的样子。童琨从婆娑的泪眼里看一眼妈妈，才觉得她真真是老了，脸上的皱纹多了，皮肤松弛了，衣着也随便了些，不像以往，浑身上下好像永远绷得紧紧的，"端"得厉害。她倒宁愿母亲是现在这个样子，好歹让她觉得舒活些。

她再看哭得正欢的小丫头，刚才积了一股脑子的恨气怨气忽地又全消散了开去。这个小东西，你可不能小看了她，现在把童琨弄得一点招都没有不说，她还在深切地改变着另外两个女人，那就是她童琨和她的母亲。她让自己变成一个心气浮躁却无可奈何的年轻母亲，让自己的母亲变成一个总算有了些许絮叨与慈蔼之气的外婆。

童琨擦了脸，也觉得自己哭得好笑。她带了三个月的孩子，晚上睡不好，白天上班牵肠挂肚，远没孩子在南通的日子舒坦，比起对孩子的想念来，带孩子的麻烦和苦恼真是有过之而无不及。她开始理解许泽群的想法，在孩子问题上的两难选择之间，或许让孩子待在南通是明智的，好歹老人可以用全部时间照顾孩子。

童培芬这次在深圳破天荒地住了两天，跟童琨一起给孩子喂饭、把尿、逗孩子玩。

　　小家伙是在改变两个女人！童琨看到母亲在孩子面前笑得乐开了花的样子就对这点深信不疑。

　　下午的时候，童培芬要回广州了。她在整理行李，小丫头在她膝下站着。跟外婆相处了两天，小东西很快地喜欢上了这个多少显得有点一惊一乍的还不是很自然地扮演着自己的角色的外婆。

　　初夏的天气，已经有点暑热了。童培芬在床边叠衣服，童琨坐在床边看她叠，祖孙三代都不说话。童琨第一次对母亲的离去有点依依不舍的感觉。屋子里静悄悄的，那种静默使空气里有了别离的气氛。她们都不说话，但是一直心照不宣。这是母女俩多少年来所没有的默契与和谐，乃至相互的牵恋与关切。

　　就在这个时候，小家伙忽然很响亮地放了一个屁。这声音滑稽地打破了沉默，把童琨和童培芬都逗笑了。再看小家伙，竟在不明所以地四下张望。她不知道自己是那个响亮声音的制造者，居然到处寻找声音出自何方呢！

　　她那一本正经的专注样子把童琨和童培芬都逗笑了，但是她们越是笑，小家伙越是莫名其妙瞪着对大眼睛到处乱找……

　　童培芬垂着头边笑边整理行李，童琨却看到几滴晶亮的水花滴落在衣服上。她第一次看到母亲掉眼泪，这是第一次。她扭头看窗外，阳光白晃晃的，辽远的地方居然传来知了的叫声。她再看她的母亲，依然垂着头，鬓间已有一缕灰白的头发。她老了，没有一个女人能够永远强悍凌厉。你纵有千般的不服万般的不甘，你能敌得过岁月流逝人情冷暖？

　　童琨就那样看着母亲。她的脸上也有泪珠在慢慢滚落。她不拭去它。童培芬一抬头，看到的是挂着泪花的女儿。童琨在她面前坦然地掉眼泪使她感到唐突。她一直觉得女儿比她还倔强，懂事后就没有在她这个当妈的面前哭过，更何况现在她的眼泪也被女儿看到了，这使她有点局促起来。但她还是很快恢复了镇定，她对女儿笑了笑，什么也没有说，然后俯下身来亲了亲还在找"屁"的小家伙。这回，她的泪水再一次涌出眼帘，是夺眶而出。

童培芬抬起泪水纵横的脸，跟女儿说："看到她，我就想起了你，你这么小的时候。"

童琨没有说什么，只是撕了张纸巾递给了母亲。她已经听到了母亲太多太多的声音。她知道，童培芬想起的不仅仅是她的女儿，更是她自己。童琨在依稀的泪花里第一次看到三十年之前的母亲。她也似乎是第一次感受一个真实的她。她情不自禁地伸出手抓住了母亲的胳膊。她在试图触摸这个一同生活了十多年、在这个世界上跟自己血肉相连的女人。她温热而有点汗湿的身体使童琨相信，她终于抓住了她。

这才是她所要的一个母亲。她们流过同样的泪，说着同样的话，甚至做过同样的梦。

# 四 官 司

# 官 司

## 1

孩子在深圳待了三个月，童琨就熬不下去了。这回是她主动跟许泽群提出把孩子送回了南通。

金融风暴愈演愈烈，日本影响尤甚，不少企业倒闭，不倒闭的也在裁员。丸井（中国）要裁掉上千人，童琨倒不是被裁减的对象。相反，童琨还升为综合部的副课长。为了压缩开支，总部把不少日本人往回调。日本人在海外工作，除了日本的工资不变外，还有一份相当于工资额的海外津贴。

丸井调回去一批日本人，能用中国人的岗位尽量起用中国人。童琨所在的综合部部长清水回调，作为助理的童琨自然接替清水的工作。

童琨上任，可以说是面临一场严峻的考验。渡边分公司在丸井裁员计划中也要裁掉近百人，虽说都是合同到期终止合同，万一处理不好弄出问题，童琨到综合部的第一次考验就不能算合格，弄不好还会丢掉工作。所以公司一开会宣布完裁员计划，童琨就决定把孩子送回南通。

现在，离合同到期的日子越来越近，童琨每天如临大敌，反复检查准备工作有没有疏忽之处，同时与劳动部门反复联络，万一有问题能取得劳动部门的理解与支持。公司方面，还要密切注意各种动向，一有什么风吹草动就要作出相应反应。

深圳一家日本公司也是丸井的客户，就是因为没有处理好裁员问题，导致全公司罢工，造成极大的直接与间接经济损失。临近宣布裁员名单的日子，童琨晚上常常失眠。辗转反侧时，她发现许泽群居然也没睡着。她问许泽群在想什么，许泽群说没想什么。童琨知道是他辞职出来了，事业开始得并不顺利，起先接不到案子，后来接到了，多是些费力不赚钱的小案子。

童琨没见许泽群失眠过，现在看他跟着自己失眠，就想，早知今日何必当初。现在是拿回来的钱没比从前多，压力却远比从前大了，人也不知辛苦几多倍。这就是男人吧。他有一腔雄心壮志，无论何人都不可阻拦。他要向前奔，吃辛受苦还死不说。嗯，这世道，谁比谁活得容易？

老天不负有心人。丸井（中国）几个分公司，数渡边的裁员工作进行得最顺当。其他分公司，不是发生被裁人员群体性地跟公司发生争执的事件，就是产生上十例劳动官司。渡边的解释说服工作比较有成效，除了童琨的精心准备，更得益于童琨平时人缘好、做事比较正派。几个实在想不通的，童琨让他们去劳动仲裁部门申请仲裁。童琨早已跟仲裁部门打好了招呼，加上做得合法，仲裁部门会规劝好上告者的。

一切发展果然不出童琨所料。几个上告的并没有告出什么名堂。只有一个叫张天龙的保安，四十多岁，在公司做了七八年，以自己在公司工作期间患了乙肝得享受工伤待遇不能裁减为由，告到仲裁处，仲裁驳回，又告到区法院，他请了个律师。

总经理问童琨要不要请个律师。童琨也是新官上任要表现，就说不用请。本来她家里就有个现成的律师嘛。她还算留了个心眼，没跟总经理说这个。想的是，这场官司要赢了，公司就该知道她的能耐了。她童琨不请律师都能打赢律师！

再说，童琨对这个案子很有数。第一，张天龙不能证明他入公司的时候就不是乙肝，尽管有体检单，但单子在公司；第二，即便张天龙入公司没有乙肝，如何证明他得的乙肝就算工伤？这需要卫生防疫部门认定，卫生防疫部门基本没可能做出这种认定。

张天龙是死活要保住这份工作，保不住也指着公司多赔点钱。反正他工作丢了，闲着也是闲着，就一门心思打官司。童琨固然输不得这个官司，公司也输不得，输了人退不掉或赔钱是小事，关键的是负面影响。一个公司永远有裁员和人员辞退的事情，输一场劳动官司，公司与员工之间的信誉就减一截，而且以后被裁的看有好处可能还要跟你打官司，那你综合部门就整天忙着打官司去吧。所以这个官司公司领导方看得很重，给童琨带来了机遇，也带来了很大压力。

为了这场官司，童琨可谓煞费苦心，辩词写了又改，改了又写，最后终于让许泽群定了稿。律师毕竟是律师，写出来的东西就是不一样。童琨那段时间对许泽群表现出了久违的热情，倒未必是因为许泽群帮了她，更主要的，许泽群让她看到了她的老公毕竟还是有两下子的。

开庭前一天，许泽群跟童琨说他也要去旁听。童琨当然求之不得。晚上两人早早吃了晚饭，看了一会儿电视，就心照不宣地上了床。许泽群表现出了比往日更多的热情和温柔。这些天来，童琨为即将开庭的官司弄得在精神上处于高度紧张与亢奋状态，结果那一晚的床事活动一反常态。许泽群一改他往日在这方面喜欢体现男性孔武一面的习惯，变得格外的温存与缠绵。在他们共同抵达最高点的前一刻，许泽群以令人无法透气的纠缠与黏连劲头，死死地裹住了童琨，如同行将溺水而亡的人裹住了一线生存的希望。而童琨，第一次发出令自己都觉得恐惧的高声喊叫。最后的时候，她身体的所有部分都失去了知觉，唯一剩下的、她能够感知的，就是那惊恐的喊叫。她叫着叫着，不是为她做爱的身体而叫喊，而是她想把自己身上所有的烦恼、压抑与紧张亢奋都吐出去！

童琨和许泽群，婚后多年的一场新的性历验，居然是因为一场别人的官司。风暴渐渐过去，童琨带着匪夷所思的感觉，沉沉地陷入睡眠。那一夜她睡得很好。她第一次觉得她是需要性的，不仅仅是身体上的需要。性帮了她，性甚至在拯救她。性或许可以是一根救命稻草，哪怕，尽管明天，洪水还会来临。


跟张天龙的官司不出童琨所料地打赢了。

走出法院门的时候，张天龙阴沉着脸走到童琨面前。他拦住了童琨，以他四川口音很重的普通话跟童琨说："童课长，这场官司还没有完，我还要打下去。"

他停住了，挑衅地看着童琨，"你还奉陪不奉陪？"

童琨知道他是个倔脾气的人。这个年纪丢了工作，老婆孩子都在乡下，挺不容易的。她也很同情他，尽管公司一直是她在出面跟张天龙打官司，张天龙倒也没跟她童琨过意不去。

童琨此时只好再次劝慰他道："老张，事情适可而止吧。我个人还是觉得你的道理不是很充分，这样打官司，你劳民伤财，我也累。"

张天龙嘿嘿笑了："我工作都没了，饭都快没的吃了，累倒是小事情，我就是要把这个官司打下去，倾家荡产也要打赢！"

张天龙最后咬着牙无比悲壮地说。

这下好了，官司还要打到市中院。

童琨给张天龙弄得苦笑起来。


中院的传票不久就来了。

吃晚饭的时候，童琨跟许泽群说，这个老张还真的闹到中院去了。他这样光请律师得花多少钱！不想许泽群放了手中的筷子看着童琨的脸说："他这次请律师不用花钱，我免费给他做。"

童琨当时吃了一块鱼，听了这话猛地激灵了一下，就把鱼一骨碌给咽了下去，结果鱼刺卡喉咙了。她半天说不出话来，不知是给鱼刺卡的还是急的，泪水在眼眶里直转，呆呆地看着许泽群。

许泽群忙夹了一坨饭叫童琨咽下去。童琨手一拨，饭就全洒在了桌上。许泽群显然对童琨的反应早有心理准备，对于童琨难得表现出的暴急非但没生一点气，还按住了童琨的肩膀说："你听我说……"

童琨哪要听他说，筷子一扔就跑到卧室扎到床上，那种气得胸口发疼的感觉又上来了。

许泽群手忙脚乱地倒了一杯水跟过去。他把童琨往起拖。他希望童琨起来喝点水，鱼刺一直卡着可不是开玩笑的。童琨哪里肯起身？

许泽群只好开始做童琨的思想工作。他想把她的思想工作做通了，童琨就不会跟自己的嗓子过意不去了。他跟童琨说，他需要接一个有典型意义的案子。一年多了，他接的案子都是东一榔头西一锤子的，正经钱没赚着，他在案子方面的优势也没有发挥出来。一个律师想做上正路，首先需要一个突破口，比如说你在某个行当打下个典型又难打的官司，那么以后这个行当的案子就容易来找你。他现在看中了劳动官司这个行当。别看劳动官司虽然小，这是一个敲门砖。劳动者日渐有法律意识，劳动官司会越来越多，你在这个行当出了名，进入企业就很容易，因为企业是跟劳动者紧密关联的……

他免费去给这个张天龙做律师，是看到了这个官司后面的新闻价值。正值金融风暴期间，不少企业裁员，劳动争议与官司激增，裁员问题是个社会热点；张天龙又不屈不挠地打了一个多月的官司，现在还要打下去，这样打劳动官司的还不多见；而且，这个案子中间还是有些似是而非的因素的，容易引起社会和法律意义上的争议，因此，媒体会感兴趣。

许泽群已经找了报社的朋友。他们果然大感兴趣，要做个专题追踪报道。如果许泽群在这个案子中打赢官司的话，毫无疑问，会名声大震。许泽群说得情真意切，又在情在理，表现出了一个优秀的法律系毕业生的良好口才。他的意思只有一个，希望童琨能够谅解他。

最后他说张天龙这个官司他不做代理律师，也会有别的律师做。别的律师还要收一笔不匪的律师费，他免费，也算给这个可怜的人帮点子忙。至于童琨那边，她已经赢了劳动仲裁和区法院的官司，即便输掉这一回，公司应该能够谅解的。

"谅解你个大头鬼！"童琨从床上坐起来，咬牙切齿地对许泽群说："许泽群，这就是你干的事，你自己的工作没个头绪，想来想去就从你老婆这里开刀！你这算打的哪门子算盘？你做下这一出，把你老婆的工作弄丢了，你就成了名扬深圳的大律师？从此我和你女儿就由你养着？"

童琨想来想去，还是没有拧过这个神来。她指着许泽群："你，许泽群今天居然做下这样的事，弄得老婆跟你到法庭上打官司，那还不如，我们先打个散伙的官司，日后我们哪儿碰头都不蹊跷！"

童琨说了这些，依然觉得这个事情还是那么不可思议，就像那一次做爱之后的感觉，是那么的匪夷所思。她到现在，才有点明白那一晚的一些微妙的蹊跷，或许，那个时候，许泽群就想好了要接这个官司。

她忽然想到前些天许泽群破天荒地周日跟了她去公司加班，中间莫名其妙地拿了她的钥匙去看她的文件柜。想到这里她一惊，盯住了许泽群，问："你是不是偷了张天龙的入公司体检单？！"

许泽群抱住了她："不要这样说，我是一个律师，有时候会不择手段地找证据。"

他抱紧了她。她能感觉到他的无奈、愧疚与绝望。像那个晚上一样，童琨给抱得动弹不得，她转过脸对着许泽群，拿出所有的力气对他喊："你卑鄙，许泽群！"

她喊疼了喉咙。大概鱼刺给振了出来，弄得童琨剧烈地咳嗽起来。

冷战，一场婚后更持久的冷战开始了。

其实，严格讲来，这算不上是一场冷战。许泽群一直在做和解的努力，但是童琨就坚决不谈和。许泽群利用一切可能的手段在做和解。他跟童琨解释，童琨扭身就走。夜里他去拥抱童琨，童琨竭力抵抗。他不能使用蛮力，因为他稍一用力，童琨就会暴怒地大叫。她一反常态，全然没有以往的一丝柔顺与通情达理。

开庭前的那个夜晚，许泽群在童琨背后抚着童琨的背对童琨说："我一向的想法是，一个家庭，还是主要要靠男人的。我也愿意去承担一个家庭的重担。我吃辛受苦是为了这个家，你只要有个差不多的工作就可以了。我也不希望你太辛苦。我真的很希望你能为我牺牲一回，也是为这个家牺牲一回。"

童琨往一边缩了缩。她不要许泽群那样抚着自己。这个人，让她厌恶透顶。他居然充当了她身边的一个间谍！现在，他还口口声声在说他是为了这个家，也就是包括她童琨在内的一个家，她童琨能信这样的话吗？他连对自己起码的关爱都做不到，现在还要任由他来侵占自己辛辛苦苦建立起来的一份事业！她能指望他，在她没有活路的时候，他会倾出自己的所有来帮她？现在他要把她在这个世界上赖以指靠的一点东西都拿了去，她能就这样信了他，冒了巨大的风险去信了他？你童琨还没有明白吗？在这个世界上你一直渴望指靠谁，但是到底有谁真正值得你指靠？！

她不想指靠了，而且，也不相信了。

现在，她终于跟许泽群说下冷战多日来所说的唯一一句话："许泽群，我们离婚吧。我不希望打官司，我们协议离。"

童琨输掉了这场官司。

从法院出来，童琨有种虚脱的感觉。她知道自己输掉的不仅仅是一场官司，她更输掉了自己的丈夫和婚姻，还有她对生活的最后一丝残存的幻想。是的，到这个时候，她算是输得差不多了。她只剩下一份摇摇晃晃的工作。她没有想到人生这场战争残酷到如此地步，它令夫妻赤膊相见。

许泽群终于脱去了他最后的衣服。他竟然开始剥夺了！他在剥夺的时候还在说请你相信我，我剥夺是为了你……

如果她能够相信，她会为丈夫的举动而感动。问题是她不能相信，她无论如何都不能相信。因了这种不相信，她的灵魂也没法披上一件稍微体面一点的衣服——哦，不要说体面，连遮羞的衣服也都没有了。

童琨的这场惨败真是输得她痛心彻肺，体面全无。想起来就心惊肉跳，惊魂难定。

官司输掉了，公司倒没怎么追究童琨，毕竟正如许泽群所言，她赢了前面两场，而且别的分公司也陆续在输劳动官司。公司拿了一笔钱补偿张天龙，这件事情才算了结。

童琨面临的却是一个一时无法了结的局面，她想离婚，但是许泽群死活不同意。到最后，许泽群只剩下一句话，他不协议，要离，她去法庭告。

童琨听了这话，冷笑着跟许泽群说："我们这场婚姻已经走到了二人赤膊相见的地步，如果还要闹到法庭上，我在心理上实在难堪其辱。我讨厌那个地方，我发誓我再也不要去那种地方！"

许泽群至此还是没有放弃他的努力。他叹着气说："童琨，我还是希望你把这件事情看开一点，难道你就觉得你老公那么靠不住？"

他终于把话点到童琨的软肋上。这句话，其实是多少天来许泽群一直不愿意说出口的，现在到这个地步，他终于说了出来。许泽群说完这话，用锐利的目光看住了童琨。他知道自己抓的是童琨的要害，他希望童琨因此而有一个妥协。

但是童琨，还是点了点头，她的回答也很明白，她是不相信。

许泽群的气一下子泄了下去。

他垂下了头，童琨的点头深深刺痛了他。他苦笑了一下："如果你都不信我了，我还有什么可说的呢？"

童琨也苦笑了一下。

许泽群显然不死心，他垂着头说："只是你要告诉我，到底为什么，

木 婚

你为什么这么不信任我？是不信任我的能力，还是我对你的感情？"

童琨说不是能力，相反，这次使我觉得你的确很能干。是你对我的感情，就是感情。

许泽群显然有些惊奇，那么，我哪里伤害你了？

童琨不想说了。他现在才来问：我哪里伤害你了？就算这样的问话还不算太迟，她也不能就有了信他的指望。她凭什么还要相信那个遥远的将来？她可以信的，但是她不愿意把自己的所有家当拿了做赌注去相信。这是她对自己的最后一道保护线。

许泽群还在期待她的回答。

童琨不说话。

"你简直是莫名其妙！"许泽群终于忍无可忍了。一向温雅的他爆发起来："你连自己的老公都不相信你还要相信谁？你既然信不得自己的老公你当初何必跟我结婚？都是我错了，我没想到我老婆那么能干，她谁都不指望。真是有其母必有其女，当初你那能干的母亲把你的父亲扫地出门，现在你做女儿的也步其后尘了。"

他许泽群，也终于学会了使婚姻中的撒手锏了，童琨想。她看着许泽群，心底的凉气呼呼地往外冒，这日子没法过了，实在是没法过了！这婚是离也得离，不离也得离了！

童琨去房间收拾东西。她边收边跟许泽群说："你用不着挡我，挡得了今天挡不了明天。我明天起不会回来，你也不用找我，不然到时候别说我不给你好看。"

她说得从容坦荡，但是其中却有千钧难回的决心。

现在这个童琨，也让许泽群灰心失望透顶。她的柔顺、她的通达、她的纯洁哪里去了？她毫不讲理，胡搅蛮缠。她对丈夫步步设防，锱铢必较，一点都不会忍让。她怎么变得这么越来越没女人味，越来越令人寒心？！

童琨把行李收好，才想到这门还没那么好出。

首先是她要出到哪里去的问题。像上次那样去单位？现在她知道，这显然是很不妥当的。她不怕离婚，怕的倒是婚没离成，家里过得鸡犬不宁的样子，给单位上的人笑话。你还整天处理这纠纷那纠纷呢，自个的家庭纠纷都处理不了！

顾蕾那去不了，剩下的只有去住宾馆。可是这宾馆是久住的地方吗？童琨不是头脑发热就什么都不管不顾的人。她没有经济能力一直住着；住上个三五天又解决不了现下的问题。

哪里去哪里去到底到哪里去的好？！童琨提着行李站在地中直发愣。这个问题喷泉似的，飕飕地从她脚底心往头顶冒。童琨弄得头都大了，依然还是一筹莫展。日子过到这个地步，想离婚没那么好离，就连想离开家一下都没处可去。

童琨看看四周，没有一根绳子捆着自己，可自己就是迈不开这个步子。童琨想不清楚，这是怎么了？这就是婚姻么？弄得人进不得退不得的。天哪天哪，这还是人过的日子吗？

无计可施的童琨想到这里，只好扔了行李，故技重施，又哭将开来。

许泽群看童琨几天来都是心如磐石，这次说离婚说得那么坚定沉着，心下本来还有点慌神，以为这下真的闹大了。没想到现在童琨又哭了起来，心里也就舒了一口气。女人闹来闹去也就这么个招数，她能闹腾到哪里？

许泽群乘势去揽童琨的肩膀，希望她能回头是岸。童琨固然要挣扎，可是女人哪挣得过男人啊！许泽群是定了心地要降伏她，没几个回合，童琨就等于扯了白旗。她越哭越厉害，哭得越厉害挣扎也就越懈怠，到最后，终于被许泽群牢牢地吻住了嘴唇和脸颊。

也许是力气耗尽了，童琨瘫软了身体，老老实实地由许泽群摆布了。

## 2

接下来的日子，童琨不提离婚的事了，但显然也没有恢复起码的热情，完全一副不冷不热不死不活的样子。

许泽群不知道她又要上演哪一出，但心里好歹还是有点谱的。自从这次童琨又要离家出走，东西收拾停当又不知往哪儿去了。她那种忽地而来的深切的困顿,让他知道童琨这样的女人是翻不出家庭这个如来佛的手掌心的。他也知道女人的闹腾也大抵到此为止了,她能闹腾到哪里去呢?

本来么,天下本无事,庸人自扰之,原来童琨所有的胡闹就不说,单说这一次,就一定是大不了的事情么?古时候是男人要养家,现在女性要争半边天,那也没人拦着,但是一个家就只能满足于吃好穿好吗?一个家庭,你能指望一个女人去创造辉煌吗?我看至少她童琨不是这块料。

就从他许泽群个人的角度来考虑,现在机会那么多,一个律师待在机关捱日子,不说是一种资源浪费,就是同学间、熟人间都抬不起头来呀!她童琨有没有想过,在深圳,维持一个家庭稍稍体面的生活得要多少钱?喏,房子、车子加起来一百五十万;一年消费要五万,五十年就是二百五十万;孩子教育,加上他将来考不上名牌大学出国读书的费用要一百万;养老生病赡养父母要一百万,这样总共就得六百万。

许泽群也早算过另一笔账。在深圳,像他这样,一个混得正常的公务员一辈子下来,房子五十万,退休五十万,公费医疗撑死了五十万,不贪污受贿工资收入两百万,也就是四百万的收入。但是四百万跟六百万是有区别的,不说那多出来的两百万可以干成什么事,那多出来的两百万滋生的附加值则是不可以金钱衡量的。

许泽群在机关呆了几年。他太知道那里的人是怎么活着,说白了,一辈子只有一个字:“熬”!分房子、升官、涨工资……什么都得熬着。等熬到你什么都有了,那你也就不成个人样了。你是愿意你四十岁就有了四百万,还是八十岁有四百万?

再说了,在深圳,一个律师一年最少能挣二十万,而你今年能挣二十万,就为将来创造下一份不能用金钱衡量的附加值,信誉、客户群的积累等等。有这些你明年就能挣三十万,后年不定能挣四十万……自己做,做起来了,财富、声誉、能力等等,都会像滚雪球一样滚起来。

他许泽群的大学同班同学林文棋一毕业就来深圳单干,现在已住到银湖的别墅里,不就是四五年的时间么?

对了,她童琨,整天要我说我爱她,我说一回又怎样?也没见她像恋爱的时候那样激动得满眼泪花，倒是上次去林文棋那里，她眼睛还不是闪闪发亮了？女人么，哪个不是热爱物质虚荣心强的？

他倒不是反感童琨成为一个热爱物质虚荣心强的女人，或许，这个就应该是他的童琨呢，一个跟他居家过日子的女人。她要跟你撒娇，她要你哄她说你爱她，她也要你给她挣别墅和奔驰车……这，其实也没有什么。作为一个男人，这些都应该给他的妻子。他也要看妻子晶亮的眼睛、甜美的笑容。他也愿意她跟自己撒娇，必要的时候跟她说我爱你……但是，一切都有个主次先后，没有天哪有地没有地哪有家没有家……许泽群想的只有一句话，没有钱哪能活，没有钱哪有尊严体面哪有爱？！

六百万，六百万。许泽群又把账算回来，一个男人，挣钱最多只有四十年的时间。他许泽群已经去掉了挣钱的头十年，也只剩下三十年的挣钱时间了。三十年挣六百万，一年至少得挣下二十万，还没考虑经济不景气、没案子接坐吃山空等等诸多因素。这样一年，你必须保证自己不低于二十万的年收入。这在深圳，虽说只是一个律师"湿湿碎"的年收入，但是日子一天天过去，他这"湿湿碎"都不知道哪里去找。

她童琨知不知道，他每天早晨一醒来，面对的就是太阳东升新的一天，根本不知道哪里去找钱的苦！辞职之前，他就设想过创业将会面临的艰难和辛苦。但是他万万没有想到的是，他连吃苦受难的机会都没有！更准确说来，他是什么机会都没有。

每天早晨走出家门，街上虽说是车水马龙，但是他只觉得一切都形同虚设。他面临的只是一团空气而已。他有一身的力气、他有一脑子的念头，但是他不知道把这力气往哪儿使、这些念头往哪儿落实！

等到坐到办公室，电话有时半天都不响一下，四周常常空寂得可怕。时间说快也快说慢也慢，糨糊一样地流走了，他就那样迷迷糊糊恍恍惚惚过掉一天。更糟糕的，烦躁、焦虑、恐慌、不安……但是这些他还不能，不能跟童琨说。

说了有什么用？只有坏处没有好处，把一份烦恼变成两份罢了。她童琨只知道向他找理解找爱，她又何曾想过他需要什么？当然他的需要跟她说了也没有用。唉，怪不得说男人找妻子还是找个没文化的好，听话，事儿少。

还有，离异家庭的女儿也找不得，总有点怪兮兮。她一定有伤痕，但是你不知道那伤疤在哪里。

许泽群想好了，将来女儿读书不行就不行，但是他做父亲的一定要给她一个完整的家，不是为她童琨，是为他女儿。

即便有那么一天，他越想离开童琨，他还越不能离开她。他有责任不让他的女儿重蹈她母亲的覆辙。

## 3

两个人就这样，各怀心思地过了两天。

到了周五，童琨忽地就没回家。打她电话也不听。许泽群等到九点多过后，人还是没回来。

两个人，结婚这些年，吵归吵闹归闹，任何一个不回家的记录还是没有的。许泽群查看了童琨的漱洗用品和换洗衣服，发现果然少了一些。这下他心里定了一点，知道童琨这次是有计划的出走，不会是意外回不来。

许泽群想想，童琨也没别的地方可去，无非一个顾蕾那里，一个是回广州。顾蕾那里她要愿去，那天就该去了，倒是回广州有可能。他本想打个电话到童琨妈妈那里问一问，又想童琨和她母亲一向不和，让她那精明的母亲看出他俩闹矛盾的话对他和童琨都不好。他相信童琨起码的理性，知道她出不了什么大不了的事。

这么一想，心里踏实了许多，更兼童琨忽然一走，家里有了难得的清净，许泽群觉得分外轻松起来。周五看了半夜的欧洲杯，第二天睡到红日高照。夹了一份报纸，一个人晃到楼下的豆浆大王要了份豆浆油条。看报的间隙抬起头来看窗外绿得发亮的树叶，枝头还有几只鸟儿在鸣叫。

这么多日子来，总是天一亮他脑袋就开始发胀，今天有种难得的轻松。他想他活得得那么辛苦，也与童琨的胡搅蛮缠有关。现在她走了，他只连连感叹跟女人打交道真他妈累，早知这样真不如不结这头疼的婚。

五 偶遇

# 1

童琨的确去了广州。这是她结婚后第一次主动地而且是一个人回去。

敏锐的童培芬见她一个人回来，一副蔫头蔫脑的样子，心下也明白了八九分，但她知道女儿要面子，所以也就只字不问。

两个人看上去还是像从前那样不冷不热的，但是很明显地，两人之间的每每把她们卷入战争的强大的旋涡已在开始消失,取而代之的是一片不知所往的水流，逡巡着，翻转着，试探摸索着最为合适的运动方式……

在童培芬，则更多了一份小心谨慎。多少年以来，女儿对自己的离心离德已是她心头最大的痛。现在，女儿开始明白自己的一番苦心。她格外珍惜这一切，好像一个孩子看到最心爱的鸟儿，终于栖在自己肩头，此时她不敢动，一点都不敢动，深怕稍稍一动，肩头的鸟儿又惊飞了。

这是她早就料想到的一幕，其实也是她最不愿面对的一幕。从多少年前开始，她就处心积虑打造她的女儿,不是为了让她成为今天这样一只伤了心回家来的女儿啊,她要的是一个像海鸥一样天高海阔畅快地翱翔的女儿……

看着眼前的女儿，童培芬看到的还是当年的自己。三十年人生恍如一梦，她知道女人的定数在哪里。她拼却全身力气，让自己和女儿挣脱这个定数，可是命定的就是命定的，你挣不脱也逃不掉。


童琨回到家里的时候，童培芬正准备吃晚饭。

她的晚餐很简单，面条，卧一只鸡蛋，里面再加点黑木耳和西红柿、蔬菜。多少年来，童培芬吃饭，主要考虑的是营养。童培芬认为吃饭是为了身体而不是为了嘴巴的。

童琨突然回来，童培芬有心加点菜，可是打开冰箱和橱柜，可以添加的东西实在有限。童培芬就想带童琨出去吃。童琨从母亲的面条碗里夹了几筷子到自己的小碗里，坐下来就开始扒拉那小碗里的面条。童琨的这一举动也显示出她与母亲多年来难得的随意与亲和。

两个人开始吃面条，都不说什么。其实两人还是有一肚子话的。最后童琨先开了口。她停下筷子，眼睛却望着别处。她问妈妈："妈，你说，婚姻到底有什么意义？"

　　童培芬显然给这个问题问住了。在这个问题前，她感到面对的提问人已不是自己的女儿，而是自己的学生。这个问题显得太不家常也太不感性了，她必须作为一个学术问题去答复女儿。

　　她在那里沉吟，尽量选择准确精当的表述。想了很久，她给女儿的答案是：应该是两个相爱的人可以永远在一起，这样才能使他们一生幸福。

　　"按照这样的说法，我和许泽群的婚姻就失去存在的意义了。"童琨终于跟母亲承认了这一点。几年前他们新婚的时候，在母亲这里，母亲说她结了婚就把男人当全部。那样的讥诮犹在耳边，她不得不承认他们今天的婚姻现实为母亲所言中。

　　童培芬不知道应该说什么。她想她不能往下说了。她跟别的母亲不一样，甚至跟大多数人也不可能一样。对小两口闹矛盾，人人都是劝和不劝散，可她不是一个愿意苟且的人，对女儿的婚姻也不例外。她从一开始就不看好女儿的婚事。这个女婿不可能是她眼中的好丈夫。

　　她不会像别的丈母娘一样在乎的是女婿对自己怎么样。事实上，从一开始，女婿对自己要比女儿对自己还要厚道些。她这个岳母看女婿，用的是一个女人要求男人的标准，事业的、素质才智的、品质的……从这些方面来衡量，这个小子实在粗粗拉拉什么都提不出来。更重要的，是一个男人对女人他能懂多少、付出多少。这也不消说了，上次去深圳她所感受到的就是女儿婚姻中的一份凄凉。现在眼前的女儿满脸凄惶，那还要说什么呢？

　　可是她真的没办法再说什么。她是一个婚姻的失败者。她知道没有婚姻的生活对女人而言意味着什么，她更知道没有爱的婚姻对女人而言又意味着什么……如果是她自己，她知道应该怎么选择，但是女儿跟自己不一样，她太柔弱了，这是叫她左右为难的问题。

　　好在童琨似乎并不是就等着母亲给她一个抉择，她转换了话题，眼神有点期期艾艾地，言辞也是吞吞吐吐，她问童培芬："妈，你，你当初为什么要离婚呢？"

这是童琨从来没有问过的问题。

童培芬想了一会儿。她的回答出乎童琨的意料之外："不是我要离的，是你的父亲，他要跟我离的。"

童培芬面无表情地说下这句话。一个傲气的人面对不得不接受和承认的屈辱，她只有表现出某种麻木。

"那么，你一定很恨他吧？"童琨有打破沙锅问到底的架势了。她的婚姻令自己困惑，她对其他的婚姻，特别是特殊的婚姻都有了兴趣。

"这是妈妈一辈子输得最惨的一次。"童培芬点点头，苦笑着，鬓间的白发颤悠悠的，"想起来都会疼。"

童琨垂下了头。

"对不起。"她轻轻地说。

妈妈跟她说自己的失败——这人生的惨败了。她不是一个钢打铁铸的女人。她也会有疼，一辈子的疼。

"你爱他吗？"童琨忍不住似的尝试性地问了一句，"那个人，我叫爸爸的。"

"爱，是妈妈一辈子最爱的人，所以也是最恨的人。"童培芬想了想，还是把最后的疑案说了出来，"是他有了别的女人，他抛弃了我们。"

这是令童琨惊讶的答案。不过她也在忽然之间，混混沌沌地明白了母亲身上一直都有那么一股力量——那是一个单身的母亲必须具备的力量，更是一个深深爱着却被遗弃的女人所迸发出的本能的力量。

而她在长大成人的二十年里，总被这股力量冲撞着，洪水一般地冲撞着她……她怨恨过妈妈，如今才知道这其实是一段遥远的爱情遗留囤积下来的亘古洪荒般的力量。它强悍、锐利，隔多少年都气势磅礴。它有那么强大的毁灭性，所到之处，必定血泪斑斑、伤痕累累。

多少年，她竟也一直在为一个女人苦难的爱情付出代价。原来爱情其实是这样一个脆弱可怕又欲罢不能的东西。可是她从懂事开始，那颗孤独敏感的心就在渴望它。她渴望的都是爱情表面的绮靡浮华,她年轻幼稚的心又何曾想到浮华背后又会有怎样的残酷与艾怨?

童琨不想再跟妈妈探究什么了。她在忽然之间有了心如明镜的感觉,她也忽然明白了自己应该怎样应对一场疲惫破败的婚姻了。对于女人而言,除去生老病死,庸常的生活中没有什么比爱情更可怕,而最可怕的恰恰是人自己,是那颗你怎么都难伺候得服帖安顺的心。

## 2

童琨在广州待到周日下午,期间许泽群报到一般打过几个电话到童琨手机上,基本上是半天一个。

童琨忽然出走,许泽群在不明下落的情况下还能把电话打得这么有条不紊。这让童琨更为上火。她和许泽群的矛盾已经在母亲面前公开了,所以许泽群这样打电话也让童培芬大为光火。她的愤怒远远超过了童琨。女儿原来就嫁了这么个男人,不要说对妻子起码的体恤,他连妻子的安全都没当回事!

更可气的是,这样的电话,不打倒也罢了,打了没人接,他非但不着急,还按时按刻地再打过来,似乎在说我可没不关心你呀,我该打的电话都打了。这样的男人,冷血不说,分明还格外虚伪嘛!

等到周日下午,童琨的电话再次响起。童琨看了号码就转开身由它胡乱响,童培芬则实在忍无可忍接了许泽群的电话。但听那边人声嘈杂,她"喂"了半天也没法说什么,最后只好挂了电话问童琨,许泽群那边很吵很吵,好像还在敲锣打鼓他到底在干什么?

童琨不闲不淡地说他在体育馆看足球吧,今天是周日,有甲A。童培芬气得脸都红了。她拍了拍桌子说,他还有心思看足球,这样的丈夫简直少见,我倒要去见见他。

说完童培芬就收拾了简单的行装。她要跟女儿回深圳了。

童琨由着她,她已经无所谓了。

许泽群的做法再出格，她都懒得生气了，更不要说去跟他理论。母亲现下要去深圳，她倒不指望她能帮自己理论个输赢，只是想跟母亲再待几天也好。

于是两人就决定午睡起来后就走。睡觉前童培芬打了个电话，回头就告诉童琨，可以搭一个人的车去深圳，是那个乔去非。

童培芬问童琨，你记得吗，十年前住我们隔壁的李阿姨家的儿子，你叫乔家哥哥的。

李阿姨，乔家哥哥，童琨迅速从脑海里打捞出这两个人。少女初潮中的那次被妈妈和李阿姨发现的底裤事件，使童琨认定乔家一家都知道了她与自身隐私有关的一个丑闻——那是她人生最早的无地自容的经历。如果说起童琨少女时代最怕见的人，那就应该是李阿姨的一家，当然也包括这个乔家哥哥在内。

现在忽然要见他，童琨自然不愿意。童琨就说，何必麻烦人家呢，坐车也是很方便的了。童培芬却坚持，她摆出几条理由要搭这个车，其一她不是第一次搭，前面已经搭过两次了，没什么不顺当，乔去非人很好很随和；其二童琨很多年没见过这个乔家哥哥了，见见应该没什么坏处，因为乔去非现在在香港的一家日本银行工作，见见不定还能为工作带来方便……

童培芬还想摆出第三条理由，童琨就无奈地打断她说好啦好啦，搭这个车就是了。童琨这话说完了，心里就想，也难怪那个爸爸要跟这个老妈离婚，都说男人娶文化程度高的女人麻烦，可不是，一句话你随便说说她什么都认真，动不动摆事实讲道理，真能把人给烦死。

结果那天童琨就见到了"阔别"十多年的乔家哥哥。

这个乔去非，是院子里的"孩子头"。他这个孩子头倒不霸道，只是玩起来鬼点子多有创意，孩子们都听他的。而且，比起那些整天摸爬滚打衣衫不整脏不兮兮的臭小子们，乔去非更具备一股"统帅"派头。他总是穿得干干净净整齐得体的样子，白衬衫蓝裤子是最常见的行头，裤子甚至还能看到裤缝折线。

童琨混不到他们那群孩子中去。乔去非他们那一伙都要大到童琨五岁以上。好像乔去非就要大童琨五六岁。再说，童琨也看不上那些满身臭汗脏兮兮的家伙们。那时候的乔去非，见到这个邻家小妹妹，总是停下自己的各类活动，站到她面前，垂下头看着童琨，然后咧开自己长得有些歪歪的一口白牙，颇为友善地笑一笑跟她打招呼："嗨，童童。"

　　把童琨叫童童，除了乔去非没有第二个人。这种叫法听上去要比大名亲切些又比乳名多点尊重。从小在家，母亲都称呼她大名。一个不是很相熟的人这样称呼她，常常会在她涩嫩的心灵激起些微的涟漪。那样的时候，她就那样面对着这个叫她童童的大男孩，她瘦弱的身体挺得很直，但是头却是垂着的。她的上齿咬着下唇，是一副倔强拒绝的样子。大男孩当然不知道，这个站在她面前咬着下唇的小丫头，她表现出的倔强和拒绝不是针对她面对的那个人的，她针对的是自己，是对心底泛然浮起的些许软弱和温暖的抗拒。

　　因了童琨每每在他面前这样的表现，男孩子始终以为这个小女孩有些讨厌自己，但是他还是拿出了他大哥哥般的宽容与和气。他跟她打完招呼后就低下头，眯眯笑着，定定地看着她一会儿，不多不少，是一段比较恰当的时间，不会让你尴尬，又恰如其分地表示了他对你的好感与兴趣。


　　十多年后的再次见面，乔去非显然对这个忽然出现在他面前的邻家妹妹没有任何思想准备，但是一次意外的邂逅并没有使他丧失片刻的从容与镇定，意外只是从他的眼里一晃而过。

　　恰巧童琨把那样的一瞥惊鸿捕捉到了。

　　惊鸿掠过，乔去非就很快回了他们当年交往的轨道上去。"哦，童童，"他依然这么称呼她，"是个大人了，不过还没怎么变。"

　　他才是没怎么变。如果在见到他之前童琨对他有什么想像的话，他就应该是眼前这个样子，甚至穿着打扮都是她预料之中的。乔去非穿的是休闲装，看上去是很休闲，但是从品牌颜色的搭配到袖口是不是卷折、衣扣解几颗、扣几颗等的处理上都休闲得一丝不苟、毫厘不爽。

　　诚如童琨母亲所言，他的确是个挺随和的人，但绝不是随便。就像他的衣着，随意里透露出的更多的则是规范与妥帖。乔去非很快就很得体地跟童琨寒暄完毕，同时创造出了一种轻松自然的气氛，就好像他还是多年前的那个乔家哥哥，碰到了邻家小妹，彼此之间是稔熟而又亲切的。

从广州到深圳，有一个多小时的车程。童培芬坐在后座，上了车很快就打起瞌睡来。童琨坐在乔去非旁边，两人"得体"地闲聊着，时而转换话题，在有的话题上探讨得深广一些，有的则蜻蜓点水一带而过……

这是童琨第一次跟这个乔家哥哥有交谈，以往都是点头之交。这次闲聊，童琨感觉自己是不可能跟他有共同感兴趣的话题的，所以车过虎门，童琨就对这样的聊天有点兴味索然了。乔去非很合时地问她要不要休息一会儿。童琨就顺梯而下地说那好吧，我迷糊一下。说完就把头歪在靠背上，闭上了眼睛。

合上眼睛前，童琨不自觉地拿右手按了按左臂，算是挡了挡对着她的空调风。乔去非看了她一眼就开小了空调，同时把风口的百叶调了调，使风不对着童琨吹。童琨在眯着的眼睛里看到了这个人的这一番举动。她的嘴角浮起一丝微笑，也算是给关心她的人的一点答谢。她想的是当年那个拦在她面前眯眯笑着叫她童童的大男孩如今已是一个成熟男子了，他懂得如何不动声色地利用一些细节来捕获异性的好感了。

童琨一迷糊，糊糊涂涂中就到了深圳。乔去非把他们送到家门口，童琨母女邀他去家里坐坐，乔去非婉拒了，但是他表示不几日就会来深圳，童琨方便的话请她出来坐坐。

作为多年前的家庭旧交，乔去非或许更应该与童琨建立一种家庭之间的联系才合适些，比如认识认识童琨的老公。但是乔去非只字不提这样的愿望。童琨觉得他能够意识到他那样的邀请里有点子不那样顺理成章的成分，但是他显然不愿意去顺那个理，成那个章。

对于一个讲究规则的人而言，童琨觉得他如若是要冲破某种规则，一定有他的某种目的，而这目的，其实已经十分昭彰了，昭彰得连童培芬都有些许意识。所以在乔去非说他下周要在深圳请童琨坐坐的时候，童培芬就看了看童琨。

没想到童琨答应得很爽快，也绝口不发出作为一方地主请客人到自家坐坐的约请，可以说，他们心照不宣甚至毫不避讳地准备开始两个人之间的单独交往了。

### 3

童培芬跑到深圳跟女婿兴师问罪，结果发现自己又失算一回。

她们到家的时候许泽群正在准备晚饭，腰间扎了围裙，厨房里红红的西红柿堆了一砧板，鱼在水池里跳，锅里噗噜噜地炖着汤……

看得出，他一个人的日子还过得有滋有味。童培芬看了这景象更是气不打一处来。她在许泽群旁边说，哦，我还担心你这两天吃不好，没想到你挺会张罗的。

许泽群不好意思地笑了笑，说，我是不太会做饭，想童琨今天要回来，只好赶鸭子上架了。

他的话似乎还挺有良心，也不乏诚恳，童培芬就不好再说什么。她转身去了房间，既不向许泽群表示些许的友好，也不把她的不满进一步恶化。她要伺机而动。

许泽群的烹调手艺并不比想像的糟糕，除了炒出来的西红柿鸡蛋有点煳成一团外，其他菜在口味和颜色上都掌握得可以。饭桌上，童琨不大理会许泽群。许泽群则什么事情都没发生似的，跟童琨和童培芬该说什么说什么。

吃完一顿饭，童培芬心里就有底了。她知道去教训许泽群已经没有任何意义了。这个男人，他远比你想像的可怕。就说这一餐饭，还有童琨离开了几天的家，一切都跟主妇在家的时候没有太大区别，甚至还要更好。这个男人其实远比女儿强大，自己的女儿根本不是他的对手。

结果童培芬第二天就返回了广州。她有一句话一直想跟童琨说，但最终还是忍住了。她想说的是，这是你的选择，选择了你就认命吧。

## 4

乔去非几天后果然到了深圳。他约了童琨在一间西餐厅见面。

两人聊天算不上很投契。童琨一直显得比较被动，不会主动找话题，也不会在任何话题上进行得太深远。甚至话题间断的时候，她就垂下头一副不闻不问的样子。

她显得任性而又漫不经心，不顾及场面气氛，也不考虑对方的接受度与忍耐度。她像水边杂生的水草，悄无声息又恣意轻蔓地生长着。

乔去非此时要做的工作，就是不时修剪水草，使它的生长更健康舒畅一点，同时也保持一个整体环境上大体的美观效果。所以，面对童琨这样显然不是很合格的谈话对象，他要时不时把滑向冰冷的现场气氛挽回过来，同时还不能对童琨的情绪感受产生大的影响。

这样的谈话，不像旧交，更不像是新知，倒像一个委屈的小妹妹迫于无奈坐在大哥哥面前，有几分不情愿也有几分任性。这个哥哥还不能沿着她的作态就此扮演哥哥的角色，他有责任把这场谈话弄出一些外交色彩出来，以此掩盖某种可以亲昵的气氛。别看这个妹妹她什么都不说，她有这样的要求。她让他觉得她拒绝跟一个还谈不上谙熟的人走得太近，她有规则，但是她自己却不愿意遵循这样的规则。

从谈话的表面上看，一直是乔去非在调节现场气氛，实质上却是童琨在主宰整个局面。他迁就着她、宽容着她，跟随着她的情绪步调。她看上去被动而局促，但是乔去非心里明白，她比自己自如顺畅得多！

聊天进行到很晚，乔去非买好单深深地舒了一口气。他跟各式各样的人打过交道，他没想到这个漫不经心的小女人竟然搞得他这么辛苦这么累。他很无奈地意识到了一个问题，那就是他是在乎眼前这个人的。

## 5

许泽群在张天龙的官司打赢后，工作并未有多大起色。

找他的劳动官司是多了一点，但是依旧是些小案子，打得辛苦钱也赚得很少。他依然早出晚归，甚至归得更晚，收入未见增加，耗在外面的时间则更多了。

童琨心下想的是，他爱怎么着怎么着吧，自己只当跟他是搭伙过日子。好在他们自结婚以来就有比较明确的分工，现在想开了这种模式倒也很是适合现下的家庭状况的。

比如钱，两人都是不管派，都有一个工资存折，平时都扔在抽屉里，谁要花钱了就从自己存折上取。而共用的那部分钱，比如房租、水电、柴米油盐，基本上也是两人在均摊。房租水电这些，当初提供给房东的是许泽群的存折，现在就沿用着，也就是说许泽群保证着这部分开支。家里是童琨买菜，所以日常开支就是童琨来了。

至于家务，因为久而久之的习惯，也就有了明确分工：童琨买菜，许泽群做饭，童琨就洗碗；衣服是许泽群晾，童琨叠；地是许泽群扫，桌椅板凳就是童琨抹……家庭给两人弄得成了分工明确的流水线似的，柴米油盐的争端倒是极少。

生活似乎终于走上了平静。对于童琨而言，难捱的是吃完晚饭做完家务到睡觉的那段时间，她好静，不能容忍吵闹的电视。白天工作比较辛苦，也不适合长时间看书。再就是每天给孩子一个的长途是必打的，实在无聊了就在电话里跟孩子咿咿呀呀地逗着玩。可是小家伙也不愿陪你，说不上几句就把电话给扔了。

许泽群倒好，每天例行的功课是看看晚间新闻和报纸。空下来就钻到小房间里，看看法律书或证券资料，或者上上网，更多的时候是处理案子上的一些杂事。

有的时候闷极了，童琨就想去找许泽群，但是她又想不出找了他能跟他说些什么。他工作上的事不愿意跟自己多说，自己工作上的事他也烦。说孩子，这孩子生下来没多久就给带回去了，小东西留给他们的记忆实在太少太少。说朋友，他们有几个共同关心的朋友呢？那就说他们共同感兴趣的话题吧，关于股票——他们有一些股票，抑或房地产、物价或者国家经济乃至整个亚太经济形势？

可是这样的话题从何谈起？她总不能说，来，许泽群你过来一下，等会子再写辩护词，我们讨论讨论这场金融风暴将会延续多长时间？

那么，就从与自身家庭密切相关的股票谈起吧。他们重仓买进了盐田港。许泽群从一个朋友那里听说李嘉诚要入主盐田港，他都赌在这只股票上了，可是从最近的走势看，它还明显弱于大势呢。多少次童琨都沉不住气了，问许泽群消息是不是可靠呀，要不怎不见盘口有丁点动静呢。许泽群每每都很不以为然地说，这就是庄家在做嘛，它要吸筹所以就要压着买，等到他的筹码拿得差不多了，消息也明朗了甚至公布了，那时候大家都一窝蜂地跟，那他就要拉到什么位置拉什么位置啦！

许泽群只有跟她说股票的时候才头头是道，好像就是他在坐盐田港的庄。所以回到家里，两人最多的话题也就是股票。但是他们买的几个股票也架不住天天晚上不停地说呀！

这天，童琨实在无聊了。她冲许泽群忽然喊道："喂，我说，你的盐田港怎么还不涨？"

许泽群在房间看书，童琨本以为他会不大搭理自己。这样的话题问过无数次了，这次不过是童琨用来挑起话题而已。没想到许泽群就扔了书从小房间里踱了出来，沉吟了一会儿说，那么，我把它卖掉吧。

许泽群说出的话，虽是一副商量的口气，但已足以叫童琨感到些许震惊了。她马上意识到的是或许许泽群已经把它给卖了，唯其如此，也才能符合他素来独断专行喜欢先斩后奏的做事风格。童琨此刻倒冷静了，她嘴上挂着一丝冷笑说："只恐怕，你已经把它给卖了吧？"

许泽群就在这时难得那么温存地从背后拢住了她，把头贴在她耳边说："没有，真的没有，不是跟你商量嘛。"

童琨倒也相信他这回是没干先斩后奏的事了，但是他忽然而起的热情使她很是生疑，果然，还没等她开始考虑他会弄出什么花样来，许泽群就拢紧了她说："我说，哎，我的想法是把这股票抛了，抛出来的钱咱们买辆车，听说广州刚出的本田雅阁，很不错的，要买还得事先排队呢！"

买车！天哪！童琨这才意识到他的老公实在太有创意了。自结婚开始，他就时不时地给她一些全然出乎意料之外的震惊。就说现在他想买车这件事，他们所有的存款刚够买下这台车。买了这台车，他们就一无所有。不要说什么时候才能买上自己的房子，连家里要谁得了病救急的钱都没有！

而且是要买本田，童琨的老板在中国也就坐了四五年的旧本田！

"我们可以不用把钱都买车，贷一点款，自己留点钱，有什么急事的时候可以救个急。你知道，我得经常在外面跑，出去没个车事情也不好做。现在就是这样子，有车和没车不一样，开好车和开孬车又不一样。买了车，生意好做点了，什么时候买房子都可以。买房子不能帮你赚钱，我们现在什么都得为赚钱考虑。"

许泽群好像看透了她的心思开导着她。他拢在童琨颈脖间的双手甚至向下探了探。这是他表示友好的方式，同时他也发出了某种明确的信号，一旦童琨呼应他的话他们的话题就将随时终止，然后顺着"信号"的导引往下走，等事情做完，迷糊热切过了，水乳交融过了，也就等于女人顺应了男人的意思，也就等于她答应了他。

谁说许泽群在女人方面比较愚钝呢？他也有聪明的时候，或许他就一直是聪明的。诸如现在这样的时刻，他就很擅于将女人行动上的顺从很巧妙地替代成某种问题上的认同。他甚至很擅于利用夫妻间的亲昵行为来润滑家庭矛盾。这么说来，有些事情许泽群其实是会做也能够做得好的，但是他就是没有做、不去做。

想到这些，童琨又一次感到灰心。

此刻，童琨没有呼应许泽群。

她把他的手往上挪了挪，说："我没权利反对你买车，但是，你不能用我的钱，那股票里的钱应该有我一半。"

许泽群似乎对这样的答复有所预料，笑笑说："好呀，我不用你的钱。我只抛一半，那剩下的就是你的股票，咱们留着抱金娃娃。"

他甚至开了个玩笑，"但是你可以坐我的车，我保证每天送你上班，接呢我估摸做不到的。"

留下一部分股票,这本来也是他考虑好的。他说那就是她的,鬼才知道那跟不是她的又有什么区别呢!这个家里的东西哪个不是她的又哪个是她的了?说是她的,她能对什么做主?说不是她的,许泽群可以宣称家里的一针一线一桌一椅都姓童……

这就是她童琨现下的婚姻状况。自结婚以来,她就渴望这渴望那,弄到最后才发现,她连自己最切身的利益都没有照顾好。弄不好,等到哪一天,自己都给许泽群卖了还忙着给他数钱呢!

不行,这次坚决不行了,可不能又随了他。不说赌这口气,就说他这家庭决策他有道理么?自己工作开展不开,是因为自己没好车,这算是哪门子的逻辑?车买得起,可是我们这样的家庭用得起好车吗?童琨管着公司的大小车辆,一台车最少最少,一年少不了一两万的开销。他许泽群租房的时候一两百也要省,现在偏要打肿脸充胖子去买这华而不实的车!他许泽群怎么变成这样的了?他以前可算是个俭省也不算那么虚荣的人哪,是不是工作不顺,考虑问题就上怪路子了?

反正不行,童琨想的是,自己别的搞不定,这躺在户头上的钱和股票自己还动不得吗?

想到这里,童琨就说,既然你说那是我的股票,那你把密码给我,我自己的东西,我就该自己配钥匙。

许泽群松了搂着童琨身体的手。他知道这次童琨没那么好说话了。

这让他感到有点头疼,也让他觉得有点恼火。不就是买车吗?车早也是买,迟也是买,反正是要买。更何况他还把先买车好过先买房的道理都跟她讲了,她怎么就是想不通呢?女人就是见识短,这也罢了,她怎么连自己的话一点也听不进去呢?这不是明摆着跟自己对着干吗?

你童琨不就是能赚点钱吗?说话就那么腰杆子硬,一点商量的余地都没有?——"你不能用我的钱",嗯,她挣了点钱就口口声声她的钱!钱钱钱钱钱!又是这该死的钱!

他要挣钱,也只有挣钱,才能解决所有的问题。可是,没有车哪能挣钱?你童琨上下班有班车,出去办事公司有车,你哪知道我大热天地坐着公汽到当事人那里？有的时候还出了深圳去龙冈、布吉、松冈、樟木头，办完事当事人送出来的话就得装模作样地跳上的士，等开远了再趁的士没跳表就赶紧跳下车去赶中巴，谁舍得打上百里路的的士呀！

这还不说，去法院打完官司，一群人出来，对方的律师开着丰田、奥迪扬长而去，我还要探头探脑四处打的士！那样的架势下，你心里底气足，你的当事人底气还不足呢！做律师跟做生意没什么区别，在某种场面上，行头——更露骨点，金钱就是通行证，这就是行业规则……

她童琨可以不懂规则，但是她怎么就不能懂一点家庭的规则呢？一个家，要靠男人支撑，不要以为你赚了一点钱你就撑着这个家了。这是两码子事，男人要打天下，为了让他更好地打天下，最好要由他说了算……

许泽群想着这些，有些气鼓鼓的了。童琨还在跟他要密码。童琨这次是一副不达目的誓不罢休的架势。她一反常态地唠叨起来："密码，你把密码给我。"

面对许泽群的沉默，她似乎只剩下了这么一句话。她嘴里唠叨着，心里却是屈辱的。她恨这个单调地重复着一句话的不停唠叨着的女人。她要的是密码，其实更是钱。钱这个字让她脸红。她明明知道自己要钱的行为，从某种意义上来说，是在捍卫自己残存的一点尊严。但是尽管如此，钱这个字眼，还有她此时的做态，依然使她心虚和脸红。她不停地重复着这句话，每重复一次就对她的忍耐和自尊构成一次强有力的冲击。后来她的声音越来越小，其实也充分显示出她所能坚持的东西也越来越少了。

等到许泽群终于很烦躁地对她吼出一串数字时，她仅存的对于自身所有观念和意志的支撑，都在这声愤怒的吼叫中崩溃了。

她又一次垂下头哭了起来。她又变成了一副任人宰割的小绵羊的模样。刚才所有的坚持都化为乌有，她所有的努力又在这场泪水中灰飞烟灭。

童琨得到了股票密码，但是她根本没有改过来。

半个月后，许泽群告诉他，他已经排队买本田了。他没有贷款，是他父母给了他一些钱。童琨认定他从父母那里借钱，改变了贷款买车的方案，其实是做给她看，向她示威的。

他果然在户头上留下了一半盐田港。在他的新车开回家的时候，盐田港终于发力，一气冲出去好几元。童琨算了一下，如果许泽群不抛那笔股，现在他们就能把他父母借给他的那笔钱赚回来。

童琨没有跟他说这件事。他们已经不谈股票了，现在连股票也有了两人不愉快的记忆。只在某一天的时候，许泽群语气淡淡地告诉童琨，他已经把她的盐田港抛了，赚了50%。这当然是个相当不错的收益。这是他们买车两年之后的事情。

告诉了抛掉盐田港这事后，最后许泽群轻描淡写地跟童琨说："我知道它能赚钱，就一定能赚到这钱。"

童琨听到了他的话外音，那就是所有的事情在许泽群那里都是这样："我知道……就一定能……"

这就是男人。她的老公，她的男人。


## 6

乔去非约童琨喝了一次茶。回到香港后给童琨来了一次电话。

他跟她寒暄了几句，之后告诉童琨他不久要去一趟日本，说是开会。

"还不知道是好事坏事呢。"乔去非不经意地说了一句。童琨没有接他的茬，他就开了个玩笑说，"那么酷呀，不能关心我一下吗？"

童琨被他这突如其来的玩笑弄得有点不知所措。在她印象中，他是得体规矩的；他对人随和但绝不会轻易表示亲昵；他有他的分寸而且掌握得极好。这话显然太亲热了，简直有点狎昵的意味。童琨就轻轻笑了一下，想把这件事带过去。她是把乔去非的这句话当做他一次一不小心的失言处理的。

不想，乔去非却未必想让她带过去。他在电话那边叹了口气说，唉，真的觉得有点凄凉呢，没人关心我。

乔去非这话终于让童琨对他另眼相看了。看来，看人就不能按某种思维定势去判断。这个得体妥帖中规中矩的人也会这样子呢，示弱、哀叹、些许的狎昵，甚至撒娇……童琨就在这个时候心动了一下。这个人勾起了她的好奇。他一定有与他现在的模样迥然相异的另一面，那么，这另一面到底是什么样子呢？

这次电话里的闲聊进行了不到十分钟的时间，快要收线的时候，童琨已经知道她和乔去非接下来将会有什么交往内容要发生了。

果然，在童琨将要表示收线意思的前一刻里，乔去非再次向她发出了邀请："我明天过深圳，想在深圳买点东西带去日本送朋友，你要有空的话我们就在一起坐坐吧。"

他说完了，又在自己的要求后加上一条："当然你要有空的话，陪我买东西更好，你对深圳比我熟悉。"

现在童琨面临的就不是选择去与不去坐的问题了，而是在跟他坐坐与陪他买东西之间选择一桩。这个"狡猾"的男人就这样堵住了童琨对于拒绝的选择。童琨意识到了他的狡猾。她笑了笑很爽快地答应了他的两个请求。她的答复是她周末也没事，买东西喝茶都可以。

她如此爽快，是因为她忽然喜欢上了这个男人约见的方式。她想他是那种对于女性有自信的男人，想要约见一个小自己许多的看上去还有点生涩的女人，应该是件不费吹灰之力的事。但是他表现出了他的一番煞费苦心，甚至一点点的没有自信，这让她喜欢。

她要一个男人在她面前表现出这种东西。哪怕这个男人的这些表现就是做给她看的，哪怕从男人的这番举动中，可以窥见这个男人对于各种女人的把握都了熟于心，甚至到了炉火纯青的地步。但是她童琨就喜欢要这样。

她就要，就要这样。

这是一个春天的周末的上午。太阳好像也在过周末，暖洋洋懒洋洋的。

出门前，童琨在家好好地收拾打扮了自己，穿了自己最喜欢的衣服，还化了一点妆。虽然平时童琨也是一个注重仪表的人，精心收拾了一下，还是让自己觉得焕然一新了。

她跟许泽群说要出去逛街。撒谎的时候她还是脸红心跳了。好在许泽群在埋头边吃早饭边看报纸，根本没注意到她的异样。童珉这个谎多少撒得有点六神无主，良心上跟许泽群有点不太好交代是一说，这谎撒得简直跟自己都有点不好交代呢。

本来嘛，她可以名正言顺地说出去跟旧邻居聊聊。这是一件光明正大的事，许泽群又不是那种小心眼的男人。这谎一撒简直就有点欲盖弥彰啦，但是但是……

童珉想了很久，还是选择了撒谎。她不得不对自己承认这样一个事实，那就是在这件事上，自己的心底未必就是那么磊落光明的。有些模糊的东西，模糊得让自己无法选择磊落光明的做法。再说，如果真跟许泽群说了去见一个异性，她可以在家大动干戈地扫胭脂画娥眉么？

应该说，任何事情都是互为因果的。因了这场约会，童珉有一些暧昧的感知，致使她撒了一个谎，又因为久不撒谎的人撒了谎，弄得童珉心下惴惴的，她就更觉得这就是心底的暧昧使然……

见到乔去非的时候，童珉已经成为一个彻头彻尾的局促拘谨的女人。

她甚至还有一点点的慌张——这跟上次跟乔去非见面的她完全不同，尽管上次的她也是有点子局促涩嫩的。

他们在约好的地方见面。乔去非的车停在她身边。她垂着头站在那里，显然是等了一会儿，但是远远地乔去非看到她，就意识到她不像一副等人的样子。她不张望更谈不上翘首期盼。乔去非的车在她身边轻轻停下时，她甚至有点没反应过来。

"嗨，"乔去非从半降的车窗内往她这边伸着脑袋，跟她打招呼。看得出，这回是他有足够的自如与自信。路上不允许他下车，车门自动打开了，他还是探过身子给她把门推开。

"上来吧，童童。"他招呼着她。

童珉这才有点如梦方醒似的上了车。上了车，她甚至都没有看乔去非一眼，只是勉强抬了头看着前方车门说："哦，你来得挺准时的。"

她在掩饰。所以她找寒暄的话题。话一说出来，乔去非就要笑了。他准时什么呀，已经晚了一刻钟了。他倒不是来得晚，而是来得早了点。他们约的这个地方不好停车，见她没来他就只好往前面开了兜去。深圳的路他不熟悉，谁知这一兜就兜了大弯子。

乔去非想到这里，不自觉地拿眼角瞥了瞥腕上的手表。偏偏他这细小的举动也让童琨眼角的余光扫到了。童琨眼睛一抬，正看到车窗前的小小的液晶显示表，正指着十点一刻。

童琨这才意识到自己窘迫之中把话给说错了。她的脸腾地一下红了。她想以一句随意的话来掩饰慌张，偏偏却又弄巧成拙。这样说她真是怀了天大的鬼胎来赴这场约会的呀！这事现在简直就是摆在和尚头上的虱子了，岂止是你知他知连天都知地都知了呢！想到这里，童琨羞得恨不得要钻地缝……

乔去非是何等聪明之人。他自然把这一切看在眼里。眼前的这个小女人上次着着实实摆弄了他一回，使他对她的好奇急剧升温——没有一个女人甚至也很少能有一个人能够那样摆弄他，漫不经心，随心所欲。还弄得他小心翼翼，紧张谨慎。见过她后的感觉简直就是一种挫败横到了他心上，搞得他如骨鲠在喉，不泄不快。所以他在很短的时间内又一次约见她。

现在她的局促、她的紧张、她的慌乱与错误已足够说明问题了。她已在他面前溃不成军，这使他恢复了足够自信。现在他把手搭在方向盘上，转过头饶有兴趣地看着她。

"你说，我们去哪里？"他问她。

"你不是要采购礼品么？"

童琨的话里多少有点子赌气的成分。这让乔去非听到了这个看上去冷漠的女人的一丝娇嗔。她真是处处在吸引着自己，乔去非想。他听到童琨在说："日本人喜欢那些中国特色的工艺品，我们可以去东门的博雅看看。"

很显然，童琨恢复了常态，她给了他一个不错的建议。

"去什么博雅！"乔去非说着忽然转了一个弯。这个弯打得急了点，童琨受了一丝惊吓。她也没想到乔去非会这么简单直接地回绝了她的建议。

"我们去一个更广博雅致的地方，去海边转转，你看何如？"

乔去非说完这话，就笑眯眯地看着童琨。那架势，好像是所有的修饰与距离都给他扔到一边去了，所有的圈子他也都不想兜了，他只想直截了当地，去他想去的地方，说他想说的话，做他想做的事。

童琨看了看窗外。春天的微风拂了进来，马路边，粉红的、白色的、玫红的紫荆花儿开成了一片，火红的木棉花也一朵朵地在嶙峋昂扬的枝头绽放着……

这是一个南方的春天，她忽然就想起了十多年前的那个春天。那个时候她在江北的一个小城里开始了她的爱情……

年年春色，春色年年中总是物是人非，谁能保住现在谁又能预知未来？

童琨想不明白。现在她只是冲乔去非点点头。她现在愿意跟眼前这个人去那个"广博雅致"的地方。去哪里都不重要，一个人，她要什么、失去什么，与她在哪里都没有太大关系……

童琨如此玄想着，乔去非的车已经轻捷地越过了罗湖，出了城。因了车窗外的噪音小了，车上的音乐也清晰柔曼起来。


"你喜欢什么碟，自己找。"

乔去非为童琨打开了车上的小屉子，说完就关上了车窗，那样子是希望童琨找到一张两人都中意的音乐碟。他要关起门窗，开跟她一起好好享受。

童琨挑了一盘王菲的碟来放，是那首《誓言》，一段长笛空灵的音乐飘起的时候，乔去非轻轻一笑说，果然找了自己喜欢的碟呀。他把"自己"两个字说得很重。童琨一听这话脸一下就红了。他在说自己好自我呢，这么不顾及别人，这样说岂不等于说自己随便放肆了嘛！她童琨是这样的人么，面对一个不甚相熟的异性就这样的随便放肆！

她觉得有点搁不住了。是啊，刚才怎么就鬼使神差地完全没有考虑别人挑了自己最喜欢的碟呢？偏地这个人怎么又这么刻薄，还来说她！

童琨的心情又晴转多云了。她低着头青着脸坐在那里，牙齿又不自觉地咬住了嘴唇。乔去非很快意识到这个小妹妹又生气了。他转过头来，饶有兴趣地看看她说，嗨，抬起头来嘛，看看外面的风景。

车在盘山公路上开，下面是蓝盈盈的大海，风景很好。童琨只好礼节性地把头扭向窗外，她已经有些后悔来赴这个约会了。她觉得自己没有办法跟这个人打交道，一放就过，一收又死，真是很难自如，很难找准点位。

"刚才生气啦？"开了一段路，乔去非又提起童琨的不快。乔去非一副若无其事很轻松又不乏关切的口气，甚至有一番随时准备赔礼道歉安抚童琨的架势。他的样子颇为诚恳，童琨显然被他的诚恳感染了，就默不作声地点了点头，其时委屈已经涌到了鼻尖头。

乔去非就伸出一只手拍了拍童琨的肩膀："跟你打交道可得千千万万的小心，弄不好就得罪你了。"

他笑了一下又说，"如果我以后哪里得罪你了呢，你可要多谅解，我一定不是故意的。"

童琨听了心下更酸了——自己在被这个人在乎吗？

她不想在这个问题上停留太久。她担心到头来又发现自己的这种感觉不过是自作多情罢了。但是有一点她是可以确信的，那就是眼前的人心眼透亮，什么都不必跟他说得太明白，甚至你都不用说。所以她才不愿意相信他说得罪了她一定不是故意的话呢，他在把握人心上太聪明，哪会有失着的时候呢？

车开了一个多小时，到了大鹏镇。

童琨以为乔去非要去南澳的海鲜食街吃饭，那里的海鲜是有名的新鲜和便宜，可以说到了南澳不去海鲜食街就是白来了。

不想乔去非的车往金沙湾的方向开，乔去非说去金沙湾酒店吃饭。童琨也不好说什么，就点了头表示同意。乔去非好像知道她的疑惑似的，说，我知道深圳人来南澳都会去海鲜食街，我想那里脏了点，怕不适合你，还有我想找个安静的地方跟你吃饭聊天。

童琨心下笑了笑，按她对他的感觉，她觉得他的意思比较明显，只差说明白了，那就是他之所以作出这避开人声嘈杂的茶肆酒楼的刻意安排，去找一个清净的地方，或许就是希望他们的交往更多一点私密的色彩吧。

在金沙湾酒店吃完一顿饭，童琨已经在心底彻底弄明白了一件事，那就是她跟眼前的人绝对没有成为朋友的可能。他们一如既往地找不到共同感兴趣的话题，而在一些可以交叉的话题——比如大家都曾经有过或正在经历着的某种生活，诸如一些家常话题等等，他们亦不可能稍事深入地进行下去。

童琨不愿意向任何人暴露自己的家庭生活情况，更何况在这种没有定位清楚的异性朋友面前。说日子过得好是撒谎，说不好简直有某种暗示的嫌疑，所以在她这边一碰到家庭问题她总是三缄其口。这一回的聊天，他们似乎配合得很好，彼此心照不宣，点到为止，好像什么都说了点，好像又什么都没说。

吃完饭，童琨已经觉得有点兴趣索然。

本来来南澳有不少活动可以安排，除了吃海鲜，还可以去游泳或海边散散步等等。但是游泳或散步都不可能了。不要说他们没有做下海游泳的准备，就说来之前有这个提议童琨也不可能游这个泳。一男一女不是那么相熟，打死童琨也不好意思两个人着了泳装相对。外面太阳很晒了，在海边散步的话不掉一层皮才怪。

童琨都想说回去了。不想乔去非问她是想休息休息还是去活动活动或去哪儿坐坐。童琨倒是有点困了，但是休息就得找房间，显然不合适；活动呢，童琨怕晒太阳。童琨只好说那就去哪儿坐坐吧。

他们就上了车。乔去非往山头开，是童琨从没去过的地方。车在山间的小路里绕了一会子，不觉间就到了一个山头上。几乎没有了人烟，湛蓝的大海就在山脚下。海水格外的蓝，远方天空和大海连接在一起，完全是一番海天一色、世外仙境的景象。

乔去非在一个园子前停了下来。

园子里是一栋栋欧式小楼。童琨下了车，觉得空气和风都格外清爽。童琨忍不住问乔去非怎么知道还有这种地方的。乔去非说有时候过深圳这边来开会，在这住过几次。

"开会住这种地方真糟蹋，空下来出来转，总觉得良辰美景虚设，搞得人更失落。"乔去非说。

他这话童琨听了还是小小地吃了一惊。他们的几次交往中，都很默契地回避着有关各自的比较私人化的话题，哪怕是情绪方面的。在这里，乔去非打破了这个心照不宣的禁忌。

他们进了园子。乔去非熟门熟路地找到一间活动室，跟服务生要了乒乓球拍。

"想活动我们就打打球，不想动我们就坐到阳台上聊天。"

阳台对着大海，有几张太阳椅还有小桌子，应该是个聊天的好地方。但是童琨已经不想再跟他聊天了。两个人没什么话说，童琨就只好选择打乒乓球。乔去非的球技很好，童琨根本不是他的对手。这样，不是一个水平档的两个人打了几个回合，这竞技的活动没法进行起码的较量，活动就变得很无聊。

事实上，两人已经在一起泡了大半天。没有趣味横生的谈话，又不能尽情肆意地表现自己。这大半天下来，联想到出门前的兴致盎然，童琨就觉得自己这一天的兴致就像股票走势一样，高开低走一路疲软。

乔去非大概也意识到了童琨的兴致索然，就收了球拍，说，要不，我们回去？

童琨点了点头。乔去非忽然就把手搭在了童琨肩头，手指还用力地按了按。他的头歪向童琨，"唉，好像很难让你这样的人高兴，我真是觉得很失败呢。"

尽管他忽然搭上来的手并不显得有什么不自然，童琨的心还是重重地震了一下。她感受到他那有点重重的一按，不知道为什么，像是把她的心重重地按了一下。和着他的话，好像他的无奈和歉疚是那样深重。童琨被他的歉疚感染了，低了头说哪里，其实我今天很开心。

"真的吗？"乔去非已经把手抽回去了。他俯下头来盯着童琨的脸问，好像童琨的答复又鼓舞了他："我真的是希望你开心点，特别是跟我在一起的时候。"

他抬起头说了这句话，说得很低，像是自言自语。童琨抬了头看他，她有点不相信自己的耳朵。

两人并肩往外走，忽然都不说话了。这是两人交往第一次出现这样长时间的沉默，跟以往话题间偶尔出现的沉默不同的是，这种沉默没有使他们两人中的任何一个感到尴尬。他们谁都没有试图去寻找话题填补这种沉默，而是任由这种沉默延续着。

直到他们来到乔去非的车前，乔去非给童琨开了车门。

"早点送你回去，"乔去非回到驾座上说，"现在走，到市内天也黑了。"

乔去非的话一落音，童琨才有一种如梦方醒的感觉！

她也不知道自己刚才在想了什么，现在乔去非说了这话，才把她从云游的思绪中拉了回来，更是让她回复到某种现实状态之中。那就是他跟她出来，就是一次再平常不过的出游，光明正大的时间出发，光明正大的时间回去，自然坦荡、心无旁骛。可是自己刚才怎么走神了呢？而且还走得那么沉浸其中，好像跟他在一起，吃饭打球都是表面上的东西，那样走神才是理所应当……

可是人家并不是这么想的……这么说来……

童琨又一次脸红了。至此，她的心情已经坏到了极点。她想以后再不能跟这个人打交道了。她弄得自己那么辛苦不说，还往往自讨没趣，一不小心就自作了多情。此时她已经恨不得立马飞了回去，令人厌烦的是她还得继续维持自己基本得体的表现。

心明眼亮的乔去非当然很快意识到童琨的情绪又走了下坡路，但是他心下却变得格外的轻松起来。他知道自己这天约请这个邻家妹妹的全部目的已经达到了。

其实早在上午一见到她的那个时候，他就知道自己这一天不会失败。之后的一切发展全都证明了，他上午的预感没有错。

## 7

童琨郁郁地回到家里。

许泽群正靠在沙发上看电视。其时已经快七点了，厨房里没有一点动静，也不知道许泽群饭吃了没有。

许泽群一问，居然还没有吃。这个时间显然已经过了买菜做饭的时间。童琨只好说出去吃吧。她倒是想出去吃饭了。这一天她过得不愉快，闷湿的天气弄得人浑身不爽。她忽然觉得自己在期待着什么，似乎是某种痛快淋漓的感觉，热就热透的，冷也就冷透。

许泽群听了她的提议也不说什么，只是恹恹地从沙发上起了身，套了件夹克，跟着童琨出了门。

家门前就有一家江浙菜馆，不做饭的时候他们就来这里吃饭。这回童琨点了许泽群爱吃的几样菜，有酒醉黄泥螺、雪里蕻毛豆米、蜜汁莲藕、糖醋小黄鱼，还有一只菊花脑鸡蛋汤。以往都是许泽群点菜。他会考虑到两个人的喜好，比如说他喜欢这些东西，童琨喜欢这里的红烧狮子头和大煮干丝，他会把这些东西搭配一下。

童琨一反常态地净点许泽群爱吃的菜，许泽群却一点没觉察出来的样子。菜点完了，童琨忽然问许泽群，来点酒？许泽群似乎是如梦方醒，意识到童琨的异常，她什么时候居然想喝酒了？他这才想到童琨出去一天，跟他说的是出去逛街，这街逛回来怎么有了点异常？

许泽群并没有在这个问题上停留太长的时间去思考。这两天他很烦。自从做了张天龙的官司，媒体一宣传，找他打劳动官司的人是多了。但劳动官司不是他的目标，他想以劳动官司做跳板，接到更多的企业官司，经济方面的，哪怕劳动纠纷的。好的话，签几家企业的常年律师顾问合同，那就有了稳定收入。

这段时间，他刚刚看到为自己设计的前程的一丝曙光。一家著名的日资企业请他做一个劳动官司。这个官司打赢了，就会有个很好的广告效应，他日后的宣传里就可以说有某某某大公司成功的典型案例。他一直在做法院的疏通工作，倒霉的是法院忽然间的人事变动，使他原本很大的胜算希望陷入渺茫之中。这个官司对他太重要了，只有天知道他有多在乎它。

现在童琨要喝酒，他便也很快附和了她。他们要了一瓶啤酒。童琨给他斟了。童琨似乎兴致很高。她说她忽然想明白了一些事情，比如说人是不能太在乎什么的，你一在乎你就会活得很累。

　　这话算是说到许泽群心上去了，他说是啊，是这么个道理。

　　但是他没有说出来的是，他也不想太在乎一些事情，比如说这个官司，还有什么赚钱事业等等狗屁事情，烦人的时候会弄得他寝食不安，但是你能不在乎吗？他不打赢这个官司，前面所做的努力就要前功尽弃，一切还得从头来起。他不赚钱，不要说活得体面的问题，生存或许都成问题。童琨是给人打工，说不定哪天给老板炒掉鱿鱼，人一老工作都找不到……

　　想到这些，他头又大了。他叹了口气，想把注意力转移一下，同时也对童琨忽然发出这样的感慨疑惑起来。他问童琨，怎么想到说这些了？童琨想了一会儿说，很多事情难道不是这样？我曾经很在乎你怎么对我，现在我知道了，那样只能使我过得很难受。

　　许泽群没想到童琨说出这样的话来。童琨无疑把他从一个烦恼引领进另一个烦恼中，工作固然令人烦恼，童琨一跟他谈感情又何尝不令他烦恼！他实在弄不清楚童琨要什么，追根究源、锱铢必较……

　　他怕了，他也很累，经不起童琨那样穷折腾……

　　所以现在听了童琨这话，他没有接茬，但是想了一会儿他说，你说得对吧，有些东西经不起你在乎的。就说过日子，愿意跟对方过下去，这其实是最实在的。我希望大家彼此松动一些，这样或许能开心轻松点。

　　许泽群难得对过日子抑或说生活发表见解。

　　这回他说得很诚恳。童琨抬头看他，眉宇间流露出倦殆。童琨的心紧了一下，心底油然而生一种怜悯之情。不是妻子对丈夫的心疼，是怜悯。童琨自己都觉得奇怪，怎么是这种反应，她想到的是一系列的许泽群：大学里踌躇满志的许泽群，在上海大步流星赶上船的许泽群，差不多是自作主张就把工作辞了的许泽群……

　　她甚至有点早知今日，何必当初的幸灾乐祸。她当初跟了他，可没指望他日后飞黄腾达。她希望他有一份稳定的工作，自己这个做老婆的反正也能够养活自己。像当初两人这种家庭结构，不少人羡慕都来不及呢。一个在政府机关，管房子、生老病死这些大事；一个在外资企业，挣钱多点，保证家庭小日子过得滋润丰美，谁叫他一心想发达的呢？

童琨的酒量不大，喝了三五杯啤酒，就已经头重脚轻了。

回去的时候，她就势挽住了许泽群，把头靠在他臂膀上，喃喃地说，你对我好点好不好？对我耐心一点，多花点心思在我身上。外面的事情，不要太操心。嗯，你哪怕，没有案子接，我一个人的工资一家人也能过呀！

许泽群是从没见她喝酒喝迷糊，比平时的童琨倒也多了几份娇媚可爱。许泽群听这话，心底也有一点难受。晚风吹过来，他觉得有点凉，就顺势揽紧了童琨。他不知道跟她说什么。他只觉得童琨好像没有长大一样，就是当年在南通初次见到的那个女孩子，干净、单纯。

生活哪能那么简单！他在心底叹了一口气。

两人一到家，童琨就倒在床上。许泽群叫她起来冲个凉再睡，童琨也不应答他，只是直挺挺地躺着。许泽群跑去拉她，就被童琨一把拽住了。她冷不丁地拽住了他，居然把他一个趔趄拽倒在她身上。她的脸红扑扑的，是酒后的红晕，也有体内的热气在升腾。她的一只手贴在他的脖子上，用力摩挲着。摩挲的手不一会儿向他背部延伸下去，另一只手就来解许泽群的衣扣……

许泽群能够闻到童琨身上浓烈的酒气，当然他更明白童琨想干什么。此时的童琨令他惊讶。她头发散乱，一身酒气，行径轻佻，眼波妖媚……

他没有见过这样的童琨。他按住了她的手。"洗澡去，"他说，"先洗个澡。"他暗示她了，他会答应她的，只是要"先洗澡"。童琨却不理会这些，"我不洗澡，就是不洗澡。"她显然在撒娇，她甚至来吻他，"我就是不洗澡。"

"听话，洗澡。"许泽群其实有点生气了。她这是什么样子！

说实话，他讨厌邋遢的女人。更何况说要跟她做最亲热的事情。

他试图把她抱到洗手间去。刚刚把她抱起来，童琨嘴里就大声尖叫起来："我就是不洗澡！我干吗得洗澡！我就不能不洗澡一次吗？！"

她嘴里叫着，身子就像水里的鱼一样泼辣辣地跳起来。结果一头栽到床上，头发更散乱，那倒在床上的姿势更不堪……

许泽群看了她一会儿，终于忍无可忍。

他说，你醉了，你在发酒疯。

没曾想他话刚落音，童琨却安静下来。

她冷笑着说，我就是醉了，我就是在发酒疯，那又怎么样，你讨厌我了？我还没怎么样呢，你就讨厌我了？

许泽群只觉得头嗡地一声大了。但他还是控制住了自己，控制的结果是他说话的语温降到了零度以下。他说，你知道就好，醉酒的人应该喝水醒酒。

说完他走了出去。不一会儿，他端了一杯水进来。他把水放在童琨的床头柜上，什么话也没说就出去了。

童琨没喝水。许泽群一退出去，房间安静下来。她倒奇怪起来，自己怎地就发起了酒疯。但是这酒疯一发，身上却像出掉了一场麻疹子一样舒爽起来，心里闷了一天的气也好像跟着出掉了。她站了起来，找了换洗衣服，拿了浴巾就去了洗手间。

她要洗澡了。

她总会洗澡的，每回做爱前她都要洗澡。结婚这么多年，做过多少次爱，哪一次不是这样？那么，到底又是谁规定的，做爱前必须洗澡？老天老天，这也成了一个规矩吗？她童琨活得那么辛苦那么累，何尝不是这些莫名其妙的规矩在作祟？

她忽然觉得没劲透顶。

她洗了个痛快的澡，身上飘着香皂的清香从洗手间出来。她用的是那种花香型的香皂。她的一个小小秘密是，某一个晚上，她自己有了那样的想法，她就会用那种花香型的香皂。许泽群未必识破她的秘密，但是她愿意有这么个小小秘密……

童琨一身飘香地从许泽群面前晃过。许泽群看她换了个人。他只以为她是听了他的话，喝了水、洗了澡……他喜欢她这个样子，干净清爽也不胡闹的，刚才自己对她是凶了一点，但是听话了就好。想了这些，许泽群就从电视前站起来，跑到她身后，揽住了她。

108

不想童琨却挣脱了他的拥抱，冷冷地说，我也讨厌没洗澡的人，你给我让开。说完她走到小书房里，关了门，一个晚上都没有出来。

分房睡的日子从这个晚上开始了。

## 8

童琨和许泽群住的是两房一厅，一间固然是卧室，另外一间小房间，许泽群把它弄成了书房。

这间房，许泽群的利用率最高。他晚上多半的时间是在书房度过的。童琨忽然之间"占领"了他的书房，许泽群却依然一如既往地使用着他的书房，到时间进去，到时间出来。

起先几天，两人在家各行其是，谁也不理谁。家务分工则继续有条不紊地进行着。一个人劳动另一个就一副理所当然地享用着对方的劳动成果。比如做饭，许泽群做的，童琨照吃不误。童琨洗的衣服，许泽群照穿。两人像双边关系恶化的两个国家，没有友好交往，但一切经贸活动按合同如常进行。

这样过了几天，到了周末的晚上，童琨睡下没多久，门就给旋开了，是许泽群进来了。许泽群进了屋子什么话也不说，一头钻进了童琨的被窝里。童琨知道他要干什么，就转了身子拿冷脊梁对着他。许泽群从她背后抱住了她，也不说话。

童琨也不挣扎。她觉得浑身没劲，动弹的念头都没有。

两个人就那样抱与被抱地僵持了一会儿后，许泽群开始采取进一步的行动了。他一只手臂拢着童琨，另外一只手委蛇到了童琨胸前。童琨对这个动作有了反应。她连忙两只手抱在胸前，表示她不接受他进一步的举动。

许泽群却不罢休。他的手张开了，沿着童琨手臂和胸之间的缝隙往童琨怀里钻。童琨继续抗拒，两臂抱得更紧。那边许泽群也开始使出力气，不仅手上的力气更足，连身子也贴得更紧。

又是一番僵持，童琨忽然就把手一松，许泽群使足劲的手一下子就从童琨胸前滑了下去。

许泽群有点措手不及，但他总算停在了他要停的地方。他的一只手如往常一样蛰伏在他喜欢待的位置。

因了童琨弄了许泽群一个措手不及，原本应该温情脉脉的行为，因为许泽群手上的趔趄，变得滑稽起来。但是许泽群显然没有理会这种意外的滑稽，他按照以往的路数继续有条不紊地进行下面的行径。他的手在老地方待了一会儿，然后又稍稍地动作了一会儿，就开始以手心下的位置为圆心，在圆心周围的圆圈地带活动了几圈，然后长驱直入向下挺进。

童琨显然放弃了抵抗，由他自由自在地活动。当然她也没有呼应和迎合，许泽群却并不介意，等到他认为时机成熟了，他手下的活动方才停止，但是随之而来的是整个身体上阵。他轻轻一跃就匍匐在童琨身上……


"回去睡觉。"

一切结束了，许泽群才说这个晚上的第一句话，冷冰冰的，几乎是命令。

童琨没有理他。他就试图把童琨抱回房间，但是他的手刚伸到童琨身子底下，童琨就一骨碌爬起来，抱了枕头往卧室走。

许泽群没想到她那么爽快，就颠颠地跟在后面来了。童琨走到房间门口，转身把许泽群挡在门外。

"我不要跟你睡。"童琨说，"我一个人睡舒服。"

许泽群愣了一下，马上他就试图往房间挤。童琨抵住了他。

"真的，我喜欢一个人睡了。"她的语气很平和，甚至还有点恳求的味道，至少可以听出来她说的是真话，一个人睡并不是为了怄气。

"那好吧。"许泽群同意了，"那我睡书房。"

这回是童琨感觉有点意外了。她没有想到许泽群答应得那么爽快，而且他还显得很君子，把好房间留给了妻子。

# 9

这一回的冷战没有硝烟，所以结束都在两人的不知不觉之间。

两人除了生活如常外，交流也进入正常状态。而在身体的交流上，因为分房睡觉，他们很快有了两人都认可的新模式。用童琨跟顾蕾聊天时的话来说，就是谁需要了就去邀请谁。

顾蕾听了这话大笑起来，说"邀请"？也就是说要邀请到自己的房间来？为什么不就地解决？顾蕾说话比较放肆，比如这"就地解决"就弄得童琨脸通红。童琨只好去啐她。她也才意识到这个问题。

是啊，想起来也是有意思，为什么要这么多此一举的？她想了好一会儿，忽然想明白了一件事，她想到的是"召"这个字。他们这样，真是有点"召"与"应召"的味道。与激情无关，爱情更无关，纯粹是"召"与"被召"。

童琨想到这里，心里冒了一阵寒气。

晚上她忽然一反常态地去"召"许泽群（因为他们多半会选择周末"邀请"对方）。许泽群正在看书，对她的忽然到来有一点惊讶，很快他还是配合她了。

"去客厅。"等到两人都被调动起来，童琨忽然以命令的口气对许泽群说。

这是一个新鲜的提议，许泽群愣了一下立即附和了。他把童琨抱到客厅，因为是个新鲜地带，他站在地中间犹豫了一会儿，显然不知道应该在什么地方进行下面的活动。许泽群站了一会儿，眼光就落在眼前的餐桌上，他便把童琨平放到餐桌上……

餐桌是木质的。桌面架在一个木柱子上。等到许泽群上来的时候童琨心里充满了惊恐。两个人，只有保持身体分量的均衡置放，桌面才不至于倾斜抑或栽倒。但是上面的许泽群显然顾不上安全的样子，他的身体像满了风的帆一样昂扬蓬勃，一触即发……

暴风骤雨很快就来临了，是区别于以往的别样的新鲜迥异的滋味。

是在风雨急流中行船，猛烈凶险，迫切渴望又身不由己……

容不得须臾的停顿和杂念相倾，又在高蹈和激昂中企盼终止和永恒……

当一切戛然而止的时候，童琨这才感觉到，意识在慢慢回复到自己体内，身体的疯狂也在渐渐散去，一切身体极限所能达到的美妙体验也在烟消云散。

这便是"做爱"，可以做出来的一种爱。一切结束之后所有的一切又将各就各位，更为冗长的，是按部就班的生活，是那些漫长平淡的日子。

童琨就在这天晚上开始，忽然痴恋于这种叫做"做爱"的活动。也忽然，在每回的做爱之后，变得异乎寻常地讨厌做爱。

往往，做得多快乐，之后她就有多失落。做得多完美，之后她就感觉有多空虚。做得多成功，她就有人生多失败的感觉……

兴奋与失落、渴望与无望……

所有两极相对的经验她都能在做爱这件事上体会到，也只有在做爱这件事上体会到……

平淡冗长的日子似乎只剩下做爱，这生活中唯一能够掀起落下的波涛……

而他们的"战场"也延伸到家庭的各个地方，卧室客厅固然不说，甚至阳台、洗手间、厨房……都不放过。

从场所到置放身体的平台抑或无须置放的一处落足点乃至身体的姿式、所谓的体位……

他们尝试了各种可能的变化……

多年的婚姻生活，两人的身体似乎到此时才找到自己的疯狂。这晚来得疯狂，似乎更像是一场最后的疯狂。等到两人把所有的新鲜都尝试完，某一天躺在床上不知道去哪里更好的时候，童琨一下子兴趣索然了。

"算了吧，"她忽然说，"今天算了。"

被挑起的许泽群却不愿就此罢休。他把童琨抱到客厅，平放到餐桌上，然后小心翼翼地上来……

这回，却没有第一回的狂热与惊险，甚至跟床上已经没有太大差别。

后来，又是阳台、厨房、洗手间……似乎开始了新的一轮。不知道第几轮的时候，两人再也没有出卧室的兴致了。

他们又重新待在床上，一切又恢复老样子……

一场由身体掀起的疯狂终于落下帷幕，一切又回到固有的轨道。

不过这场"身体的革命"还是给两人的生活留下了一些东西，不仅仅是一些新鲜的模式，还有身体渴望的提升。比如跟从前相比，他们的频率要多了一些。看得出，两人对于这项活动的满足程度也比从前提高了一些……

"我现在可以做女性杀手了。"有一天许泽群做完后洋洋自得地说。

之后他对童琨说，"你应该感到幸福，有多少女人能够遇上我这样的老公。"

"如果我只有身体就好了。"童琨不以为然地说，"不过那跟动物有什么区别。"

"哼。"许泽群鼻子里哼了一声，还有一句话到了他的嗓子眼儿，他没有说出来，那就是："你这样的女人可真难伺候。"

他话虽没说出来，童琨早已知道他想说的是什么了。她也知道自己难伺候，但这并不意味着她就认为许泽群甚至包括自己在内，还有眼下的生活都没有发生错误。

## 10

童琨已经有一段时间没去广州看母亲了，正想回去的时候，就接到乔去非的电话。

这是他们上次去了南澳回来后通的第一个电话。乔去非告诉童琨，他刚从日本回来。

"我就知道没好事。"他的语气有点沮丧，但是他没有多说，童琨也没多问。寒暄了几句，乔去非话题一转，问童琨："你最近要不要回广州？"

童琨想都没想就说想回去，那边就接过话说，那明天我来你家楼下接你，我明天也要回去，老母亲生病住院了。

童琨就答应了。她正想这个周末回去。这固然是她心底给自己与这个人同行的最好理由，更多的，她知道自从跟这个人分开后，这一段时间的疯狂已经在她身上消弭了什么，也滋生出了一些东西——有些朦胧的，却也是坚定而无可阻遏。她顺应着这种东西，所以她跟这个人如此这般地反应着。


周六的早晨，童琨到楼下时，乔去非的车已经停在那里。童琨上了车，见到乔去非只是嗨了一声，一副已经挺熟络的样子。这样的表现比上一次自然大方多了，乔去非却能感觉到她心里较着的一股劲儿。

乔去非的厉害就在于，任何时候他都能洞悉你，但他不把他洞悉的东西显露出来。尽管如此，对方还是觉得自己已在他眼中无以遁形了。这个人让你很难对付，说他在那里，你抓不到一丁点；说不在那里，他明明又给你无所不在的感觉。

童琨早已觉得自己不是他的对手，所以也就放弃了所有应做的努力，比如礼貌和掩饰，指望与逃避……童琨所能做的，也就是给自己一副听之任之的架势。她看上去像一只随波逐流的船，舱里却装满重重的石头。别人看不出，它其实是铁了心地要往下沉。对了，这个聪明的乔去非是看得到那些石头的，但是，乔去非就是乔去非，他装看不到。

车很快出了深圳，上了高速。车速快了，旅程就显得乏闷起来，童琨毫不掩饰地表示了自己的乏闷，她开始垂下头打盹儿。她打盹没几分钟，乔去非就说你去车后座睡吧，你睡一觉，就该到广州了。

童琨有点动心。尽管她从没在一个不甚相熟的男子面前睡过觉。乔去非敏捷地利用了她的犹豫，打消她的顾虑，他笑笑说，没关系，我保证不偷看你。他又以有点殷勤的口气说，你到后面去，从车座中间打开一扇小门，就可以从我的车尾厢里取出一个黑色的软皮袋子，里面有一床毛巾被，你可以盖着睡觉。

他跟童琨不厌其烦地讲了这么多。童琨已不好意思拒绝了。她就从前面座位上站起来，到后座去，按照他的说法取出毛巾被，躺下来把自己从头盖到脚，包裹严实了，真的开始睡起觉来。

　　这一觉，果真睡到了广州。

　　童琨醒来的时候，车已经出了高速。

　　童琨一骨碌爬起来，居然有点迷瞪瞪的感觉。这一觉睡得很沉，她甚至觉得自己还做了个什么梦。童琨一坐起来，就赶忙理头发。

　　乔去非见她醒来一副慌乱的样子，就打趣道，急什么呢，小姐，这可是你的直达车，又不是坐火车会误了站点。

　　这句话激怒童琨了。如果说童琨一上车就憋了股什么劲儿，乔去非没去惹她那股劲儿的话——也只能说没有惹而已——他没去控制它也没去挑起它，现在他就开始惹到童琨的那股劲儿了。

　　在童琨，那股劲儿是迟早要对这乔去非发出来的东西。远到这些天就存了，更远到上次去南澳的时候也存了。或许更遥远，遥远到她的少年时代。见到这个邻家大哥哥，她总是低着头，上齿咬着下唇——那时候，她就对他咬着的是这口劲儿。

　　应该说，童琨心底隐隐约约地明白那飘渺劲头的来龙去脉。生于何时，又将止于何地，她心里有再清晰不过的逻辑。但眼前的乔去非根本不遵从她的逻辑，要么视若无睹，要么设好圈套让她自毁套路，等她毁完了他又再把她惹起来！

　　在这个人面前，她童琨控制不了任何东西，甚至包括她自己。他只能使她恼羞成怒，而这也都在他的掌控之中！

　　满盘皆输全程落败的感觉又一次袭击了童琨。童琨知道此时如若发怒，不过又是自己的意志为此人掌控的一次明证罢了。她只好淡下心淡下脸，理好了头发，叠好了毛巾被，又把毛巾被放回原处。她抱着胳膊看窗外，一句话也不说。

　　"坐到前面来吧。"乔去非等她收拾停当，就邀请她。

　　"不用了。"童琨开始恢复平静，"马上到了。"

　　"那就不可以？"乔去非语气温和起来，"过来，嗯，还是坐过来。"

童琨坐了过去——她，显然是被他温和的语气打倒了。她刚坐下，鼻子就一阵发酸。她把头扭向窗外，她不能让那个人看到——她的眼睛也红了。

就在这时，她感觉，她的脖子被一双柔软温暖的手抚住了。那只手停在那里，有很长一段时间——时间像凝固了，一定有很漫长的一段时间，然后她就听到一个声音，那个声音说："童童。"

他叹了口气，"你——可真傻得可以。"

童琨就在这个时候泪水夺眶而出。

这口气——好像是憋了多少年的气，童琨现在终于吐了出来！

眼泪夺眶而出时，她几乎是哇的一声哭出声来。

乔去非显然没有想到她竟然是如此剧烈的反应。他抚着她的脖子，有时还会捏一捏她，好像想给她一点平息下来的力量。

"不要这样，童童。"他说，"你真的不要这样。"

他开始有点语无伦次。他只好搬出现实问题来警醒她，"你看，我还要开车呢。"

童琨立马打住了。她止住了哭，抬起泪水婆娑的脸，一脸的迷蒙和茫然，似乎刚才那场决堤的眼泪完全出乎她本人的意料之外。她慌忙扯纸巾，一团团地扯。

乔去非已经移开了抚在她脖子上的手，不知是有意还是正需要他打一个转弯。哭止住了，手又一移开，童琨忽然感到刚才那场倏忽而至的心灵情感的风暴，在刹那间又消逝得干干净净。她扯纸巾的手也变得从容了，是的，不过是一次忽然来临的风暴而已。

"把手拿过来，童童。"她听到乔去非在跟她说。她看到乔去非在她面前张开的手掌，坚定友好地期待着她。不是的，她现在可以肯定了，刚才的一切不仅仅是一个倏忽而过的瞬间而已，那一切，在延续。她忍不住低下头，嘴角浮起深深的笑意。

"你真不理我呀？"乔去非也不看她，还是让他那只坚定的手掌张在她眼前。

"童童，"他终于捉住了她，他把她的手握在掌心里，然后把她的手拉过来，两只手握在一起放在他的腿上。

"在我这儿好好地待着。"他说。

童琨犹豫了一下，终于靠了过去。她把头靠到他的肩膀上，有一种天旋地转完全晕眩的感觉。

不知道有多长时间的沉默，车忽然停住了。

乔去非看了看还靠在自己肩头眯缝着眼睛的童琨。

"到了，嗨，傻瓜。"乔去非说。他笑眯眯的，童琨忽然觉得他笑起来居然是那么好看。

童琨抬起头。就在这个时候，乔去非揽过她的肩头，在她的脸颊上轻轻地吻了一下。

"回去吧。"他嘴上说回去，搭在方向盘上的手伸出来，又拉住了她的手。

"回去吧。"他似乎是欲言又止的。

"不，"童琨低了头。她又说了一次，像一个不听话不讲理的孩子，"不。"

乔去非把她的脖子转过来。他对着她的脸。他们的脸靠得那么近，彼此的呼吸都能感觉到。他们四目相对着。他看得清她眼里的柔情，她也看得清他的。

"为什么？"他问，问得那么轻，像耳语。

"我要你……"童琨说出这句需要勇气才能说出的话，因为需要勇气，所以关键的时刻她停住了。这一停，语意更吓人，把她也狠狠地吓了一下。她赶忙把话全部说出来："我要你亲我。"

这么一急，无比温存的请求都变了味。乔去非就豁然笑了出来，哈哈。

他边笑边指着窗外，"你要我在这青天白日朗朗乾坤之下？"他顿了一下，"来亲你？！"

这样，现在又是一场搞笑剧了，童琨也给逗笑了。乔去非就在这时拍了拍她的肩头，"上去吧，给你妈看见就麻烦了。"

他还是拢过童琨亲了她一下。

"明天我会给你打电话,童童。"他附在她耳边说。

## 11

童培芬住在六楼。

童琨一口气爬了上去。她几乎是跳着上楼的——她太开心了。有多久多久了,她没有这么开心过?没有这样舒畅过?她甚至哼起歌来,是日语的《北国之春》,就是那样,冰化了,树绿了,严寒已久的冬天过去了,春天来临了……

童琨兴致冲冲地进了家门。敏感的童培芬立即觉察到女儿的异常。

"这次回来心情很好呀。"她从书房出来,手里还拎着一本书。

童琨没有正面回答她的问题,只是说,妈,今天出去吃饭吧,我请客。她默认了她有开心事。

"有好事就应该讲出来,让你老妈也一同分享分享。"童培芬当然也愿意看到女儿快快乐乐的。她已经觉察这对童琨并非一般的小事。童琨比较内向,不是特别高兴不会喜形于色的。

"真的没什么,妈。"童琨的妈字叫得都有点娇嗔的味道了。她们母女之间几乎从来没有流露过这样的亲昵。童培芬的头就嗡地一声,好像电流划过一样,那种突然和不能习惯的感觉一掠而过,流下一丝温热的东西。童培芬在刹那之间伤感起来,自己是老了,该来临的也终于来临了。

接下来就是吃饭,童琨兴致很高,跟童培芬讲这讲那。她一反常态,变得简直有点絮絮叨叨喋喋不休。童培芬一直在心里打鼓,女儿怎么那么兴奋?她转弯抹角问了一些问题,诸如童琨和许泽群的关系、他们的工作、在南通的小丫头的情况……

一切听上去似乎都不错,似乎应该是一个女人开心的理由,但毫无疑问这一切显然不该促就童琨现下的兴奋状态。童培芬忽地就想到一个问题,"你怎么回来的?"

她忽然意识到她被燕子一般飞回来的女儿弄昏了头,居然忽略了这个

118

偶　遇

问题。

"坐火车的呀。"童琨脱口而出。话一出口，她自己也吓了一跳，撒谎连脑子都没经过。这是什么给了她特异功能？

"哦。"童培芬放心了，舒了口气。

童琨一顿饭地絮叨下来，情绪渐渐转入正常了。

两个人回到家里，各自回房间睡午觉。

童琨这边当然睡不着。她忽然可以一个人宁静下来，好好回一下神了——回顾一番几个小时前所发生的一切，她还有恍然若梦的感觉。她依然那么欣喜，那个人的一举一动一颦一笑、一袭肌肤相触、一字一句、一声轻微的叹息……这所有的一切，依然令她心醉神迷。

这是骤然而降的，似乎又在冥冥之中，神意已定。

那二十分钟的车程，童琨用了整整两个小时来回味。回味的热情终于淡了下去，童培芬也睡好午觉了，童琨觉得也应该"起来"了。她不知道起来该干什么，兴奋、回味这两件事都从高潮走向了尾声，也意味着那个人给她留下的一切开始归于平淡。她需要那个人的出现了，哪怕是一个电话。她这才想起，她没有乔去非的电话。她有他的一张卡片，上面有的是他在香港的电话。她居然没有办法跟他联系了。

她马上想到母亲是知道他家电话的，但是她绝无胆量去问。这太容易露马脚了，再说即便问了，她也没有勇气给他打过去。说好了他明天给自己电话，自己就这么等不得了？！

下面的两小时，童琨一副六神无主的样子。她从客厅到卧室，再从卧室到厨房，后来又跑到阳台上，梦游一般地晃了几圈。好在童培芬在书房，没注意到她这样乱晃荡。

没到五点，童琨就跟童培芬说她要出去买菜。童培芬觉得早了点，想她要出去就出去吧，于是叮嘱童琨买一瓶镇江香醋和生姜回来。她给了童琨三十元钱。她从钱包里抽钱出来时，先是抽出一张五十元的票子，又把它插回去了，复又抽出三张十元的。

"家里还有一些鸡蛋和青菜，不用买太多东西。"她跟女儿说。能给童

119

琨钱买菜，已是童培芬难得的举动了。以往她会说，你先买，钱我回来跟你算。

童琨当然没要她的钱。她迷迷糊糊两小时了。童培芬掏好了钱，她才意识到老妈在给她买菜钱。她回过神来时，就逃也似的走开了。

两小时后，童琨买了一堆菜回来。醋和生姜没有买。

这些菜让童培芬束手无策。一截生藕，来不及煲汤，只能糖醋炒，但是没有醋；一条白鲫，没有生姜，做汤、红烧都没门；一只花菜，没有星点子的肉怎么弄？……

童培芬看了童琨一眼，毫不掩饰地对她忘三忘四、心不在焉表示了狐疑。

童琨把事情做到这个地步，才知道自己已经昏头昏脑到什么程度。她回到自己房间，躺到床上，佯装看书。她给自己一个冷静下来的时间，去想，自己，到底怎么了？

已经是大半天——内心有那样的疯狂和恍惚，只不过源于那上午的二十分钟？那二十分钟又能说明什么呢？一个男人抚摸了她的脖子、拉了她的手、跟她说了几句有点热乎乎的话……她童琨，就至于到这样的程度？掩饰不住的欢喜、一遍一遍地回味、朦朦胧胧地渴望得六神无主？或许或许这又有什么？对任何一个男人和女人都没什么，对那个乔去非就更没什么！我童琨怎么就这样了？！

童琨再想，我是一个三十岁的女人，结婚多年，一个孩子的母亲……你童琨，不是一个情窦初开的少女了，天哪，你至于如此这般么？！

想到这里，童琨就拿书盖了脸，心底油然而生的羞耻感扫荡了所有的癫狂和无措。她又拿被子把头蒙住，此时，她感到彻头彻尾的羞愧。

童培芬叫她出去吃饭时，童琨已经一切恢复平静。童培芬印象中的那个女儿又出现了，宁静的，柔弱的，还有一点点羞怯的小女儿。她安静地吃饭，很得体地跟母亲说话，说一点家庭说一点工作，还有一些纯属闲聊的话题。

饭吃完了，她洗了碗，再洗澡，穿着干净的睡衣坐到沙发上看了一会儿电视。在睡觉时间快到时，她跟母亲道晚安，然后回到自己房间去关了门睡觉。

童琨当然睡不着。她躺在床上睁着眼睛，什么激烈的感觉都没有了，欣喜、无措还有后来的羞愧……都没有了，心里平静得像一泓水一样。但是她就是睡不着。她开着手机，把它放在床头。她希望它忽然响起来，希望那个人打电话过来。

时间一分一秒地过，她都不知道在想什么。一个小时，她看一次手机，似乎要看才能知道它响了没有一样。反正一个小时她看一次，不知道看了多少次。她也看到外面城市的灯光很亮。那些连成片的灯光，像断了线凋落的珠子一样，一盏盏地灭了。夜就那样暗了下去，越来越暗越来越黑。后来又渐渐地亮了，天白亮白亮的了，她第一次知道黎明就是那样来临的……

后来她就迷迷糊糊地睡着了。

童培芬八点不到就起床了。她的声音把迷迷糊糊的童琨惊醒了。

童琨一醒就再也睡不着了。童琨起床，又自告奋勇去买早点。这次她买回了醋和生姜。她和头天晚上一样安静地吃完了早餐，之后就跟母亲说她要出去逛逛。

她故意给童培芬造成一个错觉，那就是她要出去逛街，比如买点广州便宜的东西带回去，其实她是要出去走走，散散步散散心。

她来到旁边的公园，在紫薇花丛边的一个石凳坐下。天气很好，太阳虽然出来了，在树丛下还不会太晒太热；那些紫薇花开得正好，粉的、紫的、白的，轻灵灵的。

以前跟许泽群吵闹，她尝过心疼心碎的感觉。好在很快就能过去，不似这般，当然不是疼痛，却像被什么东西咬紧了，你一时一刻一分一秒都挣不脱。什么都没有用了，那种深重的羞耻感都不能使她摆脱掉这种东西。她所能做的，就是等那个人的出现。

应该在今天上午打电话过来，不说他要找她，就说他要回香港，晚了会关闸，那么他们就应该下午从广州出发。他总该留点时间给她做准备，所以最晚他也应该在中午时候打电话过来。

这样，童琨的时间就进入倒计时。她宁可设想得晚一点，这样不至于老等不到总叫自己失望。

她就那样坐在树下胡思乱想，以至于她就连电话都忘了。

九点多钟的时候，手机忽然响起来。把童琨惊醒了。

她拿起手机看，是广州市内一个陌生的电话，应该是——应该吧，是他的电话了。

她的心已经跳得很快了。她让自己平静了一会儿，也是有意识地让电话多响几下。她才不想让他知道她就在那么巴巴地等着他呢！

她打开了电话。

"嗨。"那边说，没有称呼对方，之后又不说什么，好像等着她的反应。

"嗨。"她的声音有点低低的怯怯的。她想了千遍的电话一经来临也就剩下这简短的回应。

"在家休息得好吗？"对方问她。

"还好。"她的声音已经恢复平静了，"你呢？"这是礼尚往来。

"我啊，嗯——还好。"他含含糊糊的。

她有点失落。

"哦。"她又一下子手足无措了。他们通过好多次电话。这一次当然跟以前有不一样的背景，但是童琨怀疑，昨天那二十分钟就能表示他们之间的关系有了一个质的变化？

"我们下午两点钟走怎么样？"那边切入正题，一副言归正传的样子。刚才的哼哪哈哪消逝殆尽，给童琨的感觉就是他抹干净了，不仅是刚才的暧昧模糊，还有昨天那一场。

"要不我们就早点走吧？"他似乎在等童琨的反应，童琨正在想怎么应对，他就又说，"我想早点回香港，那边还有点事。"

哦，是这样！童琨松了口气。她庆幸自己没有很快应承他。应承跟他早点走，是合她想早点见到他的心意的。如果她急吼吼地应了他，自己的心思岂不叫他一目了然？而他，根本没有怀了想早点见她的心思，他不过是有事情，要早点回香港。

"那也好吧。"童琨于是顺水推舟。她的语气已经是很明显地要结束这次谈话了。

"我十二点到你家小区门口来接你。"乔去非就把时间定了下来。

## 12

十二点，童琨准时下楼。跟头天在深圳一样，乔去非已经等在了那里。

乔去非见了她，先是歪过头，上下打量童琨的脸，直到看得童琨很不自在。

"这样看人家干什么？"童琨的语气有点嗔怪。

"看你在家过的什么好日子呀？"乔去非说完了就把车发动起来了。

"我在想，"乔去非停顿了很久才说，"我昨天还有一件事没完成。"

"我回深圳早点晚点没关系。"童琨以为他在广州还有什么事。童琨一向对乔去非的一言一行挖地三尺地钻研，所谓智者千虑，必有一失，这回童琨倒犯了糊涂。

乔去非握了童琨的手，凑近她的脸："你同意了？"

"我同意？"童琨真没明白，"我真没什么关系。"

乔去非把她的手攥得更紧。"童童。"他看着她，眼里又浮起昨日的柔情。

童琨又被彻底击倒。

他揽过她的头，在她面颊上轻轻亲了一下。"我还没有好好亲你呢。"他叹息着以耳语般的声音说。

童琨红了脸，垂着头。她这才明白乔去非的意思。她的脸火烫烫的。

"可以么？"乔去非轻声问她，他握着她的手有点湿热起来。

童琨一直低着头。良久，她点了点头。

但乔去非没有亲他——童琨隐约明白了。他说过他不会在这"朗朗乾坤、青天白日"之下亲她的呀，那么他要去哪里亲她？她心下明白了八九分。

这一天一夜，有那么多的时间，她想着他和她。但是，她没有想到将会有这么一出。

车不再往回深圳的路上开。

那一天一夜，童琨根本就没想到她将和这个人要去现在将去的一个地方。在此之前，她一生中唯一的一次恋爱，和许泽群，还是在十多年前，从拉手到最终那样在一起，用了差不多两三年的时间，而今即将发生的一切自然完全出乎她的意料之外。

车在一间酒店门口停了下来。乔去非又转过头来看童琨。他的目光中有疑问也有期待。他那样看着她，好像在问："你想好了吗？"

他在给她抉择的时间。

童琨一直低着头。

大概有好几分钟，乔去非就把童琨一把拢过去。他把她拢在了自己怀里。他亲她的额头，呼吸有点急促。童琨第一次感受到他不是正点正着的节拍，她的心头也是一热。

他很快松了她。自己下了车，之后绕到她身边，给她开了车门，拉着她的手。她一出来，他又把她拢在怀里。他当然没拢得那么腻歪的样子，松松的，很自然的，但是童琨感觉到他身体内奔涌着的力量。他的手搭在她肩上，力用在手上，要把她的肩膀捏碎一样。

到了大堂，他让童琨坐在一边。他去了前台。不一会儿，他过来了，又拉着童琨的手去电梯口。

电梯里没人，乔去非把童琨一把紧紧拥在怀里。此时，童琨能够感觉到他心跳的剧烈和身体的炙热。

又是很快地，他松了她。他对她微微笑一笑，扬了扬下巴。童琨顺着他的视线望上看，有一个很小的摄像头。

"要没这个东东……"乔去非拿下巴蹭着她的头发。"嘿嘿。"他狡黠地笑了一下。

电梯很快就到了，乔去非拉了童琨，熟门熟路的样子，一下子找到了他要的房间。

开了门，乔去非随手把门关上。在门边，乔去非就把童琨一把裹到怀里。他的唇，终于，吻在她的唇上。

"我要好好地吻吻你。"他的话和着喘息，含混地在她耳边响起。

现在，好像此前所有的克制全都爆发在这一瞬间。还有这两唇之间，没有逡巡试探，甚至停顿喘息，有的只是如饥似渴无论怎样吮吸都不能平息的渴求！

不知道什么时候，这急风暴雨般的吻总算停了下来。乔去非看到的是童琨一张水花花的脸。

"我想你，想了你一天一夜。"童琨说。说出来了，她感觉那么舒畅。她想了他一天一夜，终于可以跟他说出来了。

"我也想你。"乔去非又把她抱在怀里。他又来吻她。这回，是那么柔情蜜意的一个吻，温暖湿润的舌头轻轻去搅动童琨的。童琨的舌和应着他。两条春水里的鱼儿纠缠嬉戏着。童琨这才感觉到他唇里的味道，那种类似于苦楝树的味道。童琨知道，那是失眠的人才有的味道。

乔去非辗转地吻着童琨，吻了一会儿，就停了下来，仔细打量童琨的脸。

"我好像实现了我少年时代的梦想，"乔去非说，"你是我那时候见过的最漂亮的女孩子。"

"现在不是了吗？"童琨说了就有点点后悔。当然不是了嘛，他那样的人走南闯北地见过那么多人，再说自己也老了那么多，这话问得真不自量力呢。

乔去非不回答她，又开始拥吻她。童琨心想可不就是嘛，问得人家为难呢。她觉得羞愧了，就猫一样钻在他怀里，脸贴在他胸前一动不动。

许久，她觉得乔去非在把她往外推。乔去非把她推离了自己的身体，两手按在她的两肩上，他笑眯眯地看着她，眼睛弯弯的了，眼里满是叫人难以抗拒的友善和温柔。

童琨以为他又要端详自己，就扬着脸眯缝着眼睛对着他，嘴角挂着甜蜜的微笑。

"你还是小时候的样子。"她听到乔去非在对她说,"好像还没有长的样子。"

童琨还是那样笑眯眯地仰着脸对着他。

乔去非又亲了她一下,然后,他的两只手抚摩着童琨的脖子。他张开手掌把童琨的脖子轻轻地合围起来,然后,两只手同时向下滑动,手滑到了童琨的肩头上,停在了童琨的衣领边。

童琨穿的是一件带松紧领口的圆领套头T恤衫,绛红底小碎白花,还是她出差东京的时候在西武花五万日元买的。一件小衫这个价是贵了点,但敌不过童琨当时爱煞了的一颗心,日装女衣就是那样,极尽精致与秀雅。

现在,乔去非的手逗留在童琨的领口边。不一会儿,它们又继续向下滑动,也把童琨的T恤衫领口褪了下去……

乔去非把童琨的领口褪下肩头,让童琨的锁骨和肩窝露了出来。乔去非就不褪了。他俯下头,亲吻童琨的肩窝和锁骨,细细地慢慢地亲,从左到右又从右到左。他的头埋在童琨颈脖间,使得童琨要扬起脖子给他空间。他亲着她,喘息渐渐地急切起来。

但乔去非就是乔去非。他永远能保持不慌乱的节奏和频率。许是他无以承受那种急切了。他把头抬了起来。他们这才意识到他们还在门边,是一间什么样的房间都没看清楚。乔去非裹着童琨到了床边,复又把她裹到洗手间边。

"你先进去还是我先?"他附在她耳边问她。他指的当然是冲凉。

童琨还是担心自己理解错了。她就说你先吧。乔去非进了洗手间,不一会儿,里面就传来了哗哗的水声。

这是童琨一生中经历的第二个男人。童琨事后想起来,觉得自己那天的表现几乎比没有经历过男人的女人还要呆板与稚涩。

她始终,没有在乔去非面前展露自己的全部身躯。她拿被单紧紧地包裹在胸部和大腿之间,后来甚至在乔去非的高潮快要来临的时候——她没有高潮——她拿枕巾蒙在了脸上。自始至终,她像处女一般的羞涩。

她居然,没有任何身体的快乐。似乎身体根本未被唤醒,也似乎,身体的羞涩阻止了应有的快乐。

但是等到一切结束的时候，她还是哭了。

乔去非来问她："你好吗？"

她还是违心地说好。后来她越哭越厉害，好像是因为幸福或曾经所有的伤痛。乔去非有点慌了神。

"你不要这样激烈。"他说，"你不要这样。"

乔去非好像很怕她这样。

童琨当时只顾着哭，根本没去想乔去非怎么对她的哭那么紧张。"那么多年前，你怎么不找我？"童琨好容易止住了哭，忽然问出这句话。

乔去非显然有点发愣。他没有想到要面对这样的问题。

"那时候我小，不懂事。"想了一会儿他这样回答。

"你不是说那时候就对我有梦想吗？"童琨还抓着这个问题不放。

"那我也不懂怎么追你。"乔去非用纸巾给她拭眼泪。

"那你爱我吗？"童琨问。

"爱其实是很难说清楚的。"乔去非说，"要看怎么界定它。"

天旋地转。童琨没有想到会有这样的答案。她忽然意识到，这或许应该是在跟他来这里之前就问好的问题。之前如果是这样的答案，那她根本就不会进这个门。她想自己真是昏了头了，怎么这么快就到了这一步。跟许泽群恋爱，他们用了两年多的时间走到最后一步。跟这个人，只有两天！事情过后，原来他都未必爱自己！

童琨跳了起来，幸好他们早已穿好了衣服。她刚冲到门边，乔去非就从后面抱住了她。

"童童。"他说，"你冷静点，不要像个没长大的孩子。"

"你不就希望我像个没长大的孩子吗？否则你怎么那么容易得手？"童琨又哭起来。

"我没有骗你。"乔去非的声音哑了，"我给了你一天一夜的时间去考虑，今天也一直在征询你的意见。我们都是大人了，做事情应该对自己和对方负责任的。"

"你都没有爱上我就做这样的事情算是对对方负责任吗？"童琨哽

咽着。

"我没有不爱你。"乔去非说，他拢紧了她，"真的没有。"

"那你是爱我的？"童琨转头看他，他的眼睛红了。

童琨的心酸了，她搂住他，"你爱我吗？"

没有回答。沉默。

良久之后乔去非又重复了那句话："我没有不爱你。"

童琨猛地挣脱了他，开了门，甩门而去，一边走一边泪水就哗哗地流。

## 13

童琨刚冲出酒店大门，电话就响了起来。

童琨一看是一个陌生的号码，想也没想就判定是乔去非的，于是想也没想就按掉了。她扬手要了辆的士，打到流花车站。刚有一辆去深圳的车快发了，就跳了上去。

童琨一上车，就意识到车上的人看她的眼光有点奇怪。她知道为什么。她哭了一路，脸上泪痕斑斑不说，眼睛也应该很红了，但是她已经顾不了那么多。

她坐到一个靠窗的位置，头一扭向窗外，泪水又流了下来。从离开乔去非开始，眼底好像成了蓄满水的水池子，稍一动弹泪水就涌出来。她擦了泪水开始静下神来，想这两天发生的一切。她能想清楚一些问题，也有一些问题她根本想不清楚。

她能想清楚的是，毫无疑问，她彻头彻尾地坠入了情网，爱上了这个叫乔去非的男人。她爱得满满当当，每一个毛孔每一丝毛发每一分每一秒……都在爱。

那么这个叫乔去非的男人爱不爱她呢？她不得而知。

"我没有不爱你。"乔去非这句话一直在童琨耳边响。他不承认自己爱她。但是他一再说，"我没有不爱你"——"真的没有。"他把这话说得那么真诚。他的嗓子哑了，眼睛还红了。她没有看到过男人那种样子。跟许泽群恋爱，也从来没有过。她知道男儿有泪不轻弹。他就差点掉眼泪了。

还有,她喝了一点矿泉水,再一次体味到嘴里一丝苦涩的味道,那是他留给她的味道——他失眠了,跟自己一样失眠了,他也像自己想他一样想了她一天一夜吗?

她马上想起他说是回广州看住院的母亲的,那么是他夜里照顾母亲没睡觉?她忽然想求证这件事。她原来还避免在母亲面前提到这个人,昨天他家的电话都没跟母亲要,但是现在她可顾不得那么多了。

她给母亲打电话。

电话一拨通,童琨跟童培芬说自己在广州还没走。

"我忘了带身份证,我想问问那个乔去非有没有回来,搭他的车的话过关方便点,但我身边没他家的电话。"童琨编了个谎。

童培芬自然对童琨还没离开广州小小吃了一惊,听这话忙说,你等下,我找找。电话那边没声音了,她可能在翻电话本。

"他应该回广州了,我前天还听说他母亲住院了。"童琨装做不经意地说。

"不是什么大病,吃错了东西,急性肠炎,我还去看了。"童培芬报了电话号码又说,"大前天就出院了。"

童琨谢了母亲,提着的心放了下来,现在可以肯定的是,乔去非这一天一夜用不着那么辛苦地照料母亲,甚至他的这趟广州之行都是可有可无的。她又想到他那天兴致冲冲从香港过来带她去南澳玩……这个男人,总拿一些貌似得体的理由来接近自己,也可算是煞费苦心。一个男人,他若不喜欢你,他动这些脑筋花这些时间,来跟你折腾什么?

童琨想着,就觉得自己刚才的反应是太决绝了点。一赌气走了倒罢了,电话也不接,那就不应该了。出门的时候他苦苦地挽留了你,你没给他面子;再不接他电话,就会弄得他更没面子的呀!他那么骄傲的人,能丢几回面子呢?再说,或许他还有什么要跟自己说,或许他要说的是自己要听的话也未可知……

童琨想到这里,忍不住掏出手机。她要给他回电话。她想好了,她这个电话也不能让他知道是自己有回心转意的心思,她也是个骄傲的人,所以她可不能让他看到她的妥协……最好的做法是他接了电话,装做不知道刚才的电话是谁打的,然后见机行事看他说什么。她又马上想到电话应该是酒店的,总机会自报家门,更何况还要转分机,她能转进去自是不能佯装不知了。想到这些,她又打消了给他打电话的念头。但她还是不死心,试着打了总机,果然那边说是 XX 酒店,她就没有再往分机上拨。

至此,她已经很后悔自己的决断和轻率了,只是她没有勇气,再说也可能已经没有办法跟他联系上了。他也应该离开酒店了。


童琨就那样一路胡思乱想着,越是想得多,就越是后悔离开了他。

她已经平静很多了,加上一天一夜没好好睡觉,童琨就困了,迷迷糊糊睡了一会儿,很快又醒了。她是给惊醒的。一醒过来她就掏出手机看,什么动静都没有。她是从梦中开始骤然而生一种期盼的,她开始渴望那个人再打电话过来。

电话成了一个铁疙瘩,悄没声息。

她又开始心痛了。他不理我了,她想,他永远不会理我了。偏偏车上在放一些很煽情的流行歌曲,一些不怎么样的歌词都弄得童琨心里一阵阵的酸痛。

等到童琨快对电话死了心的时候,电话忽然就响了,是深圳的一个陌生号码。童琨盯着这个号码看了很久,心一直怦怦乱跳。她基本上可以判定应该是乔去非在关口一带打来的。

她打开了电话,轻轻地"喂"了一声,声音就哽住了,再也不能说话。

"你在哪里?"那边问她,声音也很闷。

"我在大巴上。"她吐了口气,终于以稍微和缓的口气说出这句话。

"还没进关吧?"那边又问,得到默认的回答后就说,"你到关口不要进关,我在关口等你。"

童琨轻轻嗯了一声算是默许了。

他终于联系她了,她舒了一口气,整个身心也觉得舒松了一些。

度秒如年。以往一眨眼就过了的路此时显得那么漫长。好歹总算到了关口,童琨远远看到那辆黑色的小车。

车从乔去非的车旁边过,乔去非的车就尾随过来,看来他一直盯着广州过来的车。

童琨下了车,一转身就看到不远处站在车边的乔去非。他的手搭在车门上,站着,不动,定定地看着她。

童琨头一低,泪水又下来了。她知道自己没出息,好像除了哭什么也不会。她低着头往前走,看到地上身边来来往往的人影,与她的身影重叠交错着,后来一个影子跟她的叠在一起,不一会儿,身边的那个人就揽住了她的肩膀。

她这回是泪如雨下。那个人把她领到车上,把她揽在怀里靠了一会儿。

"是我不好,对不起,"他说,"我让你伤心了。"

童琨只有哭。

他拿纸巾给她拭眼泪,终于她不哭了。他说,我们找个地方坐坐去?

童琨点了点头。

车就开到了都之都大酒店。乔去非领着童琨到了咖啡厅,找了个靠窗的位置坐下来。

乔去非问童琨要什么,童琨就要了一杯奶茶。

"你要吃点东西,精神才能好点。"乔去非说,他见童琨也不点,就要了一些吃的。一盘肉酱意粉,一只三明治,还有一份罗宋汤,都是在南澳金沙湾酒店吃饭时童琨要过的东西,一样都不差。甚至乔去非还记得吩咐服务生肉酱里多搁点番茄酱,童琨上次就这样吩咐过服务生。

童琨一直低着头,倒像是她做错了很多事,而且是个做错事的孩子,安静地等待大人的发落。

"我今天开飞车了。"乔去非这样打开话头,"我这辈子没有开过这样的快车,有几个瞬间我都觉得自己要出事了。"

童琨听他说,没有搭话。

"但是也就是在那些瞬间,我感觉到这些年一直困扰我的一些问题我都弄明白了。"

童琨抬了头看他。她的眼睛在问是什么问题。

"比如死亡的问题。"乔去非挠挠头,"这些年,我老想到死,这是我心底最大的恐惧。你有没有过这样的时候?"

童琨摇了摇头。

"你年轻,当然没有。"乔去非说。

"不是。"童琨终于说话了,"你是活得好,贪恋人世才怕死,我一直活得很疼,有时候疼到渴望死的程度。"

"是吗?"乔去非有些惊疑地看着她,"不至于要到那么糟糕的程度吧?"

童琨苦笑了一下。他的话默认了他自己生活得很好,那么对的,他的生活没有什么缺憾,需要的就是一点花边和佐料而已,和她童琨的这一着便算是这种东西吧?

"刚才等你的时候我就想,我开飞车的时候怎么那么不怕死了,我想到'无欲则刚'那句话,我好像才明白个中的含义。"

童琨看着他。

"也就是说我已经觉得死没什么了,了无憾恨的。"乔去非说完就说,"算了不说了,说那么多死干什么,其实我这些年真是活得百感交集的,人到中年了,总得有个中年的分量,要维持一个体面点的形象,你知道金融风暴影响还没过去,工作压力很大;家庭呢,也是那样,外人看很好,也还得维持这种好。当然也还算是不错的,她人不赖,任性一点,现在又闹腾到英国读书去了,她和两个孩子的费用都要支撑……"

乔去非忽然工作家庭的谈了很多。他用了多个维持、支撑之类的词。童琨听得出他话里的无奈和疲惫。最后乔去非笑了笑说,怎么办呢,总得过下去,各人的生活都是各人自己活过来的,我想来想去,对于生活的理解也就只有这一句话了。

童琨已经什么都不想说了。她心底已经天翻地覆死去活来为这个人折腾过了,好不容易盼到见了他,不是来听他讲解生活的。童琨只是吃意粉,专心致志地吃,吃在嘴里吞到肚里她都没什么感觉。她脑子里只在转这个人等在关口把自己叫到这里，到底想跟她说什么？她脑子里想着别的事，动作就很机械，她从盘子的左边往右边吃，左边吃得干干净净的，右边点点都没动。

乔去非看她，忍不住笑起来。"我第一次看人这样吃意粉。"他说，"你上次可不是这样吃的呀。"

童琨就停了刀叉看了他的脸说："你还记得我上次的什么？"

乔去非一愣，一会儿他看定了她。"童童。"他说，"我记得你很多，还有很多东西。"

童琨心头一热，忙低了头。

"我不是喜欢你，就不会这样记着你，那样煞费苦心对你。"乔去非的手抚到她的手背上，语气里又是杀死人的柔情。有很长时间的沉默，最后，他说，"但是……你知道……"他语塞了。

童琨看着他。

"好好过吧，开心点。"乔去非拍了拍她的手背，他没有继续刚才的话，"各人的生活都是自己过出来的，我们应该把生活过好是不是？"

童琨没说话。

"我得回去了，还有点事情要赶回去做。"乔去非扬手要买单。他又让童琨不要急，再多吃一点，他稍等会儿没关系。

"你要精神好点回去，否则你先生怀疑你了就很不好了。"他嘱咐她，俨然一个体贴宽厚的大哥哥。

童琨就又坐着他的车到了自家楼下，下车前，乔去非抚了抚她的头发，又顺着头发抚了抚她的脖子。

"你要好好过，你过得好我就开心。"乔去非又把这话重复了一遍。他没有说他什么时候再找她，甚至会不会再找她。

## 14

童琨到了楼下，没有直接上楼，在小区的小石凳上坐着。坐了十多分钟，回到家里的时候还是神思恍惚的。

这两天发生的一切就像一场梦，现在眼睛睁开了，眼前是现实的世界，人却没有全部醒转回来，所以童琨一进门就把自己关到卧室。她跟许泽群说自己很困，要好好睡一觉。

　　许泽群正在书房准备一个案子，没顾得上童琨，连看都没来得及看她一眼。但是过了一会儿他又推门进来，手里握着一叠报纸。

　　"看看你老公的光辉形象，"他把报纸递到童琨面前，身子也斜躺到她身边，"你老公还有两下子吧。"看得出，他的情绪很好，话里掩不住的洋洋得意。

　　童琨瞄了一眼，是他为那家日资企业打的官司赢了，报纸做的一个专访。照片上的许泽群，看上去神定气闲，倒也有几分大律师的派头了。

　　"不就是打赢了个官司嘛。"童琨不咸不淡地说。她才不想滋长他的自满劲儿，工作本来他就看得比自己的命根子还重要，你再一煽风他又忙点火忙得没影了。再说童琨不想跟他说他的工作，她心里也装不下别的任何东西。

　　"不就是打赢个官司，你倒给我打打看？"许泽群不服气，"这官司多难打不说，媒体这一宣传这是多厉害的广告效应！你看着吧，以后找我的大案子一定会多起来……"

　　许泽群又挥了挥手中的报纸，好像在挥舞一面得胜的旗帜。

　　"这回赚的钱还不够打发媒体吧？"童琨不咸不淡地说。她其实讨厌许泽群爱上报纸。她觉得他变了，变得太好大喜功，比如张天龙那个案子，他没赚当事人一分钱，自己倒倒贴不少。车马辛苦费不说，请人写稿子，再有新闻价值记者跟他再哥们儿饭总是要吃的……这回，大报都上了，谁知道他又花了多少钱？

　　"你也知道钱啊。"许泽群话里不无讥讽，他的兴头已经给童琨浇下去一些了，但他毕竟很高兴，话音又转了来开导童琨，"你就知道看小钱，舍不了小钱怎么挣来大钱？商品经济下最值钱的是什么，是商品品牌，有了品牌你的商品才能卖好价钱大价钱，不宣传人家哪知道？我才不要像那些舍不得投资的，找不到案子恨不得去做'行街佬'（广东话，满街跑着推销产品的）……我要做就从高处做起……"

许泽群说起工作来就滔滔不绝了。童琨哪听得下去？她欠了欠身对许泽群说，我很累，昨晚又没睡好。说完她裹了毛巾被背朝着许泽群要睡觉。

许泽群却不放过。他兴致很好，他扳着她的肩膀，嘴里说，唉，你累什么呀，不就是坐车嘛。说完他的手从她睡衣领口往里伸，嘴里嘀咕着："别人想你了呢……"

他话还没说完，童琨一把推开他的手。她也意识到自己神经质了，就解释说，你不要来烦我，我真的要睡觉，我很累。她把衣服和毛巾被裹得紧紧的，一点都不想妥协的样子。许泽群见这架势只好讪讪地起了身，嘴里嘟囔着，哼，你老公干出点名堂来，连点奖赏都不给……

## 15

童琨连日来一直有点神思恍惚，在家做事心不在焉，工作也常出毛病。

顾蕾看出她的不正常，问童琨童琨也不说，她就正告她："你的日子怎么过这是你自己的事，我可跟你说，任何情况下，工作可马虎不得。我不是你老板，要你为我卖命负责。我是你最好的朋友，是要你为自己负责。一个女人，男人嫁错了可以重换，工作要重换可没那么简单，等哪一天你工作都找不到了，那你可彻底的玩完。"

她这是现身说法，男人不满意，换了；工作她就慎重得多，当然她的工作认真得连以认真著称的日本人都害怕。

童琨听了这话，就半真半假地说，我是准备考虑换老公了。

顾蕾就叫起来，你省省吧你，许泽群哪点不好？

童琨和许泽群吵架，顾蕾向来都为许泽群说话，像是许泽群的铁哥们儿似的。童琨就苦笑着说，你哪里能知道，婚姻是鞋嘛，合不合脚只有自己知道。

顾蕾听了这话就直咂嘴说，你是书读多了，净信这些没边没沿的东东，我就知道许泽群有抱负，也顾家，男人么，这样不就行了么？我看很多女人嫁老公恨不得嫁三个，一个是宝哥哥天天陪她风花雪月谈情说爱，一个是比尔·盖茨富可敌国让她满世界买单刷卡，还有一个嗯是那个西门庆，那方面颠倒众生的行。不过女人有没有想过自己又是哪路神仙哪盘子菜呢？

童珺跟顾蕾成朋友，说起来也有点不可思议，比如说在世界观上，童珺就更"形而上"，顾蕾则是典型的"形而下"。奇怪的是，童珺怀有那么多梦想，外人看上去过的却是再正常不过的婚姻生活，像个典型的贤妻良母；顾蕾那么实际的一个人，则弄得早早离婚成了单身女人，而且一直绯闻不断。

她这回这样说童珺，童珺也忍无可忍了。她跟顾蕾说，我倒是不明白了，你何以离了一次婚就变得这么乖巧起来？我是怎么不对劲了，我一没要求他许泽群成为比尔·盖茨第二，更没指望他多么的床上风流成为西门庆，你知道我不看重这些东西。至于说贾宝玉，我没要他天天跟我在大观园转呀！我只是要他不要那么自私，不要那么武断眼里要有点别人，要能稍稍懂我一点，不懂也行，稍稍多花点心思在我身上，稍稍给我点体贴和温暖……

童珺一连说了那么多"稍稍"，最后，她言辞铿锵地说，难道这样的要求还算过分吗？！

顾蕾看到童珺激动起来，也觉得清官难断家务事了，就把话说到大而化之的分儿上。她说，好好好，不过分，我只是说古人云，人生在世，不如意者十有八九，不如意怎么办呢，就退一退，把标准降一降，要不，我们怎么活下去？

不想童珺听了这话就冷笑道，要我说顾蕾，你若是这样理解生活的，你这婚算是白离了，还不如就将就着过呢！要你这么说，有什么翻过不去的山趟不过去的河？

两个人是在工休时间说话。童珺刚说完就到上班时间了，顾蕾来不及辩驳，就拍拍童珺的肩头说，把你对生活的这股认真劲拿到工作上来吧，这可没什么坏处。她的言外之意就是那样对生活就没什么好处了。

可是童珺哪能做到，她有了心思，一有时间，她都在想一个人，这个人当然就是乔去非。

## 16

乔去非离开童琨已经快一个礼拜了，他没有一个电话过来。

刚开始的几天，童琨还在盼着他的电话。失望了几天，童琨开始难过——他果真是那样绝情的啊！她几乎无时无刻不在想他，可他像她这样想她吗？如果他想，打个电话是多方便的事；如果不想，他怎能那样把事情做到那个程度而后说走就走说不想就不想了？！

童琨也想过给他去电话，但她总是很快打消了这样的念头。她可不愿意被乔去非认为自己由此缠上了他，她的想法是，如果乔去非跟她说一个字，也就是对着她的爱摇一个头，那她完全可以抽身就走。她在乎他，但她更在乎自己的尊严。

令人头疼的是，乔去非一没给她吃定心丸子，二也还没有叫她喝死心汤。他撒了一把迷魂剂，然后自己消失得无影无踪，留下童琨哭不得笑不得丢不得又握不住。这种滋味其实比什么都难受，骨鲠在喉说都没有地方！

童琨已经在后悔当初任由这个人走进自己的生活。他影响了她的生活，甚至完全控制了她。如果说乔去非来临之前的生活是一些不期而至的痛感不时袭击她的话，他来之后的生活就是在漫天的浓烟中挣扎，找不到方向和出路，呛得心疼，眼泪也止不住地流。

童琨想到放弃，可现在这也由不得她。就像她下定决心，不再搭理乔去非，周三乔去非一个电话打过来，就全盘瓦解了童琨所有的抗拒。

乔去非先在电话里跟她说自己这些天多忙，很明显地以暗示的形式对自己没给童琨电话作出了解释。之后乔去非就问她这些天过得好不好，童琨很中性地回答说"就这样"。乔去非又东拉西扯了一会儿，就有收线的意思了。童琨基本上在听他说，其间一直压抑着满心的愤懑与委屈，直到感觉到他有收线的意思时，终于忍无可忍发作起来。

"看来你这些天过得很好。"童琨鼻子里哼了一声接着说，"你倒是没有理由不过好，想做的事做起来得心应手，想放的时候也放得干干净净，嗯，我倒是佩服你。"

童琨咬了牙说。

乔去非不说话了。过了一会儿，他只是说了一句："不是这样的。"
声音很小。

"那是怎样的？"童琨冲口而出，话一出口，童琨已经后悔自己问急
了，自己对某种答案的迫切渴望暴露无遗。

"我……"乔去非语塞了，"我们有机会再说吧。"

"什么叫有机会？"童琨豁出去了，她不依不饶。

"要我继续等待这个机会吗？"童琨把"等待"两个字咬得很重。

"等我忙过这阵子吧。"乔去非说，"我真的很忙，上次回日本，是人
员调整开会，裁的裁调的调，反正我头上压了好多事，要干不好自有大把
人要来顶你……这些不说，那么，我们约个时间吧，等我一忙完这阵子，
大概要半个多月的时间，好吗？"

他说得很诚恳，童琨心又软了。她答应了他。


# 17

等待，又是等待。

稀松平常的日子，十五天眨眼就过去了，等待的十五天就显得格外漫
长。有了指盼，心也就放下了一点，神也回来一点儿。工作毕竟早已是轻
车熟路，只要稍稍上了心，毛病就不会有；回到家里，吃饭、睡觉、给女
儿打电话……日子过得波澜不惊。

有过一次涟漪，是在床上。童琨从广州回来，当天拒绝了许泽群。第
二天"好朋友"又来了，如是几天过去。等童琨"好朋友"一走，许泽群
就猴急猴急地过来了。

因为广州之行，回到家里，童琨最怕的就是这件事了。但是她还不能
推脱，推脱只能招来猜疑。童琨甚至都不能敷衍，前一段时间自己一直"兴
致勃勃"，忽然之间敷衍起来也是自找麻烦。

所以童琨一直很配合，后来的时候那种感觉就迅速来临了，它挤走了

童琨所有的意识——心与大脑对于控制身体的积极努力。它占据了童琨的全部身体，使她的身体完全服从于它，是纯粹的欲望引领了她的身体，是惊涛拍岸，霞光万丈，是喷薄和爆发，无可阻挡。

身体终于平静下来，意识也终于回到体内，童琨发觉自己流泪了，像是暴风骤雨后遗留的水痕。许泽群也误以为是这样。

"你怎么了？"他问了一句，"不过你……"

他停住了。他总体说来是个偏于内向的男人，不喜欢夸奖别人，对于童琨性上的夸奖就更难听到。尽管童琨知道他其实一直对自己这方面很满意，这回他还是忍不住跟她说了。这话对他来讲显然有点难以开口的样子。他拢住了她。

"这回特别好。"他亲了亲她，"不要整天胡思乱想，便是这一点我就舍不得离开你。"

童琨的眼泪又流了下来，她喜欢！她好喜欢听到他对自己的夸奖！她拢住了他，亲他："你以后，多夸夸我好吗？……"

那样的近乎惊恐的欢喜、几乎卑微的诉求、还有钻心的愧疚与不安……

她的声音低了下去。她知道自己那颗恳求的心也和声音一样虚弱下来，多夸夸自己——多夸夸自己，那又能怎样呢？

## 18

没到十五天，乔去非就过深圳来了。下班前童琨接到他的电话，说他在晶都，能不能一起吃顿饭。

童琨答应了。乔去非说，那么我来接你？童琨说她搭公司班车去。

六点多的时候，童琨到了晶都。乔去非约她在二楼的西餐厅见面。童琨一到西餐厅，就看到乔去非坐在靠楼面栏杆的一侧，整个上身斜靠在椅背上，看上去是有点疲惫。

童琨在乔去非对面坐下来。两人什么都没说，都有点心思。栏杆下就是空阔的大堂，视线很开阔，灯光也挺明亮。这个地方俨然是个适合谈生意小憩的所在，而不是情人见面的地方。

乔去非约了这个地方，心思已经比较明显了。童琨接他电话的时候就意识到了这一点，所以她没有要他来接自己。现在她要做的就是把界线分得清楚点，而不是那样黏黏糊糊的。当然放下电话她的心就沉进了冰川，一路上她不知道自己是怎么到了晶都的。这个人这次是来跟自己表达扯开距离的意思的，她脑子里只有这一点，其他都是空白。

"哦，过来还挺快的。"乔去非说话了，"你们单位离这儿不远？"

"要远的话我就不来了。"童琨冲口而出。

"没我那么傻的，大老远跑来吃顿鸿门宴。"

童琨的后一句话咽住了，说出来，只能说明自己多在乎这个人。

"为什么？我就那么不值得你见？"乔去非来了精神似的，伸了脖子问童琨，笑眯眯地看着童琨。

"你就那么值得见？"童琨反问。她也盯着他，但是显然没他那么友好的样子。

乔去非有点泄气，不说话了，叹了口气。他扬了扬手示意服务生过来点点吃的。

童琨只要了一盘肉酱意粉和一杯奶茶。

"你吃得太少了。"乔去非看着她，"你太瘦了，应该多吃点。"

这句话说的人说得那么关切，听的人却有点受刺激。童琨有点若有所悟。这让她更加后悔来见这个人，一切都按自己的设想进行着，唯一不同的是，下面可能还会有类似的情节，那就是这个人在让她点点滴滴地知道疼的时候，可能还让她知道那些疼，根因在哪里。


童琨停下刀叉。

"我吃不下。"童琨苦笑了一下，"我也不能指望一顿饭把自己吃胖，更何况是这样一顿饭。"

"是怎样一顿饭？"乔去非不明白，看上去是真的不明白。

"我想，这是我们最后的晚餐了。"童琨把这句话说出来，长长地舒了一口气。

"为什么？！"乔去非显然更不明白了。

"不为什么。"童琨垂下了眼帘。

"你知道为什么！"她在心底对他说。

"我又让你生气了？"乔去非试探着说。他见童琨不回答，又就这个问题进行解释和补充，"我今天还没等到下班就往这里赶，你知道这对我已经很不容易。"

"那么多谢你。"童琨说，"既然已经影响到了你的工作，因为我，我以后可不想再担当这样的罪名。"

"你……"乔去非显然给童琨弄得头疼。"我怎么说都不对，"他叹口气，"我真不知道该怎样跟你相处。"

"你说呢？"童琨饶有兴趣地看着他，"我也不知道该怎样跟你相处，那么你跟我说说你的规则。"

乔去非不说话了。过了一会儿，他慢慢地说："这也是我这次来要跟你说的。"

他好像在措辞："要做一件事，先得把目的搞清楚对不对？"

他似乎没有期待童琨的回答，又自顾自继续说下去，"我们在一起，要有一个共同的目的，否则就很麻烦。"

"那你说说你的目的？"童琨问他，语气里有明显的挑衅和不满。

"童童，你不要这样跟我说话。"乔去非苦笑了一下，"让我有受逼迫的感觉。"

"我没有逼迫你，就像你当初没有逼迫我一样，我们谁也没有逼迫谁。"童琨一连说了几个"逼迫"，眼睛就红了，现在唯一的答案是当初自己真是个傻瓜。

乔去非低下了头。

可能有几分钟的沉默，凯丽·金的萨克斯在厅中萦绕。乔去非抬起头来的时候，眼睛里又是那种疲惫和无奈。"你要相信我，我是个男人，又比你大一些，考虑问题应该比你更理智一些。事实上，这些天，我已经很不理智了。"

童琨看着他。

"在广州那两天，我失魂落魄。"他苦笑，"还把手机丢在酒店了……这些天，我也很不好，吃不下饭睡不好觉……我知道这个样子很糟糕，我现在只有害怕的感觉。"

他停了停，声音低了下去："我害怕自己陷进去。"

"可是，我已经陷进去了。"童琨在心里绝望地说。她垂下了头，听他继续说。

"如果我们再年轻十多岁，没有家庭，一切都会很好。"乔去非说，"可是现在不行，牵及的人实在太多了。"

"我明白，乔去非，不用你来教化我。"

童琨终于听到"不行"两个字。她给激怒了。她冷笑着："不过我倒是对你的那个共同的目的和规则有兴趣，你说来听听？"

乔去非不说了，他叹了口气。

"我没有办法跟你说话。"他说。

他有点生气了。

两个人都不说话了，又是沉默。

"我知道你的目的。"童琨打破了沉默，"你意思是现在生活已经很不容易，快乐应该是人生最重要的目的。"

乔去非打断了她："这有什么不对？"

"你觉得现在已经有一件事在影响你的生活了，它使你不快乐，所以你在想应该做怎样的调整了。"童琨继续说。

"你很聪明。"乔去非笑笑。

"我不聪明，我是个傻瓜。"童琨一点都不买他的账，"我注定是个不快乐的人，快乐是你们这些聪明人才配有的东西。"

乔去非看着她："我还是那句话，各人的生活是各人自己过出来的，我不相信乌托邦，更不相信有什么救世主。"

乔去非的语气坚定起来，"我喜欢你，很早就喜欢你，直到现在都是，我本来想，我们之间建立一种轻松点的关系，有空在一起吃吃饭，聊聊天，不是那么辛苦的，甚至是颠覆和破坏性的，或许只有这样才更好些。"

他说出了他的规则。

"我做不到！"童琨对他几乎是低吼着说出了这句话。这话给她的感觉就是他带她一气冲到了终点,现在他又忽然让她退回去……即便是惯性的作用,她也退不回去。这是她做不到的原因,但是她这样说出来的"做不到"三个字,俨然不是我做不到不那么苦地想你、渴望你,而是,我不跟你玩,是拒绝,愤懑和鄙夷的拒绝。

"童童……"现在是乔去非那么绝望地看着她,他显然不知道再说什么好。

"谢谢你的晚餐。"童琨起了身,"我以后不欢迎你的任何信息了,再见吧。"

童琨几乎是聚集了全身的力量才站起来。

乔去非看着她,有一瞬间的不知所措的样子。看到童琨起身了,也连忙站起来,离了座位。

"童童。"他拉住了她的手。

"不要这样。"童琨看了看他握着自己的手,她把自己的手从他手中轻轻地抽出来。

"那么,我送送你。"乔去非说。

"不用了。"童琨一转身就走了。

一出晶都大堂的门,童琨就泪如雨下。她站住了,对着满街的灯火忽然不知道往哪里去,断了线栽在地上的风筝一般,除了疼痛还有茫然,已不知今夕何夕,自己又身处何方。

## 19

童琨知道自己不能回家。

她想到了顾蕾。本来她不想把这种事情告诉她,但是她现在顾不了那么多了,她要找人说一说,安抚一下总是好的。如果一个人待着,她难保自己不想来想去然后一条道走到黑干出点什么傻事来。

于是她就给顾蕾打电话,刚一接通,童琨就泣不成声了。顾蕾吓坏了,连连说，哎呀你快说呀，快说又是什么事了，可别这样把人急死了……

童琨听到她说话也顾不上她急了，干脆对着话筒痛痛快快哭了一通，哭完了才抽泣着说，你出来，我们找个地方你陪陪我。

顾蕾也不问原由了，只说你在哪里，我打火箭过来。她的话把童琨逗笑了，童琨说，去上海宾馆一楼的西餐厅吧，我在那儿等你。

半小时后，两个好朋友就见了面。顾蕾一看童琨眼睛红红的就问，是不是又跟许泽群生气了？童琨听她提许泽群，有些不好意思起来，但还是鼓足了勇气把跟乔去非的事跟顾蕾说了。顾蕾听得眼睛瞪得铜铃大，嘴里还不停地咂咂说，嗨，真看不出来，我的小姑奶奶，你在玩这个！

童琨听她这话觉得别扭，说你以为我在玩呀？有这么玩的吗？自始至终我几乎就没有快乐开心过，有的只是烦恼和痛苦……现在还弄到这个地步，生不如死的感觉……

顾蕾听了摆摆手，一副不以为然的样子，说，得了得了，什么人呐，值得你这样！要我说你这所谓的痛苦和烦恼什么的都是自找的，那个乔去非可没什么错，人家跟你讲规则，这算是负责任的了。你呢，紧要的事情是想明白了，自己到底要什么。如果不想离婚，又舍不下他，按他的规则做没错；如果真要跟定他了，现在还是要按他的规则做，等到哪一天他甩也甩不开了，他当初的那些规则也就要统统见鬼去了……如果你这些都不能接受，OK，拜拜，天涯何处无芳草！你还有家可回，对了，无论你干什么，许泽群你可千千万万的不能让他知道，他要知道跟你离婚你可一万个不划算了……

顾蕾很快从童琨那些鸡毛蒜皮的唠叨中跳脱出来，给童琨指出了三条康庄大道，但是童琨哪儿听得进去，她还是一个劲地问顾蕾，这个人到底爱不爱自己，爱自己的话，为什么他对自己若即若离不说，怎么连个爱字都不肯说？不爱自己怎么就可以对她那样？

顾蕾就问她他对她怎样了，童琨给她逼得没办法就说去酒店呀。

顾蕾就笑起来，拜托，你不要再问这么琼瑶的问题好不好，你还不如问他愿不愿跟你上床呢！

童琨给她气得不行，她说，我才不相信现在的男女关系就这么赤裸裸。顾蕾说，随便你信不信，我跟你说的可是真理，《围城》里不是说真理就是赤裸裸的嘛！

顾蕾跟童琨插科打诨扯了一个晚上，童琨都没拧过神来。顾蕾看她钻牛角尖的老毛病又犯了，好几回话头断了就忧心忡忡地看着她。她知道那个叫乔去非的男人在童琨心里种下病根了，这样的病，解铃还须系铃人，换了旁人舌根子嚼断了也帮不了的。

## 20

童琨回到家里，已经快十一点了。

以往这样的时候，生活规律的许泽群应该是上床睡觉了的，这回却坐在客厅里看电视，像是在等她的样子。童琨跟他说的是和顾蕾出去吃饭，许泽群就没多问。一般对于童琨的行踪许泽群是不多打听的，不听对方的电话、不看对方的信件……这是两人之间早已默契的习惯。

现在许泽群果然没问她晚上的任何情况，他只是说快"五一"了，想回南通看看，最好是一起回去，能定下来第二天就要去订票。

童琨想也没想就同意了。她也很想找个地方散散心。

"五一"很快就到了，童琨这次和许泽群回南通，先是乘飞机到上海，而后搭灰狗回南通。五月的江苏，油菜花还没有开败，那些残剩的黄色东一抹西一抹的。车在张家港过轮渡，童琨站在甲板上看长江，水天一色的景观使得她心头所有的记忆都翻涌上来，她有站在天边的感觉。

她把手机握在手中，然后又扔到包里。她在控制自己想给那个遥远的人打电话的念头。她想忘掉他，离开他远远的，现在看来却不能，走到天涯海角，那个人都在你心中。

童琨绝望地对着长江叹了口气，一转头，却看到许泽群在自己身边。

"你一点都不开心。"许泽群不满地说，"哪像个快要见到孩子的母亲。"

"我非得手舞足蹈才算开心吗？"童琨狡辩。其实许泽群的话已经够刺激她了，她也感到不安和惭愧。

但是她毫无办法，是魔鬼缠住了她，现在对那个人她只有咬牙切齿的恨。

## 21

童琨面对女儿，才感觉自己把母亲这个角色遗忘太久了。

这一段时间以前，女儿总在她魂牵梦绕中的，自从有了那个人，女儿就跑到一个角落里去了，所以这次见到女儿，在心理上是陌生了许多。

小丫头因为一直是在爷爷奶奶身边长大，对于父母简直没有任何意识。在她眼里，父母不过是个来串几天门住上几天的客人吧。

到家那天，小丫头正在客厅的地上爬来爬去，面前堆着一堆玩具。童琨和许泽群进门的时候就飞也似的闪到地柜旁边，缩在墙角里打量两个有点熟悉的陌生人。小丫头扎着冲天辫，穿得花花绿绿，脸上手上身上都灰不溜秋脏兮兮的，全然一副柴火妞的模样。

童琨有很长一段时间都没办法把眼前的小人儿跟自己的女儿联系起来，不过回神一想丫丫这个样子也符合她对她的设想。当初她不愿让孩子带回南通，其中有一个原因就是很担心孩子在那种小地方弄得土兮兮野兮兮还脏兮兮的，现在看来她的担忧果真没错。

怀孕的时候，童琨就想要个女儿，为的是将来可以好好地打扮她，把她打扮得干干净净漂漂亮亮的像个公主一样。让她从小就知道自己是最漂亮的，不能像自己，从小母亲就不注重自己的模样形象，只知道打击她，使她成为一个自卑畏缩的女人。

所以就冲这点，孩子给老人带童琨心里也是一百个不情愿。现在甫一见面，丫丫的这副模样就弄得童琨心里有了三分不是。接下来的几天，丫丫跟童琨，就像天生隔了一条河，就是走不到一块。同样是一同回来的许泽群，丫丫则有种天生的好感，没一个时辰，丫丫就喜欢上了她这陌生的爸爸，听爸爸讲故事，叫爸爸陪她玩，跟爸爸去外面疯……甚至没到两天，丫丫就要跟爸爸睡觉。

童琨和许泽群在深圳是分房睡的，回到家里也就心照不宣地睡在一起。这回丫丫要跟许泽群睡，上床的时候发现还有这个她不喜欢的妈妈在一起，于是说什么也不同意妈妈睡在他们那边。到最后，丫丫干脆又哭又骂："我不要这个臭妈妈，我就是不要，我要跟我的爸爸睡觉！……"

丫丫的哭声把老两口子招过来了。老两口子怎么骗都无济于事。大家围着丫丫哄，丫丫则毫无顾忌地说着不要妈妈甚至叫妈妈滚开的话。

这场面让童琨很是尴尬，要不是许家一家人在那里，她一定得好好教训丫丫一通，莫名其妙地跟自己搞敌对不说，这孩子怎么那么不讲道理那么倔，而且还会说粗话！现在，老人带孩子的第二个问题也暴露无遗，那就是孩子脾气会变得很坏，我行我素任性倔强。

最后那天晚上童琨只好悻悻地到另一间房睡了。

第二天中午，让童琨更不能容忍的事情又发生了。

老人买了一些海鲜回来，有虾和螃蟹，以及一些醉泥螺等等。虾和螃蟹各煮了一盘，还有各一大盘，都是生的，拿酒醉了醉再放了点调料。许泽群父母还有许泽群都在吃那两盘虾和蟹。

童琨知道江浙人有醉虾醉蟹的吃法。她在深圳的宁波菜馆也吃过，但那是活蹦乱跳的虾，吃到嘴里还会动呢。童琨看到许泽群妈买回来的虾和蟹都是死的，这样的虾蟹在广东是没人买的，煮了吃倒也罢了，他们居然还生吃！

最不能容忍的是丫丫也跟着生吃！

天哪，那些生东西死了有没有毒不说，就算生吃凉开水过洗或苏打水消毒总要的吧？他们当然没有……病毒、寄生虫……这些东西一顿午饭都在童琨脑子里盘旋，丫丫每吃一口生东西她都觉得吞下去的是一堆病菌与虫卵。等到许泽群妈一次又一次从嘴里吐出咬掉泥沙的生泥螺，放到丫丫嘴里的时候，童琨再也忍无可忍，一把丢了筷子，跑到洗手间干呕起来。

几天来童琨和许家人一直维系着的温情脉脉的婆媳、公媳关系，因了童琨从洗手间传出的抑制不住的干呕声而彻底走向僵化状态。

等童琨从洗手间出来的时候，大度的公公还关心地问了童琨几句，让儿子给童琨泡了一杯热茶，许泽群母亲则一脸的挂不住。

下午睡完午觉，许泽群就拉童琨出去。他们带着丫丫，到了人民公园，在小河边散步。

童琨就在这时候说，你能不能跟你父母说一下，他们吃那些生海鲜我不管，不要给丫丫吃，那些生东西有什么好，那么不卫生，吃下多少病菌寄生虫！

许泽群说，这我可做不到，老人带孩子有老人的习惯，我也是老人带大的，别说放了酒姜调好的海鲜，小时候在爷爷那里逮到一只小螃蟹就这么扒拉了吃掉也是有的。

童琨就不愿意听他说这个。

"那是你。"童琨说，"我的女儿我可不愿意给她吃这些生东西，还是死的，在广东死了的海鲜是没人买的。"

童琨刚说完，许泽群就不屑地说，我们南通人一辈子都吃死海鲜，广东，广东又怎么啦，广东在历史上还不就是个南蛮之地嘛。

童琨见他还不以为然，就说，那也总比你们南通人茹毛饮血强！

许泽群冷笑道，茹毛饮血又怎么啦，丫丫他爸就这么茹毛饮血过来的。

童琨气结。她脑海里盘旋的只有一句话，那就是你们怎么吃我不管，我就不能让我女儿吃！便就是这么一句话，她都给许泽群气得说不出来，最后童琨冲口而出的却是另外一句话，那就是我要把女儿带回深圳，我一定要带回深圳！

许泽群以为童琨火头上说出的那句话不过是句气话，没想到童琨说完就往公园外走。许泽群问她干什么去，童琨说她要去找保姆。许泽群听这话只觉得可笑，想童琨在南通人生地不熟的哪里能找到保姆。许泽群也不理会她，只当她毛病又上来了就由着她去胡闹折腾。

这么多年的婚姻下来，他也着实头疼了童琨。她喜怒无常一惊一乍，有的时候简直就是不可理喻，就像现在，去找保姆，哼哼，就凭她这两眼一抹黑的去找保姆？！

许泽群抱着丫丫无可奈何地摇了摇头，忽而他就来了精神似的问丫丫:"丫丫,爸爸带你去儿童乐园玩好不好?"

丫丫小鸟似的扑腾着双臂应和,父女俩一路欢笑地朝儿童乐园奔去。

许泽群和丫丫玩了一个下午,准备回去的时候,他给童琨打电话,问她在哪里。他的意思是要两个人一起回去。

他可不想让老两口看出他们闹了别扭,中午童琨那样子他心底就很不舒服了。她不就是广州一个教授的女儿嘛,简直把自己弄得跟个金枝玉叶似的!现在还要这样调教女儿,他才不愿意。他就愿意女儿是这个样子,粗拉一点,苗壮一点,将来的社会是竞争的社会,唯其如此,孩子才能更经得起摔打……

电话接通了,童琨说她已经在家里。许泽群满肚子不高兴了。他想以童琨的敏感应该知道自己是希望跟她一同回家的,现在她就这么一个人跑回去,明摆着挑衅他不说,让父母看出他们两个不那么和谐老两口子该多担心哪。

她跟他许泽群怎么闹都可以,他不能容忍的是她在他父母面前这么闹腾。做父母的容易嘛,年纪这么大,还要带孙女,平日里也一直惦挂着自己。尤其是妈,那次在深圳就对他俩的关系流露出一些忧虑。

"她有点娇气呢。"妈妈跟自己说,"你就让着她一点,不能跟在家的时候一样,父母都宠着你,你现在是男子汉大丈夫了,要让着点老婆呀。"

后来只要跟家里通电话,妈妈就在电话里旁敲侧击地打探他们的关系。他知道母亲的心思,儿子过不好,自然忧虑,儿子过着怎样的生活瞒着自己母亲就更忧虑……她童琨怎么就不能想到这些呢?她对自己的母亲没感情就算了,她口口声声爱自己,她爱自己有什么行动?不说她不关心自己的事业生活,就连自己最在乎的亲人她都不在乎这算哪门子爱?

想到这些,许泽群也很灰心。

许泽群想着这些,没精打采地回了家。一回家,看到的童琨却是喜气洋洋的。

"我找到保姆了,"她把许泽群拉到房间告诉他,"是个很不错的女孩子,晚饭你就跟你爸妈说,说我们这回把丫丫带走。"

许泽群对这种消息表示了足够的惊讶。他来不及追问保姆从哪儿找的，只是以无可否定的语气告诉童琨，把丫丫带走是不可能的。童琨问为什么，许泽群说第一丫丫这么小，你不能指望家里就保姆带着她，第二爷爷奶奶跟丫丫有感情了，带走的话爷爷奶奶受不了。

童琨生气了，说，你就知道自己的父母离不开丫丫，怎么没想到我这丫丫的母亲更离不开丫丫呢，丫丫再这么下去长大了连我这个母亲都不认了！

许泽群说是你的孩子总得管你叫妈，反正丫丫不能带走。

童琨听了许泽群的"反正"两个字，显然受了刺激。这两个字使她想起结婚这么多年他在家里的我行我素目中无她,这两个字在她的伤疤上又狠狠地捶了一下。童琨没有跟他说更多的话，她只是扔下一句话，那就看着办吧。

下面的故事就是童琨第二天买了两张船票，几乎是挟持一般把丫丫带上了路，后面还跟着一个来自南通郊县的乡下姑娘春梅。童琨通过当年的南通同学找到的，南通同学的孩子上学了，自家的保姆不要了。童琨也就赶巧了去，一看春梅干净利索的样子，一眼就喜欢上了二话没说要了。

许泽群根本就没想到童琨还有这么狠的一招。这次南通之行，童琨的两次表现完全出乎他的意料之外，保姆居然找到了，孩子说带走就带走！她好像变了一个人，忽然具备了超常的行动力似的。

他甚至隐约感觉到她身上萌动着一股强大的力量，那种力量带领着她实现她的意志，虎虎生风的，就这样把他的老婆和女儿带走了。

## 22

童琨在第二天凌晨到达上海。

一路上丫丫都在哭闹。她一直在交替着说两句话，"我要奶奶，我要爷爷"和"我不要你，坏妈妈，我不要坏妈妈臭妈妈！"她像头发怒的小牛犊一样无从钳制，软硬兼施、引诱哄骗都没有用。

童琨只能把她紧紧箍在怀里。她还是不屈不挠地挣扎哭闹，没到一个小时，两人都是一身大汗。童琨要春梅抱一会儿，春梅一抱，小家伙更是闹腾得厉害，身子不能动，就拼命哭喊，一副不把嗓子喊破决不罢休的架势。童琨怕她嗓子哭坏了，只好自己抱。小东西其实也有她的心眼，她就是要折腾这个她不喜欢的坏妈妈。

　　快半夜的时候，小东西终于累了，昏昏睡去。童琨凝望着怀里终于安静下来的小人儿，心底就像窗外波涛翻滚的江水一样思绪万千，五味杂陈。这个安静的小人儿唤醒了她心底那个最为温柔的角落，此时她才感觉到这个小小的人儿走到了她心底，滴在宣纸上的墨一般汁液透了纸背，那么深重那么美好的，像绽放的花儿一样蔓延开来。她希望她能完全占据她的心灵，让她忘掉所有的伤痛与愤恨，跟千千万万的女人一样，是一个母亲，一个好母亲，而不是渴望爱的女人，爱着的女人，受伤的女人。她自己就是温暖和强大，是眼前小生命的一片天空。

　　这么想着，童琨到了洗手间洗脸。镜子里的女人因为大半天的劳顿面色憔悴，头发散乱。这个人让自己觉得陌生，她老了。她第一次感到这是一张青春渐逝红颜渐老的面庞，而在此之前她知道她是那样美丽而光彩四溢的啊！这张面庞就在这刹那间使她感到触目惊心，是的，她老了，一个女人她就这样老了！

　　童琨来到甲板上，面对滚滚长江东逝水，心里疼着，鼻子酸了。她没有掉眼泪，她看到的是水流无尽，逝去又来。人生却不是这样，人生有限，去者无追。一个人，他（她）作为一个人活着；一个女人，也作为一个女人活着，但是一切其实未必如此，有那么多人，活了一辈子，他（她）没有活出个人样，有很多女人活了一辈子也未必就能作为一个女人活一遭。现在她童琨又何尝不是这样？只是她童琨一直不甘，可是即便不甘又能何如？

　　这就是人生。

# 六 生活

# 1

　　童琨带了个小闹腾鬼回深圳，一路上吃辛受苦固然可想而知，更麻烦的是春梅进关。

　　因为走得急，来不及给春梅办通行证，童琨就叫顾蕾到机场来接，让她过来的时候带一些女孩子的暂住证来，好叫春梅冒名顶替进关。顾蕾以前经常这样接接家乡来的亲朋好友。

　　问题是顾蕾也不知道春梅长什么样子，只能胡乱从公司那些打工妹那里要了一些暂住证来，便就是那几十张证件，硬没一个像的。两个人跟春梅千叮咛万嘱咐，又是要她背证件上的地址，又是要她沉着镇定临危不惧等等。过关的时候春梅还是给穿了帮，让当兵的揪到一间办公室去审问。童琨和顾蕾跟了去，任凭顾蕾一张嘴巧舌如簧边检还是又罚款又教育的折腾了几个小时才放人。童琨一直忙着管制闹腾不休的丫丫。四个人回到家里就半夜过后了，好不容易把丫丫安置睡了，童琨坐在沙发上就骨头散了架似的动弹不得了。

　　丫丫自小不爱吃饭，长得面黄肌瘦。童琨看着心里发急，就带到医院看，要中医开药调理孩子胃口。药是开回来了，第一回吃药，丫丫就明确表示不吃。童琨和春梅刚开始是骗，骗得她们快没耐心准备来硬的了，丫丫忽然又说放了糖就吃。

　　童琨不知道放了糖会不会影响药性，想了半天想到一个学中医的中学同学，八百辈子没联系，拐了十八个弯儿找到她的电话，打了电话过去自是寒暄谦恭的话儿说了一堆才把这个问题给问了。

　　童琨按照丫丫的要求在药里放了糖，满心以为快大功告成了，丫丫又对着端到嘴边的药汤说她要一边喝牛奶一边吃。连忙牛奶上来了，丫丫勉强喝了一口，一张小脸拧成了麻花，还哇哇哭了。她这一哭也把童琨心哭软了，答应她歇会儿再喝。不想丫丫这一歇根本就没有再喝的意思，好不容易说动她喝第二口，又是浅尝辄止，还又表演了第一口喝下去后的一幕，小脸扭成了麻花哇哇大哭。

这次童琨是硬了心肠，板着脸叫丫丫喝。丫丫忽然止住了哭说，妈妈太苦了，我玩着喝好吗？她一脸的哀求，童琨现在是只要她说喝怎么着都行，就说，好你玩着喝，于是春梅把她喜欢的一大堆玩具抱过来，丫丫拣了其中的得得B娃娃开始玩，童琨耐着性子，由她玩了一阵，又提醒她说，丫丫不是说了吗，一边喝药一边玩。丫丫头也不抬地说，我要得得B跟我一起喝，童琨只好再次答应她，

丫丫要给得得B也准备一碗药。她们就在一只小碗里倒上一些药汤。丫丫果真拿小碗的药要去喂得得B。童琨和春梅阻止她也不听，她只是说得得B喝了丫丫才喝。一听说丫丫喝药几个字，童琨只好一切由着她来，结果丫丫把得得B娃娃灌得满身都是药。童琨一边让春梅擦地板一边跟丫丫说，丫丫这下得得B也喝了你该喝了吧。丫丫就睁着一双水汪汪的大眼睛说，妈妈我的得得B脏了，我要给她洗澡。

童琨正想拒绝她的这个要求，丫丫就说，妈妈丫丫和得得B洗了澡一定喝，她还不太知道说"一定"这个词。童琨耐住了性子只好吩咐春梅准备洗澡水。结果丫丫和得得B在澡盆里赖了半天才上来，春梅用毛巾被把丫丫裹到床上，穿好衣服。童琨把药端到房间和颜悦色地对丫丫说，现在好了吧，丫丫该喝药了。没曾想丫丫干脆眼睛一垂，小嘴嘟囔着，我不喝，就是不喝。那神态活像许泽群那副说一不二的样子。

童琨终于忍无可忍一扬手，一碗药泼到丫丫脸上。童琨看着一脸药水的丫丫，气得心都要跳了出来。丫丫刚开始还没明白怎么回事，紧接着就张开嘴巴哇哇大哭，小嘴伶俐地不间隙地叫着："坏妈妈坏妈妈我不要你这个坏妈妈你不是我妈妈！……"

隔壁的许泽群就在这时大步冲了进来，面对这个局面很快明白发生了什么。

他一把抱住了丫丫，跟童琨吼道："有你这样带孩子的吗，好端端的要她吃药，有你这样的妈妈吗把药汤往孩子脸上泼……"

他吼了一通终于恢复了一点镇静。这也是他第一次冲童琨发这么大火。

"你不可以再让丫丫吃药。"他冷冷地说出了自己的决定。

童琨等许泽群吼完了，也才回过神来。她知道自己不该把药泼到孩子脸上，但是换了别人谁又能保持最后的理智和清醒？这个小东西不喝倒也罢了，她根本就在作弄她妈妈！她一会要这一会要那，自己还一个晚上给她牵着鼻子走，换了谁等到明白过来还能不恼羞成怒？

他许泽群倒会做好人，孩子瘦成这样视若无睹，给她喝药的时候他事不关己，等她做错了事他就出来指责编排她的不是！

童琨想起从南通到上海的船上，她曾把丫丫当做自己的救星，现在这个小东西却把自己赶到了一座孤岛上，她的孤独和困顿不为人知……她再不能这样了，她得逃生得上岸……

她心里想着，脚下就挪到了书房前。现在这是保姆和孩子的卧室。她静静地站在书房门口。

"丫丫，"她又一次和颜悦色地叫着她的名字，"今天跟爸爸睡吧，我们去爸爸妈妈的房间。"

她走到许泽群和丫丫面前。许泽群正在给丫丫放电脑上的漂亮图片，企图哄住丫丫的哭。童琨拉住了丫丫的小手。她把脸靠在丫丫脸上。"丫丫。"她说，"刚才是妈妈不好，妈妈，"她似乎是很艰难地，"妈妈不叫你吃药了。"

一边的许泽群显然没有想到童琨是这样的表现。"妈妈不叫你吃药了。"这话是跟丫丫说的，也是跟他许泽群说的。她打了求降的白旗，这是他们认识以来第一次。许泽群一直愣愣的。

这时忽就传来一记响亮的耳光声！许泽群再看，是丫丫，瞪着两只冒火的眼睛，发怒的小牛犊一般给了她妈妈一记耳光！"我不要你，坏妈妈！"丫丫嘴里叫着，小手乱舞又在试图打她妈妈的耳光。许泽群按住了她。

"丫丫！"他对丫丫正颜厉色，"你不可以这样！"

许泽群教训着丫丫。那边童琨蔫了下来。她的头发凌乱，满脸疲惫，身上的睡衣也裹得皱兮兮的了。她显然已经不是在分分秒秒一丝一毫上那么在乎自己形象的童琨了。她的倦怠与尴尬无助第一次触动了许泽群。这种触动还有一种改变，那就是它把童琨这一瞬间的形象镌刻到他心间了。她几乎不是那个斤斤计较的小女人了，她更是孩子的妈妈，他的老婆，有些拖沓有些变老。这种变化却让他感到舒松与慰安，他要的妻子孩子她妈就是这样，更随意些更烟火些……她在温暖你的同时更让你心疼……

许泽群想着就拿手抚了抚童琨。

"这孩子太难对付了。"他在安慰她，"我说你这是何苦呢，真还是应该放在南通的。"

许泽群有些嗔怪，但他的口气里更多是怜惜。童琨显然感觉到了。她对着许泽群温顺地点了点头，随即，又苦笑了一下。


丫丫的到来彻底改变了童琨的生活，也改变了她和许泽群之间的生活状态。

对付一个小孩子，的确是件特别麻烦的事儿，难怪现在很多夫妇不愿意要孩子。要考虑她的冷暖饱饿，还要考虑她的性格培养，早期教育……

童琨的工作已经顺风顺水，没有太多麻烦，每天下班前就开始盘挂这天回去要给丫丫买什么吃的，晚上就要变着花样跟丫丫相处。她是个难缠的鬼点子多的小家伙，要一点点跟她培养感情，要寓教于乐地让她学点东西……常常一个晚上下来，比上了一天班还累。

不过付出的劳动还是有成果的，丫丫对妈妈至少没那么敌对了。童琨教会她认了些字，她就开始迷上读书，平时经常坐在地上一看书就是一两个小时。她看起书来别人叫都听不见的，你要不提醒她，她看书看入迷小便甚至大便都会拉在身上。

第一次碰上这样的事情时，童琨正在房间整理衣柜。春梅虽说利索，干起事来质量却不太高，比如说衣柜，童琨个把礼拜就要整理一次。这回童琨整理衣柜的时候，忽然闻到哪里飘来股臭味儿。她出了房间四处找，只以为是哪个角落死了老鼠发臭了，角角落落地找了一圈也没找到什么，只好满腹狐疑地回到房间。刚坐下，就听到许泽群在外面大声喊，你们快过来快过来，这孩子你们怎么弄的怎么弄的！……

他一边喊着一边咂嘴，童琨以为孩子出了什么意外连忙冲出去，只见许泽群拎小鸡一般把丫丫由胳肢窝下面拎离了地面,还把丫丫平举着好离自己远一点。丫丫手上拿了一本书,脸上是一脸的茫然,她显然不知道她爸爸干吗那么大惊小怪地把她拎起来。童琨冲过去,首先闻到的就是刚才那阵子的臭味,再一看丫丫身上手上都是一些黄巴巴的东西,这才反应过来臭味就是从丫丫那里散发出来的,她身上手上都是大便!

童琨急得赶忙叫春梅。春梅早在她身边。她一急都不知道吩咐春梅干什么了。当然她也没有更多的嘴巴供她吩咐。她忙着惊叫,"呀,这桌子!"

"天哪,这地!"

"了不得,还有这墙!"

这桌子、这地、这墙上到处都是丫丫的杰作,想她是一边拉了屁屁一边看书一边就把那些东东弄出来到处抹一抹……

童琨还没来得及把所有的惊叫叫完,就听许泽群在训斥,你乱叫有个鬼用啊,还不快把孩子接过去!

童琨就去接孩子。她也像许泽群一样像拎小鸡似的把丫丫平举在手上。许泽群又叫,还不带她去洗澡!童琨连忙往洗手间跑。

这回是许泽群在她后面叫:"这个坏东西,你看她的屁股!"

"嗨,你看她的小脚丫子!"

毫无疑问,她的满身都是她的杰作。许泽群的声音固然是惊奇的,到后来却更多是一种惊喜,好像她女儿干了一件多了不起的事情一样。童琨听着他在后面你看这你看那的,都有点为他的惊喜所感染了。她把丫丫拎到洗手间,褪下丫丫的裤子,把丫丫放下来,想找个地方扔裤子,复又听到许泽群在冲她嚷:"她跑出来了,你怎么把她丢下来了?!"

童琨一直给他吆喝得晕头转向,又看他只在一边吆喝君子动口不动手的,心下来了气,刚想说你看你你就不能帮个忙啊?

话刚要出口,许泽群就冲到她身边,一把揪住了丫丫:"坏家伙,哪里跑?"

他把丫丫拎到了水龙头下,"你开水龙头。"

他吩咐她。童琨知道他把脏活留给了自己，心头冒上来的怒火就消了下去。她看了看许泽群，对着满身黄巴巴的小家伙满脸的沉醉与欣赏，她的心暖了。这也是生活。她想。

这天晚上，许泽群忽然半夜的时候搂住了她。他抚摸她，亲她。

"我很累了。"童琨说。

"你不用出力，咱们轻轻地来，好吗？"许泽群几乎是恳求的语气，童琨架不住他这么说，也就依了他。她是真的没有力气了，到最后许泽群也有点索然无味，"这可真马虎不得。"完了许泽群开玩笑说。事实是，也就是从那个晚上开始，童琨一下子对这种事情兴趣大减。很多的时候，她都是马马虎虎的了。

童琨这天夜里给许泽群弄醒了就睡不着了，干脆到了客厅里，倒了一杯凉开水坐在沙发上胡思乱想。她感到自己的生活在一点点改变着，这个改变她生活的人固然是孩子，但还有更多的因素。

那夜月光很好，清冷的光辉照到屋里，她想到很久之前的那个夜晚，那个辗转难眠却蕴涵着某种快乐甜蜜的梦想的夜晚。那个夜晚也改变了她的生活。她又一次想起那个人，又一次感到那结痂的伤疤在隐隐作痛，然而便是这种疼痛使她感觉到自己还跟某种梦想联系在一起。

她现在是不疼了，而且还在渐渐快乐起来。但她知道那些疼痛是她心灵深处隐蔽最深也变得越来越飘渺遥远的秘密。那一定是人生的某种秘密，它不死你才知道自己还活着。


## 2

日子过得很快，转眼丫丫上了幼儿园。

孩子渐渐大了，又有了学校可以托付，生活似乎也就没有那么杂乱忙碌了。

许泽群接的案子越来越大，现在一年光法律顾问就签了好几家。童琨也在这个时候升上了综合部副部长的位置。

"你现在是丸井集团里位置最高的女性了。"升职那天总经理对童琨这样说。童琨心下有数，也就是说她在丸井的前途也基本到此为止了。不过她也没什么好遗憾的，本来能到这个位置机会的因素就很多，要不是亚洲金融风暴清水回去，这个位置也不知道哪八百辈子才能轮上自己。

就说顾蕾，她的工作很出色，但是也因为出色，她的上司一直不放她，她在丸井干了六七年还是个翻译。童琨想的是，即便在副部长的位置上干一辈子她也是愿意的。

许泽群工作顺当了，家里的大钱他在挣，自己只要有份不错的并且也比较稳定的工作就可以了。再说往上爬要付出更大代价，童琨根本就不准备接受更大的挑战。就这样干着，工作轻车熟路，回家有时间和精力照顾家庭。童琨觉得就这样，挺好的了。

而日子，似乎终于雨过天晴，走上了正轨。早晨出门上班，想着单位等着自己处理的一堆事情，充实的一天就这样开始了；即便下班，想到可以给小家庭做上一顿丰盛的晚餐，童琨的心也充满了期许。多年的婚姻下来，童琨觉得自己像个初学自行车的孩子，多次的磕磕绊绊摔摔打打现在总算才学会了骑车。她小心谨慎颤颤巍巍地骑着，唯有专心致志心无旁骛才不至于又摔了下来。

一转眼又是一年"五一"。过节前几天，许泽群给童琨打电话，说有几个出游计划，让她考虑一下，一是远足去九寨沟，还有一个是开车在省内转转。童琨说，晚上回去商量不行吗？许泽群说不行呢，是所里同事一起去，要下班前定下来。童琨因为要拜访一个银行新来的头头，车已经在外面等，就说等下再回复他，于是挂了电话。

童琨一路上都在盘计去哪里，等到到了银行门口，仰头一看是一家日本银行。尽管她来之前就知道是这家银行，公司跟这家银行也打了好多年的交道，到了银行门口的时候，童琨的心还是咕咚一声猛地跳了一下。后来他们上楼，来到一间办公室门口，童琨刚刚平静下来的心又急剧地跳动起来。当门打开的时候，她就看到那个人，笑容可掬地站在她面前。

没错，是乔去非！这是乔去非工作的银行。

童琨要拜访的新头头就是乔去非，想必他是从香港调到了深圳。

有几秒钟的沉默，童琨还在深深地惊讶。

小李本想给他们做介绍，看这架势也有点愣住了，他试着猜度着："你们——认识？"

乔去非接了小李的话头："哦，我们认识的。"

"我不认识您。"他刚说完就听到童琨清晰的声音，"您认错人了吧，我不认识您。"

乔去非看她一脸正色的样子，只好笑了笑，有点尴尬地说："哦，不好意思，对不起，真认错人了。"

三个人坐下来聊了一会儿，这只是一个礼节性的拜访，很快，童琨就提出告辞。乔去非客气地留他们吃晚饭，童琨回绝了，乔去非并没有坚持，童琨就这样告别了。

童琨一出银行的门，就给许泽群打电话。

"五一我们去南澳。"童琨说。

"我不想走远，就去南澳。"

童琨以不容置疑的口气说。

## 3

这天天气很好，许泽群所里大部分同事都去了，基本上家家都带着配偶和孩子，一行人五六台车浩浩荡荡往南澳去。

这次活动大家推许泽群策划，许泽群懒得烦这种事，又把决策权交给了童琨。到了大鹏镇，快中午了，许泽群就把车往南澳开，他的想法是去南澳食街吃海鲜。童琨却要他往金沙湾方向去。

"去那儿干什么？"许泽群不明白。

"去金沙湾酒店吃午饭。"童琨说。她显然怕许泽群不同意，又以不容置疑的口气说："我不想去食街，人太多。"

许泽群懒得争辩，就把车拐向了金沙湾。一行人到金沙湾要了间包房，围了一桌，服务生拿着菜牌过来问谁点菜。只见丫丫从服务生手里一把夺过菜牌，对着菜牌扯高了稚嫩的嗓音点起菜来："荷兰豆炒腊味，丝瓜炒鲜鱿，金牌乳鸽，叔盐鸭下巴……"

丫丫一口气不打愣地读着菜牌，除了把椒盐的"椒"读成"叔"外其他几乎一字不差，一桌子人都有点目瞪口呆。他们根本没有想到一个乳臭未干的孩子能认那么多字！

大家一边啧啧称奇，一边羡慕地对许泽群童琨夫妇说，你们的女儿是个小神童呀！

童琨和许泽群也没想到丫丫能认这么多字，平时童琨是教丫丫一点，看来丫丫更多的字是自学的，没人跟她说过认字可以认偏旁，她还真有点触类旁通的本事。许泽群显然也对丫丫的表现很是惊喜，他就在大家的赞许声中拍拍童琨的肩头说，都是她妈妈的功劳，等下我敬丫丫妈妈一杯酒。

许泽群几乎是第一次正面夸童琨，而且是当着这么多人的面。他的脸红红的，不知是一路开车辛苦的还是大家夸奖他的宝贝女儿兴奋的。童琨笑了笑，女儿这么聪明，老公也褒奖自己，此刻，大人们说说笑笑，孩子们大大小小闹成一团，包房里热闹非凡，这样的场景下自己应该感到开心兴奋才是。

但是，她却开心不起来。

吃过饭，大家边喝茶边讨论下午的活动安排。

有说去游泳的，有说去租渔民的船出海打鱼的，结果意见也不能统一，于是就说各玩各的，五点钟再来金沙湾酒店集中。

许泽群想跟那出海打鱼的一伙去，丫丫也吵着要出海打鱼。童琨则说嫌晒，要找个没太阳的地方去。许泽群说，要嫌晒你早说嘛，还来海边干什么？

童琨也不说什么，反正坚持要找个不晒的地方去。许泽群给她弄得没办法，想童琨又是什么毛病发了，当着大家的面也不好发脾气，只好乘大家不注意冷着脸问童琨，那么你说，现在去哪里？童琨只说到车上去就知道了。

丫丫听说他们家不去打鱼，急得大哭，死也不跟童琨许泽群走。丫丫是她爸爸的小跟屁虫，这回她是看准了爸爸也不愿跟妈妈走，所以有心要黄了童琨的安排。结果童琨和许泽群都同意她跟着那些叔叔阿姨去打鱼，她也不干，非要爸爸也跟着走不可。

许泽群其实倒也可以顺杆儿下了去打鱼，没想他竟板起脸让丫丫不要胡闹，要么跟爸爸妈妈走，要么跟叔叔阿姨们走。丫丫看许泽群不上她的杆子，胡闹了两下也就收场了。结果一家人兵分两路走了。

许泽群开了车问童琨去哪里。童琨只是指着山里的方向要他往山里开，渐渐就是深山大海，景色格外宜人。许泽群闷声开了一阵子忍不住开口问童琨，这个地方不错么，你怎么知道的？童琨说我就知道。

许泽群就没多问。到了一个山头上，童琨让停了车。两个人下了车，童琨熟门熟路地来到一幢欧式建筑里，找服务生要了乒乓球拍，找到乒乓球馆，跟许泽群说，我们打打球吧。

许泽群去阳台上转了一圈说，这个地方还不错，不如在这儿坐着歇歇呢。童琨却说，我不歇，我要打球。她是准备任性到底了。许泽群还就又一次依了她，跟她打起球来，两个人水平不分上下。许泽群每输一个球童琨就不屑地说，你水平怎么那么臭呀，还要输给我。起先许泽群还辩解说，我又不是乒乓球队的，干吗非得那么厉害？童琨唠叨多了，他就干脆把球拍一扔说，不跟你打了，陪你玩还左不是右不是的！说完跑到阳台上看风景去了。

等到许泽群生气，童琨才有点悻悻的。她知道自己过分了，但已经把许泽群惹恼了，她又不会拉下脸子去赔不是，也就退了球拍跑到外面去散心。在她第一次来时那个人停车的地方，她给顾蕾打了个电话，告诉她她在南澳。

顾蕾似乎有点担心地试探着问，去了你上次跟那个人去的地方？童琨说是，顾蕾就在电话里叫起来，童琨你不要太过分了，你这样做于人无利于己无益有什么意义？

童琨知道她是真的生气，她是自己的好朋友，一心希望自己过好日子，只是这可并不是件容易的事情啊！

童琨叹了口气跟顾蕾说，我前两天遇到他了，那感觉简直就跟撞了鬼一样，我来这里，是想看看我有没有忘掉他……

她还没说完，顾蕾就问，那么你能吗？

童琨绝望地说："不能。"


许泽群在阳台上坐了一阵子，风景看够了，就跑到车上开了冷气睡觉。

童琨跟顾蕾通了一会儿电话，没事可干了，外面又很燥热，也只好跑到车上去睡觉。结果两人在车上睡到五点大家集合的时间。

童琨醒了心下觉得挺愧疚的，大老远地拉了许泽群来这儿窝在车上睡觉。

晚饭大家是在南澳的海鲜食街吃的。南澳的海鲜食街临海而建，他们坐在二楼的餐厅里，玻璃窗外就是码头。傍晚时分，鱼船都靠岸了，满载而归的船只在码头上密密麻麻地排列着，有渔民就当船叫卖。海风袭来，风里都是一股浓浓的鱼腥味儿。

等到许泽群他们开始吃饭的时候，海上的渔火亮了，星星点点的，和着拍岸的涛声，还有酒楼里食客们谈笑举杯的嘈杂的喧闹声，使你觉得最热烈沉实的人生也不过如此。

童琨就这样多喝了几杯，还有几个也喝多了，嚷嚷着今天不回去了，找个地方住下来。

童琨就推荐山头的那些小别墅，结果大家酒足饭饱后都奔向那里，包了两栋别墅住了下来。童琨这次喝酒量上打破了纪录，酒桌上倒是一点没看出迷糊，一进房间就倒到床上起不来了。

丫丫疯了一天，童琨这样子也没办法给她洗澡，只好许泽群来。丫丫在许泽群给她洗的时候两只眼睛就迷糊上了，澡洗完抱到床上翻了个滚儿就睡着了。童琨看丫丫洗完了，支撑着起来把澡洗了。

许泽群最后洗，刚洗好出来外面就叫许泽群，让他去打麻将。许泽群嘴里应着，连忙急急地穿衣服。倒在床上的童琨，却在下面拽住了他的衣服不让他穿。

"不许你去打麻将。"童琨说，"我要你陪我，不许你出去。"

许泽群知道童琨醉了，揉揉她的头发安抚她道："你早点睡，我尽量早点回来。"

　　"不行。"童琨不依。她揪着许泽群的衣服，显然是乘着酒性耍赖，"就是不可以，我要你陪我。"

　　许泽群有些为难。他似乎明白了什么，把穿到身上的衣服往下脱，脱完了就掀开童琨的被褥往里钻。他一钻进被窝，才发现童琨赤裸着的鱼一般光洁柔滑的身体。

　　结婚那么多年，童琨没有这样迎接过他。

　　许泽群脑袋"轰"的一声，好像全身的血液都涌到了头顶……


　　结果，他们进行到半途时，外面的人又在催许泽群。

　　那个不知趣的叫了几声见没动静，还不折不挠地继续叫唤。

　　许泽群只好硬着头皮应："好了来了来了。"那个还问，怎么那么慢，还要多久？

　　许泽群一边忙乎一边应，快了快了，马上就好了。等到他们真好了的时候，两人都忍不住笑起来。

　　"这算什么事儿。"许泽群笑道。

　　童琨也笑，拢住了他。

　　"对我好点，我需要你。"童琨忽然说，说得很恳切，那种恳切把刚才的滑稽气氛一扫而光。

　　许泽群显然还不能那么快地进入童琨柔情蜜意的意境，一边穿衣服一边敷衍着说，我怎么对你不好啦，嗯，你还要我怎么对你？

　　童琨只在床上抱住了他的一条腿："你现在对我是挺好的，我也要对你好，还要我们的女儿好，大家都好，是最幸福的一家……"

　　许泽群手忙脚乱地穿衣服，似乎顾不上听童琨抒情，外面那个催命鬼又在喊，许泽群这回就底气很足理直气壮地高声应了一声，同时一边提裤子一边趿拉着拖鞋三步并作两步地奔出去了。

　　那天他们一伙人玩到第二天晚上才回去，也就在那天，许泽群决定买房子。

"还是要住好点的房子。"许泽群在回去的路上说,"住别墅感觉就是不一样。"

童琨知道接下来买房子是要提到他们的议事日程上来了。

许泽群说到的事很快就会做到的。果然没几个月过去,许泽群就拉童琨去一个著名的高档住宅区看一套房子,一百二十多平米,位置、小区环境、户型结构各方面都令人满意,而且岂止是满意,简直就令人眼热呢。那个小区在深圳名头响当当,住在那样的地方还是很争面子的。

童琨看了二话没说就同意了许泽群的选择。接下来是钱的问题,要付首期还要装修,好算歹算差十万。许泽群就跟童琨说,自己父母是不好意思再找他们借钱了,买车的钱到现在还没还。

童琨听这话心下明白了八九分。许泽群这话无非是让她去找母亲借点,只是他不可能把话摆明了说。童琨也想过找母亲借,尽管她知道母亲把钱看得很重,找童培芬借钱简直就是与虎谋皮。

但是童琨实在敌不过那套靓屋的诱惑,决定还是找母亲试试。她想按他俩现在的收入没什么大差错的话,十万元个把年也就可以还清了,就算是找母亲周转一下,问题应该不大。

不想童琨找到童培芬,才发现自己的如意算盘还是打错了。

## 4

童琨回广州时,跟母亲提起借钱的事。

童培芬一听说借钱,就把头摇得跟个泼浪鼓似的,嘴里还连连念叨说,你怎么现在来借钱,我现在一分钱也借不了。

童琨很奇怪,只是不吭声等她做解释。

童培芬就说,你还不知道吧,宋知白也就是你那父亲病了,是癌症晚期,得了这病可是个无底洞,不知道要多少钱看。他这一辈子混得也够惨的,一穷二白不说,跟单位领导关系不怎么样,看病也报销不了多少医药费。

童琨听说父亲得了绝症心里还是吃了一惊，从小到大，母亲都没让自己见过父亲！她只听李阿姨也就是乔去非的母亲说过一句，"宋知白身上就有股清爽气，那种人即便落魄潦倒你也不能小瞧了他……"

　　关于父亲的印象，就是这么一句风一样从耳边刮过的话，所以她心目中的父亲是个骨子里天生有股卓尔不群气质的男人。就是这个从她们母女的生活中消失了几十年的人，现在得了绝症，难道母亲还要掏钱给他看病？他不是又成家了吗？那么他的家人子女呢？

　　童琨还没把这话说出来，童培芬就看透了她的心思似的说，我知道你要问我还管他干什么，唉，我真是不知道该跟你怎么说，要知道，这是我一辈子才盼到的结局，是上天有眼遂了我的心愿。

　　童培芬喃喃地说着，她越说童琨越不明白。她也顾不上童琨的反应了，干脆自顾自地说，我离开了他，自离开他的那一天起我就在诅咒他不得好死，我诅咒他得绝症，然后这世上没有一个人理他，只有我童培芬去看他，掏钱给他看病，陪伴他……我不仅要叫他的身体为疾病折磨得生不如死，还要叫他的心灵给折磨得死去活来……

　　童培芬叨唠着，眼里是一股怨毒。童琨总算听明白了她在说什么，当她明白过来的时候，不禁汗毛倒竖不寒而栗！

　　天，这就是母亲的爱！这就是女人的爱！

　　童琨像被电击了一般半天说不出话来。

　　她没有再提借钱的事。


## 5

　　童琨周末回广州，一般都会待到周日下午才回深圳。

　　这次童琨听了童培芬一席话，就马上表示要回去了。童培芬以为是自己不借钱给女儿，而且又是这种不太合常理的理由，令童琨生气了，于是也就颇为歉疚地跟童琨说："真是对不起，你一定觉得妈妈很自私吧？"

　　童琨听了笑笑说，没有。

　　童琨虽然只有两个字的回答，童培芬心里踏实了很多。她对女儿是有数的，至少在自己面前女儿不会客气敷衍，童培芬就没有多留童琨。

童琨出了家门，就要了辆的士。她跟的士说要去越秀区的一个酒店，好像是四五星级的，是的，是她和乔去非去过的那家酒店。那是怎样混乱的一个下午，她连酒店的名称都没来得及看。

司机只好载着这个奇怪的客人去越秀区大街小巷地兜，也不知兜了多少圈，才发现童琨要找的酒店。童琨下了车去了那家酒店，找了酒店的咖啡厅坐下来。咖啡厅的人很少，灯光比较暗，是个幽静的所在。

童琨刚才坐在车上，思绪一直是杂乱如麻。乔去非和她从认识到交往的各种零碎的片段，意识流电影似地在脑海里浮现又沉没，还有王家卫似的摇摇晃晃的镜头。这些片段时常被眼前的酒店建筑和司机不时的"是这家吗？是那家吗？"的问话所切断……现在坐了下来，她才有安静的时间和空间梳理自己杂乱无章的思绪。

梳理后的结果是她只剩下两个问题问自己，那就是为什么要来这里，来这里干什么？

第一个问题，她有一个坚定的回答，那就是"我就要来这里"，坚定得简直没道理可讲。

对于第二个问题，她的回答有三个。

一个是，她要开一间房，然后叫那个人来这里。她要告诉他，她忘不了他，她愿意接受他的规则，现在，她要跟他做爱，好好地跟他做爱。她要在他欲罢不能的时候问他，追问他，你爱不爱我爱不爱我？！

如果他说爱，她就要好好地让他知道她的爱；如果他说不爱，她更要让他知道她的爱！她要让他爱上她爱上她离不开她永远都离不开她！然后，他死心塌地地爱上了她，她再跟他说，最后她跟他说，对不起，我不爱你了，我对你没有兴趣了。

童琨甚至想到她跟这个人做爱的样子，嘴里说的是爱，口口声声都是爱，行动上却是恨，恨不得拿刀子把自己刻到对方身体和心上的狠与恨……

想到这里的时候，童琨自己都笑了，她知道她在模拟某些爱恨情仇电影的庸俗套路,即便自己真有勇气去做这个女主角,以乔去非的智商断不会轻易做了愚蠢的男主角。

第二个回答是她也会开一个房间,等乔去非来。她跟他诉说她对他的爱,她忘不了他,他是她生命中的克星。因为他,她的生活暗无天日,即便欢乐也蒙上阴影,即便是笑也是苦的……是的,她是爱他的,她跟他把实话说出来,她躺在他面前,像一只羔羊一样躺在他面前,她没有别的选择,她唯一的选择就是任他宰割……

可是,可是这又能怎样?!童琨很快就被这断喝着而来的问题问住了。是的,又能怎样?她遵循他的规则,也就意味着任由自己疯狂生长的情感被那把叫做规则的大剪随时修剪,修剪是为了留给那个人符合他口味的一番风景,留给自己的则是一次次的疼痛和哀伤……

她童琨可不是这么个傻瓜。更傻的是,她最终只会成为一个彻头彻尾的输家。顾蕾给她指过一条路,按他的规则做,然后让他欲罢不能。童琨太知道自己了,没有手段没有信心,她凭什么就能赢下这场赌局?更何况,她已经没有离开家的念头了,丫丫,她就更离不开。

还有第三个回答,那就是让他过来,就在这里,坐着聊聊,让过去云淡风轻般成为过去,哪怕问他一些自己一直想问的问题……

童琨很快又否认了第三种回答,而且她也立即意识到第二种和第三种回答已经彻底背离了她来这里的初衷。她来这里,与爱没有关系,与不爱也没有关系,只与恨有关。

她可不想像母亲那样,以自己的一生为代价来仇恨与化解仇恨。但是她无法消弭这种恨,她的恨便与这酒店有关。

这昂然屹立的酒店并不坐落在越秀区的某一条大道上,它坐落在童琨心底。

它是她心底仇恨和疼痛、屈辱和不甘堆成的山,不搬掉它她永远也不得超生!

童琨忽然就想到了酒。

她叫了服务生,她说她要一瓶白酒。

服务生彬彬有礼地回答说，对不起，没有白酒。洋酒可以吗？

　　童琨不懂酒，问洋酒有没有烈性酒。服务生说威士忌、白兰地应该算，然后把酒水单递给童琨。尽管童琨想买醉的念头是那样强烈，她还是保持住了最后的清醒。

　　她意识到，第一，没有必要在这地方花几倍的价钱来买酒，这是跟自己的钱包过意不去；第二，一个女人在酒店买醉很不雅。

　　于是她买了单，出了酒店，直奔酒店对面的超市，买下一瓶红星二锅头。这是她所知道的最烈性的酒。她就坐在酒店对面的一条长椅上，凝望着这笼罩在暮色里的高大建筑物——这给她留下耻辱与愤懑的酒店，开始喝酒。

　　第一大口，呛得她胸口火辣辣地疼。那些酒就像火一样要从她的体内喷出来，她知道，她想吐；

　　第二大口，火势没有那么炽烈了，咽下去的液体变成了盐，腌得她透不过气来；

　　很快喝下第三大口，酒就再没那么嚣张了。它在童琨的胸口和脾胃内扑腾了几下子，就温温地瘫下来，像个小火炉一样暖呵呵热烘烘的。

　　眼前的酒店——那高大的建筑物迷离起来，在沉沉的暮霭中，它也不再那么凌厉逼人。

　　"我在打倒它们。"童琨对自己说，"酒，酒店，爱，我的恨，我的耻辱，愤懑，不甘，疼痛，我的过去……"

　　童琨笑起来，"我可以打倒它们。"

　　她又喝了一大口。

　　酒店、天空、树木、道路、山岭、汽车、大地、行人、建筑物、傍晚的浮云……全都旋转起来，世界全乱了，在旋转与混乱中，童琨把一切能丢弃的都丢开抛弃了……

　　"酒真好。"童琨又喝了一大口，然后抱着酒瓶倒在了长椅上。

　　童琨又支撑着坐了起来。她知道这样躺着就是一个醉卧街头的酒鬼了。她想说话。她那么想跟那个人说话，告诉他她在他们幽会过的酒店前面。他给她的那一个下午成了她心灵深处的一场灾难，她没有办法忘记那一切。

酒，酒只是魔术师，酒就给了她在天旋地转中须臾的忘却；而他是魔鬼，他给她的那一切是魔鬼缔造的地狱……一个魔术师怎么能战胜一个魔鬼呢？

魔鬼，上穷碧落下黄泉，又有谁能战胜魔鬼呢？

想到这些，绝望的童琨哭起来。她最后的理智是不让自己哭出声，因为憋闷，泪水和酒都腌在胸口，那么疼。

她想跟顾蕾说话。

她拨了电话。顾蕾那边显然给吓住了。

"你不要这样。"她说，"没什么过不去的山，趟不过去的河，你要相信我的话。嗯，我是过来人，你知道吗？你，你在哪里？要不我过来？"

童琨也不说话，只是说不用了。说完又喝了一大口，一瓶一斤的二锅头，已经喝掉大半瓶。

"我过来了。"顾蕾在那头说，"我一个半小时后到广州。"


顾蕾到广州的时候，童琨刚给警察送回家。

她喝掉了半瓶二锅头。警察在她躺着的长椅上发现她的时候，状况有点吓人。她脸色煞白，一点呕吐都没有，但没有知觉，合着眼睛。警察翻开她的眼皮，眼睛也不转动。

恰好有一个医生路过。他看了都说不行的话就得送医院，瞳孔都放大了。他试着做了几番急救，童琨居然醒过来了，然后很清醒地告诉他们自家的地址，请他们帮她打一辆车回去。警察就这样把她送回家。

尽管处事周全的顾蕾已经想到给童培芬打预防针，说童琨心情坏，在外面喝了酒，可能还喝得相当多。但警察把童琨送回家时，童培芬还是吓坏了。

她把童琨安置到床上，就坐在童琨床头长吁短叹。她想不通，自己不借钱给女儿，就至于让她这个样？她叹了半天气，终于拿出一个决定来，她可以给女儿五万块。

童琨几乎要给她这话弄笑了。她浑身没力，好像身体已经不是自己的，身体上没有一个地方有知觉，想抬抬手都难。奇怪的是，只有嘴能说话。

"不是为钱，妈妈。"她忽然把"妈妈"这两个字叫出口，却是那么自然地。她有多久没有叫过"妈妈"了？她总是叫一个字"妈"，嘴随便一张，叫得那么勉强地。

大概就是听了"妈妈"这两个字，童培芬的泪水刷地一下子流下来了。这回她也不避讳，任由自己的泪水滴落在女儿的枕巾上。

童琨也流泪了。

"妈妈，"她再一次叫了一声妈妈，"我在过一个关，过一个男人的关。"她停了一下说，"我想，看来，我应该能过得去。"

童培芬对着顾蕾瞪大了眼睛，一副百思不得其解的表情。

"妈妈，我不是你，要拿一辈子来过男人的关，我还有大半辈子要过，我要早早把这个关过过去。"童琨显然想把一切跟她的妈妈说清楚，也显然，她很愿意叫出"妈妈"这个字眼儿。

天下母亲跟女儿就是这样，有的是所谓的贴心小棉袄，有的却是精神上的冤家对头。那么多年，童琨跟童培芬就是后者。然而无论是什么，女儿在最虚弱最困顿的时候，妈妈便是她心底最深的渴望。

"不要说了，"顾蕾总是那么的善解人意，"哪一个女人没有男人这一关要过呢？"

她把领口往下面扯了扯，"这是我过的关。"

那是一团嶙峋的皮肉，在顾蕾光洁白皙的胸前显得那么突兀刺目。

"离开那个人的时候，我拉上所有的窗帘，屋里跟夜一样黑。我不知道外面是白天黑夜，我到底坐了几天几夜。我不吃饭，不睡觉，然后，我觉得我要死的时候点了一只蜡烛。我把上身探在蜡烛上，慢慢地，越靠越近，蜡烛的火苗添着我的胸口，就像他抚摸温存我的感觉，我以为就是。就那样，越靠越近，直到我闻到皮肉烤焦的气味，然后我昏死过去。"

顾蕾笑笑，"我就这样过了我的这一关。"

童琨看着顾蕾那皱在一起又牵扯成一团的一块皮肉，讶异得说不出话来。

"你的丈夫，在你离开他的时候能让你那么痛苦？"童琨似乎在恢复元气，声音高了一点。

"当然不是丈夫。"顾蕾说，"一个在一起才半年的人，我也因此失去了丈夫。"

顾蕾说，"所以，你比我幸运得多。不要傻了，生活就是这样，能好好抓住的就好好抓住。我们的PARTY到此为止，回去，好好地过日子。"

童琨在广州多住了两天，顾蕾一直陪着她。

童培芬不是个喜欢追长问短的母亲，对于童琨突发性的情感异常的了解，也就仅止于童琨那天一点模糊的表述。这一回，她表现得更像一个普通家常的母亲，对女儿的生活起居表现出了周到细腻的关心与体贴。她夜里起来给童琨调空调温度，顿顿去酒店打包童琨爱吃的饭菜，还特地买了一本书，学习怎么煲调理身体的汤……

回去前一天，童琨的精神起色都恢复得差不多了，顾蕾约了去外面转转，母女两个很爽快地答应了。她们先去爬白云山，母女两个居然比人高马大的顾蕾精神头还要好。一气爬到山顶的童琨面对着天高地阔心情也豁然开朗起来。

"妈妈。"她发现她喜欢上了这个称呼，她揽起童培芬的胳膊，"我们一起下山吧。"

她们那么亲昵地走在一起，跟那么多的母女没什么别样。

童琨这才感觉到，她在慢慢回到一种真实的生活中去。是真正的现实，不比你想像的残酷，也不比你期待的那么美好。这就是现实，淹没在人群中，平实、安静、普通，却让你有一颗踏实的心。

下了山，她们找了家冰室坐。

"啊！爽！"满头大汗的顾蕾吃下第一口冰淇淋张开嘴赞美道，"也就跟做爱差不多，其实做爱也就那么回事。"

顾蕾乘童培芬去洗手间又开始放毒，她忽然意识到这个阶段跟童琨谈

172

论男女性情不太妥当，说完就警觉地看了童琨一眼。

"那要看跟谁做了。"顾蕾没想到童琨没有她想像的那么介意，看来她那病根有好转的倾向。她来了精神："当然我知道，爱一个人和不爱一个人做是不一样啊。更绝的呢，你若爱一个人，他即便做不好你也是爱他的。"

童琨不知道顾蕾忽然怎么这么大兴趣扯到做爱，她们这么好，说实话，关于这个话题第一回说这么多。

"既然做爱也就那么回事，那么爱情呢，更看不见摸不着，那么为什么我们失去爱情失去爱恋的人还那么痛苦？"顾蕾摆开了一个探讨问题的架势。

"我哪里知道。"童琨垂了眼帘，经历了几天前的那一场，她觉得她好像有点重新活过来的感觉，但是似乎现在还不具备直面本质问题的勇气。

"在我看来，是对方摧毁了你为自己建立的自我价值评判体系。"童培芬不知道什么时候回到了她们身边，以一个教授的口吻分析爱情，"爱着的人是以对方对自己的爱与承认作为一个自我评价的主要标杆的，一旦对方把这个爱与承认抽掉甚至否定掉了，爱着的人就觉得自己坍塌了，而人活在世上就是一个自我建造的过程，所以这种坍塌是多么可怕。"

"伯母！你，你什么时候回来的？我们刚才的话你都听到啦？"顾蕾显然对自己刚才的某些言辞很介意，毕竟是女友之间的闺房话嘛。

"都是女人，听到又怎么了？"童培芬笑眯眯地看着顾蕾，素有的严厉荡然无存，此时她是个宽厚的长者甚至她们的闺中好友。

童琨看着母亲，还有眼前兴致勃勃的好友，眼下是一盘玻璃碗的香蕉船，那乳白的冰淇淋和嫩黄色的香蕉搭配出让人垂涎欲滴又不忍下口的娇媚色彩。

"那么我问你，"童琨想到了什么，"妈妈，你既然把爱情看得那么清楚，那么你自己，怎么一辈子都放不下？"

童培芬想了一会儿："这就是爱。"

童培芬说，"当然，妈妈也是个傻瓜。"

顾蕾拍拍童琨的手背："老妹子，听到没？我们可不能做傻瓜，人生苦短，何不秉烛游？"

她们的最后一个节目就是去吉之岛买东西。

顾蕾是个媚日的家伙，衣服要去西武买。每回来广州，都要到吉之岛拎一堆日用品回去。

童琨是第一次进吉之岛，看那些塑料用品做得精致，也就买了一些。

顾蕾看她买的东西，就点点头说："嗯，像个过日子的小媳妇的样子了。"

童琨给她这么一说，忽地就打了一个愣。她想起多年前在南通结婚的那一幕，许泽群的父母要她陪他们打麻将，当时她坐在麻将台上，心想自己要把头发在脑后挽个髻，那就是地道的小媳妇了。那么多年婚姻生活下来，自己最好的朋友到今天才说她像个小媳妇——那么说，从结婚到现在，她都没有真正进入婚姻编排给她的身份里。

她奇怪，她曾经是那么渴望婚姻家庭的一个女子。她不明白，是什么，使她在那么陌生的人生轨道上越走越远？

## 6

童琨的广州之行算是有收获的。

童琨跟母亲还有自己的好朋友在一起泡了几天，心情开朗了很多。女人——童琨第一次那么深切地感受到，女人和女人在一起竟是那么暖心的感觉。

另外童琨也从母亲那儿借到了五万块钱。

她回到深圳的时候，本来心情还不错，见到许泽群，却又闹翻了。

童琨拎了两大袋从吉之岛买的各种塑料盆小挂钩进了家门。许泽群斜躺在床上翻报纸，见她回来头抬都没抬。童琨给他的冷漠弄得一下子没了情趣。她把东西哐地一声扔在地上，就跑去卧室换衣服，衣服换好了，就见许泽群拎着那袋东西问她你买这些干吗？家里都不缺。

童琨见他主动找自己说话，就觉得拗下去也没意思，就说，是在吉之岛买的，在深圳我还没看到这么精致好看的。

许泽群道，那是你没注意，万佳沃尔玛的都不比这差。

在这方面，许泽群应该比童琨有发言权。两个人一起去超市，多半是许泽群拣东西，更多的时候，童琨都像在云游。童琨现在给许泽群说得有点气馁，心想下次去超市一定要好好看看。

然后她就跟许泽群说起借到五万块钱的事，说到她跟母亲离异的父亲得了绝症，许泽群的脸色马上阴下来："这是你父亲的救命钱，你就拿了？"

童琨拿这钱的时候倒没想那么多，给他这么一说，是觉得有点过分，但她还是辩驳了，本能地，但是声音很小："我只在很小的时候见过父亲一面，他长什么样我都忘了，对我来说，他几乎是个不存在的人。"

"但他也是你的父亲！"许泽群忽然发起怒来，"即便不是，他也是一个垂死的人，人对人应该有起码的同情心，我没想到你居然是这么一个冷漠自私的人！天哪，天底下还有这么冷漠自私的母女！"

"许泽群！"

童琨喝住了他。

从许泽群的眼里，她看到了他对自己的愤怒与不屑。这一切，毫不留情地粉碎着童琨对于家庭、婚姻以及丈夫残存的最后一丝温情脉脉的幻想。自私，冷漠，还扯上了她的母亲，好像她的祖宗八代就是这么不堪的人。她血管里流淌的就是这些可怕的毒素，这简直不是跳进黄河都洗不清的问题，她就是死了也是这么自私无情的人呢！

"把钱还回去，"许泽群恢复了冷静，"拿这钱买的房子我一天都不会住。"

童琨没动。

"听到没有？！"许泽群再一次发怒。

以前两个人闹别扭，许泽群多半是以沉默和冷漠激怒童琨。这一回，许泽群显得那样正气凛然，真理在握。在两个人的家庭战争中，许泽群已从被动进入到主动的态势之中。你看，他现在这德行，分明是一副挑衅者的嘴脸。自私，冷漠，这是他许泽群骨子里流淌的东西，现在他却言辞确凿地来说她童琨。没错，他这么一说，童琨是觉得这钱拿得有点不应该，可犯得着这么大动干戈吗？他这不是挑衅找茬又是什么？

这钱，你爱要不要，也不要这个德行！童琨想到这里，把钱往许泽群面前一甩，冲出了家门。

这一回，许泽群没有拦她，童琨很顺利地离开了家。

童琨这回也没有哭。她一口气冲出小区，面对街上的车水马龙，她想，只有去顾蕾那里。


顾蕾还是一副街坊大妈的嘴脸，还没听童琨叨唠完，就说，你没理。你惹着他的忌讳了。许泽群是大孝子，他最讨厌对父母不孝的人，这一点你应该知道，可你还要顶着他的风上，不惹他发火才怪呢。

童琨听了就要跳起来，我干吗要考虑他有什么忌讳有什么风，他何曾考虑过我有什么忌讳有什么风，结婚这么多年，他什么时候考虑过我？……

顾蕾又打断她，他不考虑是他不对，这回你不考虑就是你不对。

童琨给她弄得没话说，嘴里忍不住嘀咕，真见鬼，这离婚的人比有婚姻的人还会将就婚姻。

顾蕾就拍拍她说，老妹子，算你说对一句话，叫将就，婚姻就是将就来的，不明白这一点你这婚姻就没法继续。

童琨不想听她这街坊大妈似的叨唠，倒到顾蕾床上，把被子往头上一蒙说："睡觉！"

顾蕾来扯她的被子，我说你进步不小呢，这回离家出走，没有哭天抢地，看来孺子可教，过上安生日子还有希望。

顾蕾正说着呢，童琨电话就响了。

童琨一看是许泽群的，心软了一些，但还是没有立即接。

顾蕾多聪明，说，再响两声你就该接啦，闹也闹了，这架子摆也摆了，不要给台阶还不下。童琨这回似乎是很听话地让电话响了两声就接了。

"你在哪里？"许泽群平声静气地问，好像什么都没发生，还没等童琨说话，就说，"我在外面，等下来接你。"

童琨就说，我在顾蕾这里。

没二十分钟，许泽群就到了楼下。

顾蕾再三叮咛童琨，适可而止，人家这已经够给你面子了。

童琨嗔怪说，就你唠叨，别跟我妈似的。

顾蕾笑，可不，我也不知道哪辈子欠你的，就盼着你婚姻幸福，美满如意。大概是我这跤跌得惨，总希望在哪里捞回来。

童琨不听她叨唠，自己下了楼，坐到许泽群车上。

许泽群还是若无其事地："有个楼盘，我们去看看。"

两个人一路也不多话，放的是温馨的音乐。童琨想这不也是过日子嘛，干吗要闹得那样不可开交。不一会儿就到了新楼那儿。看来许泽群是早跟售楼小姐打好招呼的，他们一到人家就领着看了一套一百平米的房子。童琨也不知道是不是还没从别扭中缓过气来，看了新房却一点感觉都没有。

许泽群也不吭声，离开的时候跟童琨说了一句，总是觉得小一点，房间也不够。

童琨好奇起来，气也顾不上赌了，忍不住问："你觉得多少房间才合适？"

许泽群就跟她掰起了指头："你我一间，丫丫一间，书房、客房各一间，老人房各一间，还要有一间保姆房，这起码要六七间。"

童琨听了说，那要多大的房子呀，还有，老人房一间够了，我妈跟我可能还住不惯呢。

他们说这话的时候走在日头下，童琨撑着伞，许泽群把童琨的伞拿过来，绕过童琨的肩头给童琨撑伞，这样就差不多把童琨挽在怀里了。童琨的心忽就开始怦怦然地跳动起来，多少年了，在外面，在那些稀松平常的场合，他们没有这样的亲昵。

许泽群似乎还觉得不够打动童琨，他把伞换到另一只手上，原来拿伞的手就顺势搂住了童琨："我们以后肯定要这么大的房子，两家老人在一起，嗯，让你妈找个老伴，四个老人在一起，打牌也可以凑一桌，我们还要养花养草养一群狗，我从小就喜欢狗……”

童琨笑起来，我们还是买现在的房子吧，你说的是以后。许泽群说，我要让你知道，这才是我要的房子。

他们说着就到了一套一百二十平米的样板房里，许泽群进去转了一圈就出来了，“不错不错，就这套先。”童琨知道，这就是许泽群。好在这房子真不错，多二十平米就是不一样。她也是心仪这个房子的，但是她知道他们的钱不够，刚为钱闹过别扭，她也不好意思再提钱，只好委婉地嘀咕一句：“怎么买呀？”

许泽群拍拍她肩头：“你老公赚。”

旁边的售楼小姐笑起来，跟童琨说：“你看，你嫁了个多好的老公呀。”

童琨简直不知道说什么，反正心里是油盐酱醋瓶子都打翻了，酸甜苦辣五味杂陈的。

是晚，当然是一个愉快的夜晚，他们有一场淋漓尽兴的做爱。

“累了，”童琨最后瘫在床上说，“我累了，我不想折腾了。”

许泽群拍拍她：“睡觉，我没想再折腾你。”

童琨说，我不是说这个。许泽群沉沉的身子裹住了童琨，好像是真困了，累了，话也迷糊起来：“那你说什么？”

童琨不回答他，只是拥进了他的怀里，“把我抱紧点吧。”

童琨自己已经死死地抱紧了许泽群。许泽群就搂了搂童琨，一会儿就说，你松开一下，我透不过气来。童琨却还是紧紧抱着，怎么也不松开。

## 7

房子买了，装修设计都是许泽群一手操办，他把童琨彻底变成了个打下手的。

童琨现在对许泽群摆布自己已经没了脾气，相反倒也觉得省心，叫干什么就干什么也不用动脑筋拿主意。装修了三个月两个人掉了一层皮，过年前夕，终于可以搬家住进新屋了。

这回搬家不比以往，大到冰箱彩电沙发床褥小到锅碗瓢盆都要一手一脚地搬。这次很多东西都送了许泽群来深圳打工的亲戚，还有一些干脆送给了搬家公司卖苦力的。但是搬一回家要搬的东西再少也是忙得一塌糊涂乱七八糟。

大人忙，也就忽略了丫丫。这个小家伙一刻不看好她就给你捅娄子。这不，大家忙着搬订做的两米的大床呢，床给卡在房间门口，大家七嘴八舌七手八脚就是弄不进去，就听客厅丫丫吱哇一声尖叫接着就像狗咬了一样嚎哭起来。

童琨连忙冲过去，只见这家伙捂着屁股，像受了惊的兔子似的，满屋子乱跳。童琨再看地上，一盆硕大的仙人球，歪头耷脑地倒在花盆里，这家伙一定是一屁股坐到仙人球上去了。

童琨追上丫丫，一把揪住她，掀开她的小裙子一看，小屁股蛋像孔明借满箭的草船一样满是仙人掌的大刺小刺。童琨看那密密麻麻的刺，却直如全都扎在自己心上。童琨一把把丫丫按到地上趴在她的小屁股蛋上就摘刺。刚摘了没两根，自己的屁股就给谁拍了一把，之后就听许泽群叫："你比丫丫还傻呀，不知道抱她到沙发上拿镊子镊！"

童琨这才意识到自己就那样趴在地上，在这么多人面前撅着臀部，也不雅，就把丫丫托起来，退到沙发边坐下，把丫丫屁股朝上放在自己腿上。刚坐下许泽群就把镊子递了来，丫丫哭，童琨也哭，许泽群在一边说，都不许哭，丫丫你以后再淘气就把你扔到仙人球堆里做刺猬！

他挥挥手招呼春梅过来帮忙，又警告童琨，你不许哭了，你哭还怎么处理她的屁股！

他把童琨当丫丫训。

搬家忙乎了整整几个星期才一切就绪。

童琨也就在这段时间发现，经营一个家庭实在是大有学问，不说买菜做饭要有手艺，就是洗洗涮涮也大有可为。先说洗头洗澡，要讲究起来就不是一瓶洗发水一只香皂就可以解决的。他们家原先洗浴用品都是各买各的，童琨固然会精心挑选适合自己的，买了还要声明，这些东西很贵，男人用太浪费。许泽群是胡乱买撞上什么是什么。

童琨现在到商场留了心眼，发现商品琳琅满目，不说女人的，就是男人用的小孩用的也五花八门细分到了每个毛孔。家里四个人，有中性发质有油性发质的，发水就要买几种。童琨烫了头发，要用电烫发质适合的护发素，许泽群和丫丫不愿用护发素，嫌麻烦，你就要给他们买二合一的洗发水；还有沐浴液和香皂，也是各样的皮肤适合各样的型号。这些东西不同的牌子效果还大不相同，就要靠你慢慢选择点点滴滴地去体味去尝试。

说到清洁用品，擦大理石地面的不能用来擦木地板，洗卫生间的更不能用来洗厨房，洗衣服光洗衣粉可解决不了问题，要柔顺剂、漂白水、杀菌液、衣领剂……东西只会越钻越精越用越多……

童琨一直为洗手间的异味头疼，在千色店看到一瓶小花，很素雅，想这个摆在洗手间玻璃架的一角一定好看，拿起来一看，香喷喷的，原来是个香水座，就是除洗手间异味的，忙不迭地买回来……

外面的窗玻璃擦不着，不是没有办法解决，有种专门擦玻璃的，带磁铁的，你在里面擦，外面那一半吸着里面的你擦到哪里它跟到哪里，跟跳贴面舞似的挺有意思……

每次擦玻璃的时候丫丫都要挤在一边来"帮忙"，帮忙牵着拴外面玻璃擦子的那根线。每当外面的玻璃擦子掉下去，丫丫就兴奋地大叫，小脸涨得通红……


年前，春梅提出要回家过年，童琨虽然不大情愿，也只好放她回去，这毕竟不是个过分的要求。春梅一走，丫丫的睡觉就成了问题。丫丫可以跟童琨许泽群睡到一起，但是丫丫不干，她只跟爸爸睡。丫丫回到深圳，尽管跟童琨在一起的时间多，她还是跟爸爸好。

她爸爸怎能不好呢？爸爸不管她，调皮捣蛋了都是童琨训她；出去玩，爸爸拍板才能走，童琨又不会开车；丫丫要买什么爸爸就给她买什么，童琨知道了还要数落她爸，怪他这样无条件满足孩子的物欲不好……

现在睡觉，许泽群童琨都知道丫丫的鬼点子，她其实就是故意要冷落妈妈。丫丫哪能跟许泽群睡，许泽群睡觉最大的毛病就是裹被子，丫丫这点跟她爸相反，夜里是踢被子。第一天跟丫丫睡，童琨半夜起来一看，丫丫光溜溜的，许泽群则把自己裹成个蚕茧似的。

许泽群也担心，不敢再跟丫丫睡觉，所以第二天把丫丫哄睡了盖紧了被子就溜到童琨房里。两个人睡到半夜，门就给"嗵"的一声踢开了。童琨朦朦胧胧中睁开双眼，只见门口灰暗的光晕里一个小人儿站在那里，一动不动，一言不发，是丫丫。可以想像她脸上是怎样的愤怒，现在简直就像半夜来讨债的小鬼一样。

这时许泽群也迷迷糊糊地醒转过来，忙从床上爬起来，灰溜溜地跟丫丫回到她的房间……

丫丫把她爸妈折腾了一个春节。就那样，她跟许泽群睡，童琨半夜三番两次爬起来给丫丫盖被子。春节本来是想好好休息的，童琨因为睡不好，整个假期都灰头土脸，每每对了镜子，童琨就忍不住叹息"老了，我老了……"

有时她就叫许泽群，丧气地说，我老了怎么办哪？

许泽群说，老了就老了呗，反正我又不会抛弃你。

童琨说，那不一定吧。

许泽群就说你胡说，再不理会她的老了老了的呻吟。

## 8

过完年，春梅回来了，许泽群童琨才算解放出来。

公司上班，顾蕾没来。她已经办好了去日本读书的手续，年前正式辞工了，只不过现在还待在深圳，说要好好歇歇，然后找个合适的时间过去。

顾蕾走之前，大家一起去笔架山玩，同去的还有另外两个女同事，一个是营业部的林，还有一个是童琨部门的苏。她们两个都有孩子，跟丫丫差不多大。林还有两个，一男一女。顾蕾把孩子从老家接了过来，是个七八岁的女孩，不像她妈妈那样大大咧咧风风火火的，文文静静秀秀气气的，身材已经有亭亭玉立的架子了，一看就是个美人坯子。

童琨她们一个劲夸顾蕾女儿漂亮，顾蕾就在一边不无得意地说，嗯，带到日本去，即便她老妈找不到机会为人慧眼识珠，她还可以再争一把呢。

童琨她们就笑，说你这算什么话，好像母女俩跑到日本干吗去似的。顾蕾就说干吗呀，本来么，人生如战场，需要的是百折不挠前仆后继。

大家说说笑笑之间，才发现几个小鬼头，除了顾蕾的那个，全都落汤鸡似的跑回来，原来他们玩喷泉去了，给从头到脚的浇了个透。几个妈妈就冲上去抓小毛头，顾蕾帮那两个孩子的妈妈抓了一个，几个妈妈从不同的方向押解犯人似的把几个捣蛋鬼都捉拿归案，一边训责小的给他们脱湿衣服一边商量哪有衣服换。

顾蕾就放了孩子，呼的一下把身上的外套脱下来，穿到最大的一个身上。再把自己女儿裙子上的腰带解下来，拦腰一捆，"没事了，玩去吧，不过再玩水阿姨把你们绑在这树上不许回去！"

顾蕾指指身边的小树恫吓孩子，说完又脱了自己女儿的裙子，裹粽子一样裹到另外一个小的身上，须臾她就搞掂两个孩子。大家都如法炮制，童琨也脱了自己的外套裹了丫丫，弄好孩子大家把那些湿衣服晾到小树上。她们坐在树下聊天，小树上的衣服花花绿绿的悬了万国旗一样。

太阳很好，暖暖的，童琨看顾蕾，开心畅快地笑着，笑得比阳光还要灿烂，全然没有一丝对新生活的恐惧和不安。

童琨想的是，无论何如她面临的都不是一个怎样灿烂光辉的前景，至少刚开始可没那么容易，带个孩子，自己还要读书……更何况，这么多年的老朋友了，大事小事都要一起叨唠的朋友，现在说走就要走了……

童琨想着就有一些难过，顾蕾看上去大大咧咧，其实很心细，看童琨脸上晴转多云，心下明白了八九分，就拍了童琨的肩头说，哎，享受大好春光呀，我又不是一去不回头，这日本，一衣带水呢，说回来就回来了。

她劝慰童琨，童琨的鼻子就酸了，"我在深圳这么多年的生活都是与你息息相关的，没有你，我简直不知道自己会怎样。"

顾蕾揽住了童琨的肩膀。"我说，"她想了一下说，完全不是平时那嬉皮笑脸的样子，显得挺认真的，"凡事想开点，好好过吧。"

童琨知道这是老朋友对自己最殷切的期望了,她笑笑说,现在挺好的了,不想那么多了,过日子虽说无非柴米油盐,也就这样吧,再说这柴米油盐里也有滋味的。

顾蕾放心了一点,又拍了拍童琨的肩膀,忽然就跳起来大声号召:"嗨,我们去爬山!"

另外两个连忙响应,又把在爬假山的一堆小鬼头揪回来,晾在树上的衣服有几件还没干,顾蕾二话不说扯下一件搭在自己肩上,又扯下剩下的两件斜背的挎包上一边绑了一件。顾蕾戴了个窄沿帽,穿的是紧身衣七分裤,身上这么拖拖挂挂的简直不知是哪路好汉。童琨说她像丐帮出来的,另外一个说,顾蕾要是尿布我看你也敢挂在身上!

顾蕾不以为然地说,这有什么。

童琨在后面看一行人大大小小地往山上去,说,啊呦,我们赶快回去吧,看我们这队人像什么呀。

她们就相互看看禁不住直乐,顾蕾倒也罢了,她们几个也好不到哪里去,外套都脱给了孩子,里面的衣服虽说还穿得出来,终究不是穿外面的。更有甚者,胸开得低得叫人掉眼珠子,蕾丝花边更是肆无忌惮地蓬勃妖娆着。还有那帮孩子,那才叫顾蕾门派的,衣服拖拖挂挂整个一群她的小丐帮……

童琨给拖着往山上走,心想这样子碰到熟人可真够狼狈的。

人是怕什么就来什么,这么想着,童琨头一抬,就看到前面一个熟悉的身影,正对着他们这群人来。

童琨看定了他,他的目光和她相遇了,彼此笑了笑,是那种坦然而又心照不宣的笑,好像这一天的阳光掠过心坎。

童琨很快移开了目光。她的意思是不想跟他打招呼了。他身边还有个染金黄短发的瘦高个的女子,两人一手牵一个小女孩……不消说了,这是一家子,看上去和谐美满的一家子。

山脚下人来人往,很多是一家子,这一家子却格外醒目,一家人牵着手,好像只有他们是牢不可破的一个整体。

童琨从另一条路往山上去，避开了这一家子。

　　苏走在前面，一回头看童琨他们一群人取另外的道，就折了回来，说，嗨，我刚才看到一家子，那男的可有品有派的样子！顾蕾连忙问，在哪里哪里？那个就回头指给她看。

　　童琨也忍不住回了一下头，那个男人也回头了，他们的目光又相撞了，他们就再次友好地笑了笑。顾蕾看了就说什么眼神呀，不就是正板正点的一个人么。

　　童琨想了想，还是扯了扯顾蕾悄声说，就是他，他就是乔去非。

　　顾蕾就叫："是吗？！"

　　停了一会儿她说，"他哪有你们家许泽群好，许泽群至少比他大气些。"

　　她又上下打量童琨，"你看你这样子，怎偏就这时候撞上他了，都怪我。"

　　童琨却笑了说，没什么，我已经不那么在乎他了。

　　顾蕾问真的？

　　童琨说真的，我怎么会骗你？

　　一行人爬了山下来，要去振兴路吃香辣蟹。林把车开了出来，孩子就是孩子，爬了山还精神头特足，剩下童琨顾蕾三个忙着去抓五个孩子，抓了这个跑了那个，忙得满头大汗不亦乐乎。

　　童琨追丫丫，她已经快让妈妈追不上了。童琨正闷头追，一声尖利的汽车喇叭声忽然响起，她差点撞到了车上！

　　童琨有点给吓愣了，这才看到已是暮色四合时分，城里也已万家灯火。童琨的心怦怦乱跳，她想刚才自己好在没有撞到车上。她忽然觉得好热爱眼前的一切，这是从来没有的感觉，山下清凉的空气，城里璀璨的灯火，还有眼前的孩子们，顾蕾，自己这帮拖儿带女的朋友们……

　　这一切，都使她心生温热。

## 9

　　丫丫跟一帮小朋友玩了一天,吃了饭还不想回去。车把童琨母女送到小区门口,丫丫先是赖着不肯下车,给硬拖着下了车怎么也不肯牵妈妈的手过马路。

　　丫丫像个泥鳅似的满身是劲滑溜得不行,童琨眼睁睁地看着她挣脱了自己的手旋风一样冲到马路中间,路上车来车往,童琨不顾一切地冲到丫丫身边,一把拽住丫丫,任她怎么挣扎就是不松开她,拖着她往前走。

　　丫丫嘴里叽里哇啦大声抗议着,两条腿往地上一跪,说什么也不起来了。童琨干脆一把抱起她,一气冲过了马路,到了小区门口,把丫丫往地上一放,怒声道:"走,由你怎么走,妈妈不再管你了!"

　　丫丫一言不发疾步往前走。她几乎是一路小跑,很快消失在夜色里。童琨看她是朝家的方向跑的,以为她要赶回去给爸爸告状,也就由着她。等到童琨回到家,看到家里只有许泽群一个人,就问丫丫呢?

　　许泽群说,不是跟你出去的吗?

　　童琨心下有点慌了,说还没回来?

　　童琨嘴里说着,忙趴到窗台上看,看了有十分钟,还是不见丫丫的影子,童琨赶忙叫许泽群和自己一起下楼去找,找了一圈还是不见。这时童琨觉得大事不妙了,两个人就去找管理公司要帮着一起找。他们怕的是丫丫出了小区,这种可能不会没有。

　　童琨刚开始是跟许泽群一起找,此时一直镇定的许泽群想也是急了,看童琨跟在自己身后,就冲她吼,你跟我走顶个鬼用啊?!童琨弄丢了孩子,只好由着他发脾气,自己去向另一个方向找。又找了半个小时,童琨已经快绝望了。她到了自家楼下,却看到家里每个房间都亮着灯,这是很少有的事。她首先想到的是或许孩子找到了,然而又不太敢相信,童琨将信将疑地上了楼,一到家门口,丫丫欢快的笑声就传了出来……

　　童琨一颗提着的心终于放了下来,靠在门边几乎动弹不得了。她的头一抬,看到许泽群就站在她面前。她再也忍不住了,扑到许泽群怀里大哭起来。

童琨紧抱着许泽群,她第一次觉得这是她唯一可以赖以偎依的最坚实可靠的怀抱。

许泽群由着她哭了一会儿,然后轻轻推开了她。

"好了好了,以后要小心。"许泽群说,"如果真丢了丫丫,我可跟你没完的。"

童琨听了这话,心里忽地就有点发凉了。她对许泽群说:"跟我没完?你能把我怎样?跟我离婚?"

许泽群笑笑:"那是轻的。"

许泽群说得轻描淡写,童琨却能感觉到此中的力量。她相信许泽群是那样的人,说到做到的,也就是说,他们之间,孩子是超乎一切关系之上的。

# 七 单程车票

# 木 婚

## 1

转眼这一年的"六一"就到了，丫丫学校组织了一场大型演出活动，邀请家长参加。

平时遇上丫丫学校开家长会、上公开课等等，许泽群都是让童琨去。刚开始的时候童琨还抗议说自己是坐班的，许泽群毕竟没人管应该他去。许泽群就说，教育孩子本来就是婆婆妈妈们的事情，你哪见一个大老爷们跟一帮妇女老头老太混在一起的？

他这话纯属信口开河。童琨每次去学校，大老爷们大有人在。但是你拿这些跟许泽群论理没用，他就是不去。实在逼得不行了他就说这天有案子要开庭，一说到开庭童琨也没办法。童琨就不能拿自己的工作来做挡箭牌。

许泽群会说，天塌下来该你老板顶着，你不去，顶多扣工资，扣的工资我双倍补你好了。

这回丫丫过"六一"，许泽群照常派童琨去，还叮嘱带上摄像机给丫丫摄像。童琨去参加丫丫的演出活动，才发现丫丫已经出落成他们学校的大明星。整台晚会就数她最忙乎了，要做主持人，要代表小朋友讲话，还要担任班级的领舞，班上的每一个集体节目则更少不了她的份儿……

童琨本来气没正过来，去得不大情愿，看丫丫那风光劲，作为母亲心头也有说不出的舒坦。最后演出散了还阿Q地想，他许泽群就知道推卸责任，他不来，这开心就享受不到。回到家里，她把摄像的内容稍稍做了一些剪接调整，想拿出去制成光碟，忽就想起丫丫满百天的时候还录过一盒带子，那时候是借的人家的录像机，童琨想反正要拿出去做光碟，就一并做了。于是就到书房找这盘带子。

她记得好像是放在书房的，找了一遍没找到，越找不到还就越想找。因为家里没有那样的录像机，不做成光碟以后看都没法看。童琨开始翻箱倒柜地找，就这样她找到了一封信，更确切说来是一封情书，一封没有称谓没有落款没有日期的情书，皱巴巴地夹在一堆卷宗里。

童琨读完这封情书，一时如同五雷轰顶，再也说不出话来。

那是一个女孩子，从娟秀的字迹上就可以判断了。

女孩子在信中说："我没有想到你不来，你答应了的……我没有办法，我必须离开你了，否则跟你在一起的分分秒秒都是痛苦和煎熬……我不怪你，你有你的难处……"

最后女孩请他多多保重，她永远都会祝福他……

信很短，只是一张便签，没有什么热切肉麻的话，多的只是一种伤心和无奈。这种感觉让童琨觉得那样熟悉，熟悉得对于写信人的心境几乎完全能够感同身受。

童琨就那样捏着信站在那里。她动不得叫不得。任何叫骂进攻都让她觉得她在攻击那个快要遗忘的几年前的伤痕累累的自己。她又不能不叫不发泄，心中的嫉恨和愤怒像开了锅的沸水一样要滚涌而出！

最后，童琨一把扔了那张纸片，一下子瘫坐在地上，大口大口地喘着粗气。她能感觉到自己刚刚经历了一场巨大的震裂，像二百吨的炸弹在她身边爆炸，没有把她炸死，但是已经把她炸成严重内伤，心肝俱裂，震成了碎片。如果她一张口，吐出来的一定是满口的鲜血和肝脏的碎片！

童琨知道现在自己要做的就是好好地坐在那里，不要动，让身体有个静静的安养的时间，自己也好好地想一想应该怎么办。

也不知坐了多久，就听见开门的声音，许泽群回来了。

许泽群路过书房看到童琨坐在地上，就好生纳闷地问，你在干什么。

童琨有气无力地说，没干什么，在找丫丫满百天时候的录像带。

许泽群问。你找了干吗？

童琨说，跟今天录的一起拿了去做光碟。

许泽群就忙去拿摄像机看摄的像。他在客厅看，机器里敲锣打鼓热闹非凡。许泽群看得兴致勃勃连连说，嗨，童琨，咱们的丫丫还真是个明星呢！

许泽群是个比较内向的人，此时他的得意之情溢于言表。丫丫也在一边欢呼雀跃，要看这看那的。许泽群看了一会儿才想起问丫丫，丫丫你让你妈不高兴了？

丫丫说才不是，是你让她不高兴了，她本来就不想去，怕老板扣她钱！

许泽群笑起来，说是吗？那爸爸把老板扣的钱加倍还给她。

他就冲童琨叫，哎，今天一个客户打了一笔律师费到你卡上，看看够不够补偿你老板扣你的钱啊？

这几年，许泽群的案子接大了，律师费都会往童琨的卡上打，回来他就会跟童琨不经意地说一声。特别是第一次，挣了一笔大钱，许泽群装做漫不经心地跟童琨说，嗯，查一下，一笔钱打到了你卡上。

每每给童琨钱，许泽群倒不在老婆面前炫耀邀功，只让老婆觉得他做这一切是理所该当，而他作为家庭顶梁柱一家之主的身份也是理所该当无可撼动的。当然，童琨也能感觉到，每每这样的时候他格外享受这样的感觉。

现在，他冲童琨喊了一嗓子，看童琨还是什么反应都没有，开始有点奇怪了，就跑到书房看童琨。只见童琨还有气无力地坐在地板上，就拉了拉童琨说，唉，起来啦起来啦，今天我给你做红烧狮子头……

童琨这时也差不多想好了，不能当着春梅和孩子的面发作，就稍稍理了理东西跟着许泽群到了厨房，给许泽群打下手。

童琨和许泽群刚结婚的时候，连煤气罐都不会装，经过多年的历练，特别是许泽群在做饭上已经很有一手。比如红烧狮子头，许泽群还特地讨教过淮阴一出名酒楼的大师傅。

这些年，童琨已不大跟许泽群猛生气，即便生气，许泽群知道该百折不挠地哄一哄，童琨看火候差不多，也就连忙顺杆下。

后来两个人还就生气来了个约定，说童琨生气干脆就由许泽群做份红烧狮子头给她吃。如果许泽群心情不好呢，童琨就要给许泽群泡一个晚上的茶。两个人对这约定都很拥护。

许泽群宁可不厌其烦地做一份肉丸子也不愿不厌其烦地去哄童琨，肉

丸子做出来，固然饱了童琨口腹之欲，家里其他人不也可以一并享受嘛！哪像哄一个女人，哄半天什么都留不下。

许泽群心情不好，本来固然不用童琨去哄，这两年顾蕾不是没少教训童琨嘛，说，你就知道要许泽群体贴你呵护你，可是你又怎么体贴呵护许泽群啦？

童琨想是有道理，再说合约都是相互的，许泽群给自己做肉丸子，自己给许泽群沏壶茶也不为过。也就因了这肉丸子和一壶茶，这两年两个人的日子倒也过得安生了好多，甚至还可以说得上美满和谐呢！

但是这回肉丸子显然是不能解决问题了，童琨一个晚上都吊着脸，晚上上了床又拿冷脊梁对着许泽群。许泽群知道这回问题大了，想只有靠哄了，于是就搂了童琨表示亲热。童琨把他一推好远，许泽群又挪过来继续搂童琨，童琨还是推。如是几个回合下来，许泽群只好开了口问，到底怎么啦？

童琨终于带着哭腔说，怎么啦怎么啦你问你自己！许泽群说，我没怎么呀？

童琨只好提醒他，你自己去书房看。许泽群蒙察察地下了床，去了书房，不一会儿就回来了，又来搂童琨说没有什么呀。童琨终于哭出声来，说，你到那些狗屁卷宗里看，你看看有什么！有没有哪个女人写给你的情书！

许泽群愣住了，搂着童琨的手也松了下来，半天他才说，你翻我的东西了？

童琨说，谁要翻你那些破烂？我是找录像带碰上的。

许泽群想了一下说，都过去了。


童琨有些冷静了："那么，都有过些什么呢？"

她看着许泽群，要看到他骨头里，那眼神，容不得许泽群说一个不诚实的字眼出来。

"没有过什么。"许泽群倒很坦然，"她是大学刚毕业新来所里的，比较单纯，嗯，似乎是喜欢上了我，我能怎么样，我也给不了她什么，她大概就很难过，后来离开我们所，给我写了这样一封信。"

"你能怎么样？"童琨满嘴讥讽，"嗯，一个已婚的男人，爱跟一个爱她的女人说的就是我能怎么样吧？"

"难道不是这样吗？"许泽群嗫嚅着，"我还能怎么样？你要我怎么样？"

"我还能怎么样？"童琨冷笑，"你等好过了，拿这话打发人家，我爱你，但是我有家庭，我能怎样？现在再拿这话来打发你老婆，我能怎样，所以我也没怎样。嚯，男人可真容易当，一句话情人老婆都撇个干干净净。"

许泽群显然不明白了。他不知道童琨到底想要他的一个什么态度。

"我考虑家庭难道有什么不对吗？"停了一下他似乎在找一些比较准确的措辞，"不要那么轻易扯上爱。"

"哦，你不爱她？"童琨的饶有兴趣里又增加了一层讥讽。

"你不要扯这个问题好不好？什么爱不爱的？这是那么容易的事情吗？"许泽群简直要给童琨搞糊涂了，他以为她会跟所有面对这种情况的妻子一样追根究底，一边探测那一段往事的枝末与深浅，一边被任何一个细节或措辞所伤害与激怒。童琨似乎不是这样，她的问话简直就像那个在他记忆里已经遥远了的女孩子。她跟她一样地追问，甚至怀有同样的渴望与恐惧。

"我知道，你也没有不爱她。"童琨居然笑嘻嘻的了，她侧过脑袋看着许泽群的脸，"对吧？"

许泽群终于无可容忍，他咬着牙说："是的，是的，我没有不爱她！你满足了吧？你这个神经病！"他愤怒了，狠狠地推开了她，第一次骂了粗口，然后把身子向一边一转，再不理她。

"报应啊报应！"童琨在心里喊，"童琨，这就是你的报应！"

这一夜，童琨没有睡觉。

她很奇怪，身体似乎变成了一个空壳，任体内散乱疯狂的思绪东冲西撞，这空壳就那样一动不动地在床上躺了一夜。许泽群却睡得格外香甜，

这香甜也使她疯狂,有过这样的事情,他无所谓,他居然无所谓!男人,这个字眼再一次让她心疼,这就是男人,可以令女人崩溃、心碎,他却毫发不伤依然故我的男人!

第二天早晨,许泽群准时醒来,他甚至那么正常地关心了一下童琨。

"如果不舒服,今天就不要去上班了。"他说完,在床沿上坐了一会儿,"我上班去了。"

他还是说出了这句话,表示一切并没发生过,跟以往的任何一个早晨都一样。

许泽群站起来想走,童琨一下拖住了他的手臂:"我要你。"

童琨第一次以语言表达做爱的愿望,"我们好好地爱,好好地做爱。"

这回真令许泽群满腹狐疑了。但是他还是又一次把童琨的睡衣撩起来。他轻轻地匍匐到童琨身上,他开始亲她,不是像以往那样直接从胸前开始,而是从她的颈脖开始,一点一滴仔仔细细地亲她。他这样,使得童琨必须扬起脖子才能接纳他的亲吻。而这,也就那么清晰地点点滴滴地唤回童琨久远的记忆,那遗留在童琨生长的城市的某一份记忆。

那个人在那一天说过她还是没有长大,现在她在男人相似的动作里找到了长大的感觉。

最后,童琨哭了。

"好了,"最后许泽群轻轻地拍拍童琨,"好了,我们好好地爱。"

"能吗?"童琨像是自语。

"如果你认为能,就能。"许泽群笑起来,"世界上任何事情还不都是这样。"

"你这是自信还是无奈?"童琨问许泽群。

许泽群显然已经不想再跟她扯下去,这天上班已经晚了。他匆匆忙忙地穿衣服。

"不管是什么,"许泽群说了最后一句话,"我们都要好好爱下去,好好过下去,除此之外,还能怎样?"

"还能怎样"一说完,许泽群就意识到自己又说回了头天晚上童琨忌讳的话上去。他忙打住了话头,也是借口,也的确是这个早上在家里耽误得太晚了，连忙逃也似的出了门。

　　剩下这边童琨，坐在床上，半天回不过神来。

　　许泽群匆忙的脚步声依然敲在她心头，慌乱的神情也依然浮现在她脑海里。

　　"还能怎样"，这头天晚上那么刺激她的一句话，现在则叫她心疼了。这四个字里满是男人的叹息和无奈，看上去，不比她的辗转反侧撕心裂肺更难消解，其实，要不是那些天长日久的浸淫与点点滴滴毫厘都不放过的侵蚀与啮咬，一切又怎会变成"又能怎样"？！

　　这就是一个跟她日日同床共枕的男人么？这就是跟两个女人说"我能怎样"的男人么？这就是说来说去都会说回"又能怎样"的男人么？这就是忙着上班挣钱买房子买车还想买别墅养一屋子老人一群狗的男人么？这就是你自私冷漠不讲道理坚毅强大又首鼠两端无奈畏缩的男人你的老公你的丈夫么？这就是婚姻这就是生活你的婚姻你的生活你要的婚姻你要的生活么？！

　　童琨感到自己透不过气来。

　　"我要离开这里，我要远离这一切！"

　　她心底只剩下这一个声音。这样，她获得了出乎意料的平静与从容。她拿起电话，拨到交通台。"订一张去黄山的车票，今天的，可以越早动身越好。"

　　童琨听到对方在问要不要返程票，童琨说，"不要，我要的是单程车票。"

2

　　童琨走的时候，给许泽群留了一张纸条："我要出去散散心，我也不知道什么时候回来。丫丫你照顾好。"

　　短短的三句话，本不是童琨的风格，但是童琨只愿意这么写。她出了门，把手机都关了。因为先前的一夜没有合眼，上了火车，倒睡了个囫囵

觉，一觉就到了目的地。

童琨在黄山脚下找了个酒店住下，山上下来的溪流从宾馆门前流过，哗啦啦地唱着欢快的歌儿。其时正是暮色苍茫的时分，抬眼看黄山，群峰笼罩在日暮时分的沉沉雾气里。童琨知道自己这个地方选对了，她不过是以掷硬币选择了一个出行处，眼下的景致却使自己恍若置身于尘世之外。

在上海读大学跟许泽群谈恋爱的时候，他们曾经想过来黄山玩，后来许泽群说，黄山最好结婚旅游的时候去。那时候他们还刚开始谈恋爱，许泽群那样笃定地说起结婚，好像他自见到童琨的第一眼起这女孩就板上钉钉地收归他囊中了。

当时童琨自然首先表示了女孩应有的娇羞与嗔怒，佯装生气地说，谁跟你结婚！许泽群说还能有谁。童琨就说谁嘛，许泽群说你说谁嘛……

童琨想起这些就有点发笑，尽管她的心情还是挺阴郁的，这就是恋爱呀，整天都说些什么废话呀！再比如那恋人之间最著名的对话，他们之间也经常说：你喜欢我什么？就是喜欢你嘛；什么嘛？没什么，就是喜欢。那就没什么喜欢了？喜欢呀，就是喜欢……为什么爱我？不为什么；爱我没有理由？是呀，没什么吧。那就是不爱。不是，是爱……是爱，是爱。

那个时候，这爱就那样轻松明白不容一丝怀疑简直还蛮横得不讲道理地说出了口。

是爱吗？童琨想，是爱，更多是年轻，是渴望，是纯粹与简单，是不懂爱，是不怕爱，是什么都有唯缺一份爱。那时，那样地，你跟他撞上了，你就是他的爱，一个大男孩简单纯洁没有任何犹疑与害怕的爱。

男人的爱，至此童琨似乎才想明白了一点点。

第二天早上上黄山，童琨一气爬上了鲫鱼背，上去了，才知道怕了。

脚下是鲫鱼脊背一样窄峭的山脊，两边是万丈深渊。童琨完全吓傻了。她有轻微恐高症，这样的境地里腿就棉花糖一样软下来。她也顾不得脸面，干脆趴在地上，恐高的人唯有跟脚下的土地贴紧，才能克服高度带来的恐惧。

也不知道趴了多久，心跳得没那么慌了，就看到旁边的山头有一条粗大的铁链，上面挂满了锁头，想必就是黄山著名的系连心锁的天都峰。

当初童琨问许泽群为什么要去黄山结婚，许泽群说，听说黄山有个天都峰，有情人可以在上面锁上一把连心锁，这样他们就永远心心相连，再不分开。这是许泽群难得的浪漫想法，却也浪漫得那么老实，好像真是只要到了黄山，系上一把锁他们就能百年好合了。

然而来黄山结婚，结婚，人生这么大一件事，来黄山系一把连心锁，这么个小小愿望他们都没能实现。他们的婚结得那么仓促荒诞，又充满市井气息，与想要的小小浪漫都相去甚远。

童琨想到这里，苦笑了一下。

她给顾蕾拨了电话，她告诉她她在黄山顶上。

"风光很好。"她说，"下面是万丈深渊，这就是走上绝境的感觉。"

顾蕾说，还是小姐你幸福呀，还可以游山逛水，我打两份工，觉都没的睡。童琨说，你怪谁，这是你要吃的苦。她想了想还是决定把许泽群的事情告诉她，"我没有想到，许泽群居然有过情人。"

顾蕾沉默了一会儿，大概是惊讶，或许又是在想什么措辞安慰她，她还是比较有经验："这是过去的事吧，我们要看现在，更要看将来。"她简直在给迷途青年做报告。

"反正我受不了。"童琨说，"这婚姻怎么弄成这样了呢？"

"嘿嘿，的确也是，一个红杏出墙了，一个火车出轨了，还拧把在一起过。"顾蕾说话一点都不客气，"要换了我也要怀疑眼下的婚姻了。"

童琨觉得她说到了自己的痛处，就不知道说什么才好。

"我再给你指三条康庄大道，一、人生不堪，婚姻无望，乘顺便跳下万丈深渊一了百了；二、老公出轨，遇人不淑，离婚分孩子分家产；三、不敢死又怕离的，还得一起过下去，既然要一起过，就好好的往下过，大家都跟过去一刀两断。"

顾蕾说完了，童琨就呸她，你才要死要活的呢。她有点赌气，却也是当真地说，你放心，我会好好过下去。我刚才知道我多贪生，一个人在山顶，人多渺小多孤独的感觉。我没有办法，我多怕这些，所以我离不开婚姻，离不开这个跟我生活了那么多年的人，他已经长到我身体里去了。

　　童琨望着远处那些长在山缝里的松树，她想的是，时间，那些漫长的岁月，使得他们早已彼此寄生在一起。他们互相深入对方的身体，纠缠，拒绝，依偎，长得那么恣意又那么疼痛。这就是婚姻，时间造就的婚姻。

　　打完电话，童琨就想好了下面的行程，是南通。

　　去南京，然后顺着长江水流而下，就是南通了。


## 3

　　到了南通又是一个晚上，都是记忆深处遥远而又熟悉的精致，小城昏黄的灯光，路灯下热闹的卖小吃的小商贩在吆喝，炸鹌鹑，炸臭豆腐……

　　沸腾的油锅里，一旦有新的食品投进去，就发出"嗞啦"一声欢快的声响。空气里，随着晚风，到处飘荡着浓郁的油烟味……

　　脚踏在南通城的土地上，童琨这才意识到自己的可笑——发现老公出轨的妻子，离家出走，却是来恋爱与结婚的故地重游。她要找寻当年恋爱与结婚的感觉，以此寻找爱情流失的心灵补慰？还是，她要说服自己，他们的爱情与婚姻的根基是多么牢靠，即便外力的侵入也不能摧毁他们的婚姻大厦？

　　童琨也说不清楚。她只知道自己像一头困兽一样从那个家里冲出来，去到一个陌生的世界，却又那么自然地，过往的生活又回到她的脑海里。这就是记忆，杀不死的记忆。人是记忆造就的，她能有什么新的选择？除非你有能力杀死记忆，如果杀不死，你且自己先死一次。贴近死亡的经历童琨有过，现在想起来依然那样惊心动魄，她童琨，居然可以那样，成了一个醉卧街头的毫无尊严的酒鬼，却也不能消解疼痛……

　　经历过疼痛的人，会格外惧怕疼痛。童琨知道，她已没有承受任何断裂的勇气与决心。更何况，她也没有道理拒绝眼前一切给她带来的那些点点滴滴的回忆，是温暖的，可人的。

　　就说眼前那些小吃吧，童琨刚去许泽群家的那阵子，许家的饭菜不合她口味，每回吃饭她都吃不饱。童琨是喜欢吃零嘴的，就扯了许泽群到外面吃小吃。许泽群笑她说，这个媳妇看来不难养，鸭血汤、羊肉串就能打发了。那时候他们还没结婚，要现在问许泽群她这媳妇还好不好养，他可能就三缄其口了。看来年轻谈的恋爱就是这么无知无畏呀。

童琨兜兜转转，就到了文峰饭店的腊梅树下。那棵腊梅在他们的新婚之夜花开满树，异香扑鼻，如今将近十年过去，树更苗壮了，夏日时分，正枝叶茂盛。童琨仰头看了会儿树，心想，它是见证过自己的爱情和婚礼的，如今它亦长得那么好，自己的爱情和婚姻怎会那么轻易死掉呢？

这葱茏的树给了她决心。然后她就做了一件亦是平生从未做过的一件事，她去商场买了点烟酒糕点，还特意买了点南方水果，提了去了许泽群家。

这是她第一次一个人，主动地，去看望许泽群的父母。

两位老人对儿媳的突然到来当然很惊讶。童琨解释说是出差路过，老人还是很高兴，不停地问丫丫的情况。

问了丫丫，又问许泽群和童琨的工作和生活。这是童琨第一次跟两个老人在一起，还一起聊天。特别是许泽群爸，话特别多，人也开朗有趣。更有意思的是他精神气好，话不停还里里外外地张罗着照顾别人，准备水果、冲茶续水固然不必说，看看聊天时间长了又找了瓜子糖果吃零嘴。许泽群妈牙不好，许泽群爸就把削好皮的甘蔗剁成一小节一小节的，给许泽群妈吃。

夜深了，许泽群爸忽就不见了，一会儿，就拎了一大袋东西上来，打开了，羊肉串、炸鹌鹑、鸭血汤应有尽有。童琨就笑了说，泽群怎么不像他爸，一点都不会照顾人。

许泽群妈听这话就说，你看一个家里，有他爸这样一个人，谁还能会照顾别人，都给他照顾坏了。许泽群妈就说，许泽群在家的时候过的是怎么样受娇宠的生活，就这么一个宝贝独生儿子，爸爸妈妈爷爷奶奶外公外婆一大家子人，都是含在嘴里怕化了，捧在手里怕掉了……夜里一哼哼，老妈就跳下床倒水，早晨没睁眼，最爱吃的荷包蛋就打好了搁在床头……娇到这个程度的男孩子。

　　许泽群妈看许泽群爸又到厨房张罗吃食，就压低声调跟童琨说，你相信吗？他上初中了还要跟我一头睡。后来跟你谈恋爱，一天忽然回来就发脾气，见东西就砸，砸了茶杯、镜子和香筒，家里新买的台灯也要往外扔。他爸爸一把抱住了他，说孩子，你有什么不顺心的事，如果砸东西能解决，家里就给你砸光了我们也不拦你。他爸这话一说，泽群不砸了，然后就放声大哭。他直着嗓门哭着叫：我阳痿，我一定是阳痿！你爸和我吓坏了，他爸连忙把他领到房间问，半个小时就出来了，笑嘻嘻的，没事。

　　许泽群妈说到这里脸上笑开了朵花，好像这是她儿子多光荣的事情一样。笑完老太太脸上有点坏坏的表情，这孩子，不是胡闹嘛，他怎么可能有那病，你看，孩子都这么大了，可不是？她这"可不是"对着童琨说，显然认为童琨跟她意见一致。

　　童琨有点不好意思了。她们婆媳之间是第一次扯到这个问题。她跟婆婆一直是礼貌陌生的，虽然生孩子期间在一个床上睡过，但那么长时间，都没有家长里短地聊天。

　　说来奇怪，女人之间有时候关系就是那么微秒，彼此心照不宣就可以达成默契，大家都在一个温度下相处，不消说，童琨那段时间从来没有产生过跟婆婆聊天的愿望。

　　童琨现在想来，自己作为媳妇，对婆婆那样的冷淡还没有导致她们婆媳关系出问题，这个婆婆还是宽容的。


　　而今天，童琨的不期而至，使得两位老人喜出望外，好像那么多年的话就在这喜悦之中一下子涌出来了。

　　泽群长，泽群短，他们让童琨认识到一个她不知晓的许泽群。她知道他是家里宠大的，却不知道是这样宠出来的。他跟自己不一样，他活在一个过于温暖的家庭里。没有她的家庭那样显得有知识有文化，甚至还有更高一点的社会地位，却有她家根本无法体会的市井的、人情的温温暖暖。两个那么不一样家庭的人走在一起，磕磕碰碰怎能不在所难免？

　　而许泽群妈说到的关于许泽群说自己阳痿的事，也令童琨感到脸红。那就是他们的第一次呀。当时，童琨和许泽群沿着一条小河散步回来。快到家的时候，许泽群拢住了童琨，他的手肆无忌惮地在童琨身上游移——在童琨那里，他已经有了自己的领地，但是有一个地方，却是童琨的身体禁区，不是童琨觉得他们的爱情不成熟，而是，童琨是害怕的。她是个学生，谈恋爱已经越了雷池，怎么可以走得更远？所以，多少次，童琨像一个坚定的卫兵一样守卫着身体的最后一方禁区。这一回，许泽群明显地有了决心，他完全不理会童琨的抗拒，他的手像挺进的部队一样一举占领了那一块军事重地，随即又进一步挺进深入……

他俘虏了童琨。但是很快，在他自己和童琨都没有反应过来的时候，他自己却于旋即之间败下阵来。童琨的一口气还没缓过来，就看到眼前的大男孩慌慌张张地松开了她，前言不搭后语地胡乱说了几句话，就说，回去吧，太晚了。

那时候童琨住在她同学家，他把童琨送到同学家门口，然后慌慌张张地自己也回家了。

童琨不知道，他回家就上演了那一出好戏。

童琨想起自己小时候，女孩子的月事来，都不好意思问母亲。而许泽群，则可以在自己的父母面前为这种原本难以启齿的事大发脾气。童琨听了这样的故事简直要嫉妒许泽群了。

这时候，许泽群爸爸从厨房端了鸭血汤出来，说加了麻油味道更好，老两口子一点睡意都没有。童琨被他们感染了，这就是天下父母呀，他们把自己的儿子养到半大，交给另一个女人，他们一定希望，女人像这男孩的父母一样给他一个更温暖的家。

童琨似乎这样的时候才意识到家之于男人的意义之所在，特别是许泽群这样的男人。但偏偏，他们两个都是没长大的孩子，婚姻把他们捆在了一起。他们谁也没有给谁一个现成的家，他们一起长，一起在风风雨雨中摸摸索索着搭建着他们两个人的家。

童琨在南通住了一个晚上。第二天，她已有归心似箭的感觉，买了到广州的飞机票。没有直接飞深圳，是想顺道去看看妈妈，她甚至还想去看一个人，那就是她爸爸。尽管，她那么想丫丫，也有点，想见到那个人，那个在一起的时候要恨要疼，不在一起的时候却总会想起的那个人。

父母，还是要多去看望的。她知道，许泽群还是影响她了。


## 4

在广州，她见到了她父亲，这是她见了许泽群父母后最想见到的一个人。

对一个人的了解，离不开对他（她）父母家庭的了解，她觉得她自己，因为对父亲了解的缺失，她对自己的了解亦是严重缺失的。

她没想到，她见到的是这样一个父亲，或者说，她自己，有这样一个父亲。

见到他，在那须臾初见的第一刻起，她人生的诸多困惑都舒然解开。

她明白了母亲的爱情；

明白了自己生命深处对于异性的希冀与苛求；

明白了爱情的魔幻与无奈；

甚至婚姻的真实与残酷。

……

他半躺在病床上，他是宁静的，从容的，坦然的，整洁端庄的……这是唯有内心深处蕴积了深厚的洁净与高贵者才有的姿态。童琨明白了，心高气傲一辈子要强的母亲为什么要花一生的时间来跟这个人较力，事实证明，她根本不是他的对手。

她甚至对母亲心生怜悯——她应该比她更明白这一点，心高气傲一辈子不服输的她究竟经过了怎样的挣扎才说服自己放弃了跟这个男人的较力，而是交由时间与命运去为她扳回她的不甘，她诅咒他，期盼命运对他进行最歹毒的惩罚……她居然盼到了。

但是，童琨不知道自己的母亲有没有意识到，在这场战争中，她是万劫不复的输家。这是命中注定的，谁叫她是为爱情俘虏的女人，谁叫她爱上的又是这样一个男人，谁能打倒他？她的母亲童培芬根本没可能，这人生的落魄与绝症都没可能打倒的一个男人。

但是见到童琨，他很快认出她来。时间上没有丝毫的停顿与阻隔，根本不似中间间隔了漫长的二十余年，倒像是，他们是朝夕相处的一对父女，跟其他正常的家庭没什么不同。更像是，女儿，这二十年来，这个女儿一天都没从他心里离开过。

童琨相信自己之于父亲，就是后一种可能。

没错，就是后一种可能。要不然，童琨看不到，这疾病与困顿没打倒，还有凌厉的母亲战争了一辈子也没打倒的男人，在见到她的刹那间，泪水即刻之间泉涌而出！

他就那样倏然之间放声大哭！涕泣滂沱，哭得一点尊严都没有，一点该有的姿态都没有了，哭得那样软弱、无助，像个孩子！

童琨揽住了他的肩。轻轻的，她把他拢在怀里，然后她才意识到自己的伤心与难过。她的鼻子酸酸的，但是她没有让自己哭出来。她像一个母亲一样拢着自己的父亲。在那个时候，她知道，人生竟就是那样的残酷和缺失着。这个父亲是她渴求的，这样的男人是她渴求的，她没有得到过，终于有了须臾的得到，那么快，命运就要把他夺走了！

她抱紧了父亲。

他们终于平静下来。父亲说了第一句话："爸爸对不起你。"

童琨依然是恍惚的，应该说，父亲的第一句话说得没什么新意，倒也充分表明父亲实实在在的愧疚之心："我也非常感激你的妈妈，把你好好地养大了，而我，也一点没有尽到做父亲的责任。"

童琨并不在意这些，她只想为母亲把答案找清楚。

"你爱过我母亲吗？"童琨想要问就问个明明白白，于是开门见山。

"爱过，没爱过怎么会恋爱结婚生子呢。"父亲脸上有了一丝淡淡的笑容。

"她是你一辈子最爱的女人吗？"

"不是。"父亲回答得很干脆。

童琨又一次为母亲心疼了，即便这个"不是"不是针对她的母亲，而是别的女人，作为女人，她也会为这个女人心疼。

"你是为了追随你的最爱才离开我们的？"童琨的问话没有一丝一个

202

被抛弃的女儿的不友善，倒像是朋友磋商问题一样。

"是。"童琨父亲回答得很干脆。

"你觉得值得吗？"童琨有点逼问的口吻了，"还有，你这一生就找到了幸福？"

"我也在想这个问题，"童琨的父亲怅怅然，"都快要死了，还没想明白。"

"你所过的生活是否幸福你应该知道吧？"童琨追问。

"或许，是幸福过的，我至少，在找寻幸福，"父亲苦笑，"人生、生活都太复杂了，好像不管怎么复杂，都是在跟时间做斗争，做游戏。时间才是人生最大的敌人。好像对我来说，就是这样，我最大的敌人不是爱情，不是责任，更不是功名利禄，甚至都不是我自己，我的内心……你明白吗？有的人就是这样活一辈子，比如像你的老爸，你这没用又可笑的老爸。"

童琨没有再问什么。

她说："妈妈说过，爱情最怕的是一方的放弃，这样就摧毁了对方的价值体系，会致命地打击对方。"

童琨的父亲说，你的意思是我给了你妈妈致命的打击？

童琨说你应该知道吧。

童琨爸爸激动起来："她那不是爱情，不是爱，她没有爱我，她不过爱的是她自己。"

他停顿一下，"在爱情上，我对她没有愧疚。你不懂，自私狂热的爱是多么可怕。它会伤害对方也伤害自己，真正的爱情是相互契合的，相互为对方疼痛，为对方欢喜，一切都是无怨无悔的……"爸爸说完了，还像个不服气的孩子一样犟嘴，"很多人就把某种情绪或情愫当做爱，自己还要贻误终生，岂不是可怜又可笑？"

童琨最后说："爸爸，你说的那种真正的爱情我没有得到过。"

童琨的父亲却一点也不为女儿遗憾："这需要追求，也需要际遇，更要付出代价，然后你也会问自己值不值得的问题。人生的问题是那么严肃认真又可爱，又是那么的荒谬丛生。你行将就木的老父亲依然没有想清楚。"

他们就这样结束了他们的谈话，童琨出门的时候，感觉到自己的心像被刀片一样割着地，生疼生疼的。她以往也经历过各种各样的疼痛，却没有哪一次像这次一样是要把你的心和身体割开的感觉。她知道，她这回的疼痛不仅仅为自己，更为父亲，为母亲，为她爱过恨过的人，包括许泽群，甚至也包括那个乔去非……

这回，她没让自己的泪水流下来。她走在街上，她有点明白自己是谁了。她是那个躺在病床上还有尊严与高贵的父亲的孩子，她是一个困窘、疾病与死亡都打不倒的男人的孩子，她又是一个孩子一样对世界有好奇与恐惧、软弱的男人的孩子。

她也是她母亲的孩子，那凌厉、不甘却输得一败涂地的女人的孩子。

她还是许泽群的妻子，一个没长大却有着任性强硬的男人的妻子；她还曾经是一个男人短暂的情人；她更是丫丫的妈妈；她是童琨，是他们把她长成了她——她，她童琨……

她感谢他们。

## 5

童琨第二天赶回深圳的时候已经是半夜过后。

回到家里，没想许泽群不在家，只有春梅和丫丫睡在一起。两个人睡得很沉，童琨回来她们都浑然不知。童琨开了灯，俯在丫丫脸蛋前看丫丫，看丫丫像自己的细眉毛，长眼睛，看丫丫像许泽群的高鼻梁，有棱有角的嘴巴……

她趴在丫丫面前看，眼睛一眨不眨，后来连鼻子都开始用力嗅，她想好好嗅嗅丫丫的味道……

她踏实了，她知道自己想要什么，她原来也是这样的女人，丫丫的气息就能把她打倒的女人。

童琨就那样胡思乱想着，歪到自己房间床上打瞌睡。她还想等等许泽群，后来她开始打瞌睡了，迷迷糊糊中就听到外面的门开了。童琨一惊，忙转头往房门口看，客厅响起了滞重的脚步声。不一会儿，脚步声挪到了房门口，童琨就在这时看到一个衣衫不整、失魂落魄的男人电影定格了似的站在了房门口。

这个人是许泽群。

他定定地站在房门口，足足有好几分钟。与此同时，他惊异的眼神一直看着童琨，定定地看了她有好几分钟。然后，他整个身子软软地靠在门框上，整个身体沿着门框软软地滑了下去。最后，他就一屁股坐在地上把头埋在胳膊间哭了起来！

童琨吓呆了，她从没见到许泽群那样哭过！

但是，许泽群就是哭成了一团，毫不顾忌地、淋漓放肆地哭成了一个孩子一样！

他那哭的样子，让她想到昨天她跟父亲见面时，那哭坏了的父亲。

此时的许泽群，哭得那样伤心、委屈，又那样舒心和尽兴！

他把童琨弄傻了，她不知道许泽群这是哪一出？！

她还是走上前去，抱住了他。

许泽群这才停住了哭。他拿衣袖在脸上胡乱擦拭。

"你到哪里去了？到哪里去了？！"他嘴里只问这句话。

"我不是给你留了字条说要出去转转吗？"童琨说，"你以为我失踪了？"

"那样的情况下你忽然就走了，字条上就那么寥寥三句话，还说要照顾好丫丫，这叫什么话嘛，别人当然给吓坏了。"许泽群说，"这些天，我把医院交警大队甚至，哼，太平间都找遍了，就差报案了。"

许泽群不哭了，说到这里愤愤的，"你就这样捉弄人？！"

他的惊恐显然平息下来了。他凝视着他的妻子，刚开始，眼里是生气和怨恨，然后目光就柔和起来，最后，他眯起了眼睛，眼里泛起一丝坏笑："你那样折腾我，现在到了我手里，看我怎样来收拾你！"

说完就一把把童琨搂到怀里，然后手臂一用力，把她狠狠地甩到了床上。他自己，则在一边做足了架势，一个快乐有力的青蛙跳，就扑到了童琨身上！

"不要！"童琨大叫，"人家累死了，还没洗澡呢！"

"管你洗不洗澡！"许泽群恶狠狠地，"我今天不把你收拾服帖就不是你老公！"

"我还真不想要这老公了。"童琨凑在他耳边说，她停止了挣扎，"但是没办法，长在一起了。"

"嘿嘿。"显然男人比女人形而下，许泽群的笑也不怀好意，"长在一起，这个说法不错，我喜欢这个说法，还有这个感觉。"

说完，他的身体就像枝丫一样冲童琨蔓延过来。

两个人都停止了闹腾，正枝儿连理一般纠缠在一起呢呢喃喃热热乎乎的时候，房门给"嗵"的一声撞开了。两人又给猛地一惊，慌忙松开对方往房门口看，只见灰暗的光晕下一个小小的人儿立在门口，一动不动……

自是那个小讨债鬼又来了，许泽群正要下床去哄她，小家伙自个儿走到床边，一头栽倒在床上。许泽群和童琨再看，她已经呼呼大睡了去！

"她在梦游呢。"许泽群说。他又把童琨揽到了怀里，"我们重新开始吧。"

# 后 记

　　北京市新闻出版局在北京市委宣传部的领导下，自2008 年 4 月起实施"出版原创推新工程"，推出并启动了"青年写作爱好者作品征集出版"活动，在社会上产生了强烈反响，全国各地青年写作爱好者的作品纷至沓来。我们组织专家委员会和出版单位反复审读、严格把关，遴选出优秀作品，以"青年原创书系"的形式陆续扶持出版。

　　组织实施"出版原创推新工程"是政府行政部门推出的一种出版创新模式，目的在于以实际行动贯彻落实党的十七大精神和科学发展观，进一步转变政府职能，不断完善公共文化服务体系，充分发挥人民群众在出版业大发展大繁荣中的主体作用，推动新闻出版业又好又快发展。人民群众不仅是出版成果的消费者，更是出版业的开拓者、建设者和实践者。青年人激情飞扬、勇于开拓、熟悉生活、热爱生活，是出版业的未来和希望。当前，由于受传统思想观念、管理体制机制和出版业向市场转型等各种因素的影响，图书出版存在原创活力不足，人才队伍结构不合理，重复出版、跟风出版现象突出，原创民族文化特色和时代特色不鲜明，原创作品和人才低迷等问题，我们希望通过深入持久地实施这项工程，为青年写作爱好者搭建展示才华的公共服务平台，提供实现理想与梦想的广阔渠道与空间，激发他们的创作热情，着力发掘培植一批有潜质的写

作新人，为出版业持续繁荣发展培育新生力量，丰富出版
资源。

为深入推进"出版原创推新工程"，进一步拓展作品征
集范围和形式，提升征集作品质量和数量，取得更好的社
会效益，北京市新闻出版局与盛大文学有限公司于2009年
2月正式签订了战略合作协议，共同致力于青年原创作品
的发掘与出版。从此，凡发表在起点中文网出版频道的原
创作品，均将参与"出版原创推新工程"，由盛大文学公司
评选后进入"出版原创推新工程"的遴选程序。此举，为
广大青年原创作者施展才华开辟了更为广阔的空间和更为
畅通的渠道。

"青年原创书系"推出的这些作品，一方面显示出了青
年作者们不凡的创作潜质；另一方面也因为其"新"，所以
在艺术创作上不可避免地会存在这样或那样的不足。但是，
我们相信，有广大读者的热情支持、有青年写作爱好者坚
持不懈的努力，"青年原创书系"一定会推出更多更好的优
秀原创作品，"出版原创推新工程"也一定会朝着"推出新
人、打造精品、引领导向、繁荣出版"的目标迈进！

"出版原创推新工程"组委会

二〇〇九年十一月二十日

注："出版原创推新工程"长期征稿，征稿方式：

1. 纸质稿件请寄：北京市东城区朝内大街55号405室组委会办公室，
邮编：100010，电话：010－64081996（来稿一律不退，请自留底稿）

2. 网络投稿请登陆：起点中文网(www.qidian.com)"出版"频道专栏，提交作品。